毕飞宇文集

DAYS OF LOVE

相爱的日子

毕飞宇 著

人民文学出版社

图书在版编目 (CIP) 数据

相爱的日子/毕飞宇著. —北京:人民文学出版社,2022
(毕飞宇文集)
ISBN 978-7-02-016426-4

Ⅰ. ①相… Ⅱ. ①毕… Ⅲ. ①短篇小说—小说集—中国—当代 Ⅳ. ①I247.7

中国版本图书馆 CIP 数据核字 (2020) 第 106543 号

责任编辑　赵　萍
装帧设计　陶　雷
责任印制　王重艺

出版发行　人民文学出版社
社　　址　北京市朝内大街 166 号
邮政编码　100705

印　　刷　北京盛通印刷股份有限公司
经　　销　全国新华书店等

字　　数　187 千字
开　　本　880 毫米×1230 毫米　1/32
印　　张　9.25　插页1
版　　次　2015 年 1 月北京第 1 版
印　　次　2022 年 1 月第 1 次印刷

书　　号　978-7-02-016426-4
定　　价　62.00 元

如有印装质量问题,请与本社图书销售中心调换。电话:010-65233595

新 版 序

　　人民文学出版社版的《毕飞宇文集》初版于 2015 年。感谢人民文学出版社对我的厚爱,2020 年,他们打算做一些订正和增补,给读者朋友们送去一个更好的新版。但 2020 年是特殊的,许多事情都在 2020 年改变了它的轨迹,一套文集实在也算不了什么。

　　现在是 2021 年的秋天,感谢人民文学出版社;感谢读者朋友。除了感谢,我特别想在这里留下这样的一句话:2020 年,2021 年,它们是那样深刻地留在了我的记忆里。

毕飞宇

2021 年 9 月 17 号于南京龙江

序

　　这套文集收录了我从 1991 年至 2013 年之间的小说,是绝大部分,不是全部。事实上,早在 2003 年和 2009 年,江苏文艺出版社和上海文艺出版社就分别出版过我的文集。江苏文艺的是四卷本;上海文艺的是七卷本;此次人民文学出版社出版的这套文集则有九卷。递进的数据附带着也说明了一件事,我还是努力的。

　　我曾经说过这样的话:小说不是逻辑,但是,小说与小说的关系里头有逻辑,它可以清晰地呈现出一个作家精神上的走向。现在我想再补充一句,在我看来,这个走向有时候比所谓的"成名作"和"代表作"更能体现一个作家的意义。

　　感谢人民文学出版社,他们愿意为我再做一次阶段性的小结。老实说,和前两次稍有不同,这一次我有些惶恐。写作的时间越长,我所说的那个走向就越发地清晰,——我的写作是有意义的么? ——它到底又有多大的意义呢?

　　我写小说已经近三十年了,别误会,我不想喟叹。我只是清楚了一件事,以我现在的年纪,我不可能再去做别的什么事情了,也做不来了。我只能写一辈子。说白了,我只能虚构一辈子。可再怎么虚构,我还是有一个基本的愿望,我精神上的走向不是虚构的,我渴望它能成为有意义的存在。

毕飞宇

2014 年 6 月 7 日于南京龙江

目　录

男人还剩下什么

严格地说，我是被我的妻子清除出家门的，我在我家的客厅里拥抱了一个女人，恰巧就让我的妻子撞上了。事情在一秒钟之内就闹大了。我们激战了数日，又冷战了数日。我觉得事情差不多了，便厚颜无耻地对我的妻子说："女儿才六岁半，我们还是往好处努力吧。"我的妻子、女儿的母亲、市妇联最出色的宣传干事，很迷人地对我笑了笑，然后突然把笑收住，大声说："休想！"

我只有离。应当说我和我妻子这些年过得还是不错的，每天一个太阳，每夜一个月亮，样样都没少。我们由介绍人介绍，相识、接吻、偷鸡摸狗、结婚，挺好的。还有一个六岁半的女儿，我再也料不到阿来会在这个时候出现。阿来是我的大一同学，一个脸红的次数多于微笑次数的内向女孩。我爱过她几天，为她写过一首诗，十四行。我用十四行汉字没头没脑地拍植物与花朵的马屁，植物与花朵没有任何反应，阿来那边当然也没有什么动静。十几年过去了，阿来变得落落大方，她用带有广东口音的普通话把十四行昏话全背出来了，她背一句我的心口就咯噔一次，一共咯噔了十四回。千不该，万不该，我不该在咯噔到十四下的时候忘乎所以。我站了起来,一团复燃的火焰呼地一下就蹿上了半空。我走上去,拥抱了阿来,——你知道这件事发生在哪儿?在我家客厅。

别的我就不多说了,再交代一个细节。我的妻子在这个节骨眼上回来了。刚刚蹿上半空的那团火焰"呼"地一下就灭了。客厅里一黑,我闭上眼。完了。

妻子把一幢楼都弄响了。我不想再狡辩什么。像我们这些犯过生活错误的人,再狡辩就不厚道了。我的妻子以一种近乎疯狂的口气和形体动作对我说:"滚!给我滚!"我对我妻子的意见实在不敢苟同,我说:"我不想滚。"妻子听了我的话便开始砸,客厅里到处都是瓷器、玻璃与石膏的碎片。这一来我的血就热了。时代不同了,男女都一样,女同志能做到的事,我们男同志也一定能够做到。我也砸。砸完了我们就面对面大口地喘气。

妻子一定要离。她说她无法面对和忍受"这样的男人",无法面对和忍受破坏了"纯洁性"的男人。我向我的妻子表示了不同看法。阿来为了表示歉意,南下之前特地找过我的妻子。阿来向我的妻子保证:我们绝对什么也没有干!妻子点点头,示意她过去,顺手就给了她一个嘴巴。

事态发展到"嘴巴"往往是个临界。"嘴巴"过后就会产生质变。我们的婚姻似箭在弦上,不离不行,我放弃了最后的努力,说,"离吧。我现在就签字。"

离婚真是太容易了,就像照完了镜子再背过身去。

有一点需要补充一下,关于我离婚的理由,亲属、朋友、邻居、同事分别用了不同的说法。通俗的说法是"那小子"有了相好的,时髦一点的也有,说我找了个"情儿",还有一种比较古典的,他——也就是我——遇上了韵事,当然,说外遇、艳遇的也有。还是我的同事们说得科学些:老章出了性丑闻。我比较喜欢这个概括,它使我的客厅事件一下子与世界接轨了。

最不能让我接受的是我的邻居。他们说,老章和一个"破鞋"在家里"搞",被他的老婆"堵"在了门口,一起被"捉住"了。性丑闻的传播一旦具备了中国特色,你差不多就"死透了"。

我签完字,找了几件换洗衣服,匆匆离开了家。我在下楼的过程中听见我前妻的尖锐叫喊:"这辈子都不想再见到你!"

我临时居住在办公室里。我知道这不是办法,然而,我总得有一个地方过渡一下。我们的主任专门找到我,对我表示了特别的关心,主任再三关照,让我当心身体,身边没有人照顾,"各方面"都要"好自为之"。主任的意思我懂,他怕我在办公室里乱"搞",影响了年终的文明评比。我很郑重地向主任点点头,伸出双手,握了握,保证说,两个文明我会两手一起抓的。

住在办公室没有什么不好。唯一不适应的只是一些生理反应,我想刚离婚的男人多多少少会有一些不适应,一到晚上体内会平白无故地蹿出一些火苗,蓝花花的,舌头一样这儿舔一下,那儿舔一下。我曾经打算"亲手解决"这些火苗,还是忍住了。我决定戒,就像戒烟那样,往死里忍。像我们这些犯过生活错误的人,对自己就不能心太软。就应该狠。

但是我想女儿。从离婚的那一刻起我就对自己说了,把一切都忘掉,生活完全可能重新开始,重新来,我不允许与我的婚姻有关的一切内容走进我的回忆。我不许自己回忆,追忆似水年华是一种病,是病人所做的事,我不许自己生这种病。

我惊奇地发现,我的女儿,这个捣蛋的机灵鬼,她居然绕过了我的回忆撞到我的梦里来了。

那一天的下半夜我突然在睡梦中醒来了,醒来的时候我记得我正在做梦的,然而,由于醒得过快,我一点也记不得我梦见的是什么了,我起了床,在屋子里回忆,找。我一定梦见了什么很要紧的事,要不然怅然若失的感觉不可能这样持久与强烈。这时候我听见有人喊我,是我的女儿,在喊我爸爸。那时正是下半夜,夜静得像我女儿的瞳孔。我知道我产生了幻听。我打开门,过廊里空无一人,全是水磨石地面的生硬反光。过廊长长的,像梦。我就在这个时候记起了刚才的梦,我梦见了我的女儿。离婚这么久了,我一直觉得体内有一样东西被摘去了,空着一大块。现在我终于发现,空下的那一块是我的女儿。这个发现让我难受。

我关上门,颓然而坐。窗户的外面是夜空。夜空放大了我的坏心情。我想抽烟,我戒了两年了。我就想抽根烟。

第二天一早我就找到我的前妻。她披头散发。我对她说:"还我女儿!"

"你是谁?"

"我是她爸!"

"你敲错门了。"

她说我敲错门了。这个女人居然说我敲错门了！我在这个家里当了这么多年的副家长，她居然说我敲错门了！我一把就揪住了她的衣领，大声说："九〇年四月一号，我给你打了种，九一年一月十六，你生下了我女儿，还给我！"

我想我可能是太粗俗了，前妻便给了我一耳光。她抽耳光的功夫现在真是见长了。她的巴掌让我平静了下来。我深吸了一口气，说："我们谈谈。"

这次交谈是有成果的。我终于获得了一种权利，每个星期的星期五下午由我接我的女儿，再把我的女儿送给她的妈妈。前妻在我的面前摊开我们的离婚协议，上头有我的签名，当时我的心情糟透了，几乎没看，只想着快刀斩乱麻。快刀是斩下去了，没想到又多出了一堆乱麻。前妻指了指协议书，抱起了胳膊，对我说："女儿全权归我，有法律作保证的。你如果敢在女儿面前说我一句坏话，我立即就收回你的权利。"

我说："那是。"

前妻说："你现在只要说一句话，下个星期五就可以接女儿了。"

"说什么？"我警惕起来。

"阿来是个狐狸精。"前妻笑着说。

我把头仰到天上去。我知道我没有选择。我了解她。我小声说："阿来是个狐狸精。"

"没听见。"

我大声吼道："阿来是个狐狸精！好了吧，满意了吧？"

"握起拳头做什么？我可没让你握拳头。"前妻说。

女儿正站在滑梯旁边。一个人,不说一句话。我大老远就看见我的女儿了,我是她的爸爸,但是,女儿事实上已经没有爸爸了。我的女儿大老远地望着我,自卑而又胆怯。

我走上去,蹲在她的身边。才这么几天,我们父女就这么生分了。女儿不和我亲昵,目光又警惕又防范。我说:"嗨,我是爸爸!"女儿没有动。我知道就这么僵持下去肯定不是办法,我拉过女儿的手,笑着说:"爸带你上街。"

我们沿着广州路往前走。广州路南北向,所以我们的步行也只能是南北向,我们不说话,我给女儿买了开心果、果冻、鱼片、牛肉干、点心巧克力、台湾香肠,女儿吃了一路。她用咀嚼替代了说话。我打算步行到新街口广场带女儿吃一顿肯德基,好好问一些问题,说一些话,然后,送她到她的母亲那里去。我一直在考虑如何与我的女儿对话。好好的父亲与女儿,突然就陌生了,这种坏感觉真让我难以言说。

一路上我们一直没有说话。后来我们步行到了安琪儿面包房。这由一对丹麦夫妇开设的面包铺子正被夕阳照得金黄,面包们刚刚出炉,它们的颜色与夕阳交相辉映,有一种世俗之美,又有一种脱俗的温馨。刚刚出炉的面包香极了,称得上热烈。我的心情在面包的面前出现了一些转机,夕阳是这样的美,面包是这样的香,我为什么这样闷闷不乐?我掏出钱包,立即给女儿买了两只,大声对女儿说:"吃,这是安徒生爷爷吃过的面包。"

女儿咬了一口,并不咀嚼,只是望着我。我说:"吃吧,好吃。"女儿又咬了一口,嘴里塞得鼓鼓的,对着我不停地眨巴眼睛,既咽不下去又不敢吐掉,一副撑坏了的样子。我知道女儿在这一路上吃坏了。我弄不懂自己为什么要这样,拼命给女儿买吃的,就好像除了买吃的就再也找不出别的什么事了。我知道自己和大部分中国男人一样,即使在表达父爱的时候,也是缺乏想象力的。我们在表达恨的时候是天才,而到了爱面前我们就如此平庸。

然而,再平庸我也是我女儿的父亲。我是我女儿的父亲,这是女儿出生的那个黎明上帝亲口告诉我的。要说平庸,这个世界上最平庸的就是上帝,捣鼓出了男人,又捣鼓出了女人,然后,又由男人与女人捣鼓出下一代的男人和女人——你说说看,在这个世界我们如何能"诗意"地生存?如何能"有意义"地生存?我们还剩下什么?最现成的例子就是我,除了女儿,我一无所有。而女儿就站在我的面前,一副吃坏了的样子。我的心情一下又坏下去了,这么多年来我还真是没有想过怎么去爱自己的孩子。这让我沮丧。这让我想抽自己的嘴巴。我从女儿的手上接过面包,胡乱地往自己的嘴里塞。我塞得太实在了,为了能够咀嚼,我甚至像狗那样闭起了眼睛。

吃完这个面包我长长地叹了一口气,夕阳还是那样好,金黄之中泛出了一点嫩红。我打发了去吃肯德基的念头。我低下脑袋,望着我的女儿。女儿正茫然地望着马路。马路四通八达,我一点都看不出应当走哪一条。我说:"送你到你妈那边去吧。"女儿说:"好。"

再一次见到女儿的时候我决定带她去公园。公园依然是一个缺乏想象力的地方,几棵树,几湾水,几块草地,煞有介事地组合在一起。这一天我把自己弄得很饱满,穿了一套李宁牌运动服,还理了一个小平头,看上去爽朗多了,我从包里取出几张报纸,摊在草地上,然后,我十分开心地拿出电子宠物。我要和我的女儿一起注视那只电子猫,看那只猫如何满足我们的好奇心,如何开导我们的想象力。

女儿接过电子宠物之后并没有打开它。女儿像一个成人一样长久地凝视着我,冷不丁地说:"你是个不可靠的男人,是不是?"

这话是她的妈妈对她说的。这种混账话一定是那个混账女人对我的女儿说的。"我是你爸爸。"我说,"不要听你妈胡说。"但是女儿望着我,目光清澈,又深不见底。她的清澈使我相信这样一件事:她的瞳孔深处还有一个瞳孔。这一来女儿的目光中便多了一种病态的沉着,这种沉着足以抵消她的自卑与胆怯。我没有准备,居然打了一个冷战。

我跪在女儿的对面,拉过她,厉声说:"你妈还对你说什么了?"

女儿开始泪汪汪。女儿的泪汪汪让做父亲的感觉到疼,却又说不出疼的来处。我轻声说:"乖,告诉我,那个坏女人还说爸爸什么了?"

女儿便哭。她的哭没有声音,只有泪水掉在报纸上,"叭"地一颗,"叭"地又一颗。

我说:"爸送你回去。"

女儿没有开口,她点了点头,她一点头又是两颗泪。"叭"

一下,"叭"又一下。

当天晚上办公室的电话铃便响了。我正在泡康师傅快餐面,电话响得很突然。我想可能是阿来,她南下这么久了,也该来一个电话慰问慰问了。我拿起了电话,却没有声音。我说:"喂,谁?——你是谁?"

电话里平静地说:"坏女人。"

我侧过头,把手又到头发里去。我拼命地眨眼睛对着耳机认真地说:"我不是那个意思。"

"我不追究你的意思,我没兴趣。"电话里说,"我只是通知你,我取消你一次见女儿的机会。——做错了事就应当受到惩罚。"

我刚刚说"喂",那头的电话就挂了。对女人的告诫男人是不该忘记的。星期五下午我居然又站到女儿的幼儿园门口了。我拿着当天的晚报,站立在大铁门的外侧。后来下课的铃声响了,我看见了我的女儿,她没有表情,在走向我。

大铁门打开的时候孩子们蜂拥而出。他们用一种夸张的神态扑向一个又一个怀抱。我的女儿却站住了,停在那儿。我注意到女儿的目光越过了我,正注意着大门口的远处。

我回过头,我的前妻扶着自行车的把手,十分严肃地站在玉兰树下。

我蹲下去,对女儿张开了双臂,笑着对女儿说:"过来。"就在这时,我听见我的前妻在我的身后干咳了一声。女儿望着我,而脚步却向别处去了。我的前妻肯定认为女儿的脚步不够迅捷,她用手拍了一下自行车的坐垫。这一来女儿的步伐果然加快了。这算什么?你说这算什么?我走上去,拉住自行车的后座。我的前妻回过头,笑着说:"放开吧,在这种地方,给女儿积点德吧。"我的血一下子又热了,我就想给她两个耳光。我的前妻又笑,说:"这种地方,还是放开吧。放开,啊?"真是合情合理。我快疯了。我他妈真快疯了。我放开手,一下子不知道我的两只手从哪里来的。

我拨通了前妻的电话,说:"我们能不能停止仇视?"

"不能。"

"看在我们做过夫妻的分上,别在孩子面前毁掉她的爸爸,能不能?"

"不能。"

"你到底要做什么?"

那头又挂了。再一次见到女儿的时候我感到了某种不对劲。是哪儿不对劲,我一时又有点儿说不上来。女儿似乎是对我故意冷淡了,然而也不像,她才六岁大的人,她知道冷淡是什么?

我们在一起看动物。这一次不是我领着女儿,相反,是女儿领着我。女儿相当专心,从一个铁窗转向另一个铁窗。我只不过跟在后头做保镖罢了。女儿几乎没有看过我一眼,我显然不如狮子老虎河马猴子耐看。我是一个很家常的父亲,不会给任何人意外,不会给任何人惊喜。你是知道的,我不可能像动物那样有趣。

这是女儿愉快的黄昏。应当说,我的心情也不错。我的心情像天上的那颗夕阳,无力,却有些温暖,另外,我的心情还像夕阳那样表现出较为松散的局面。我决定利用这个黄昏和女儿好好聊聊,聊些什么,我还不知道。但是,我要让我的女儿知道,我爱她,她是我的女儿,任何事情都不能使我们分开,当然,我更希望看到女儿能够对我表示某种亲昵,那种稚嫩的和娇小的依偎,那种无以复加的信赖,那种爱。我什么都失去了,我只剩下了我的女儿。我不能失去她。

出乎我意料的是,女儿在看完动物之后随即就回到孤寂里去了。她不说话,侧着脑袋,远远地打量长颈鹿。我知道她的小阴谋。她在回避我。一定是她的母亲教她的,我的女儿已经会回避她的爸爸了。我严肃起来,对我的女儿说:"我们到那棵树下谈谈。"

我们站在树下,我一下子发现我居然不知道如何和我的女儿"谈"话。我无从说起。我感觉我要说的话就像吹在我的脸上的风,不知道何处是头。我想了想,说:"我们说的话不要告诉你妈妈,好不好?"

女儿对我的这句话不太满意。她望着我,眨了一下眼睛。她那句气得我七窍生烟的话就是在这个时候说出来的,她的话文不对题,前言不搭后语。女儿说:"你有没有对别的女人要流氓?"

我愣了一下,大声说:"胡说!"我走上去一步,高声喊道:"不许问爸爸这种下流的问题!"

我的样子一定吓坏女儿了。她站到了树的后面,紧抱着树。

过去她一遇威胁总是紧抱住我的大腿的。女儿泪眼汪汪的,依靠一棵树防范着她的父亲。我真想抽她的耳光,可又下不了手。我只有站在原地大口地呼吸。我一定气糊涂了,我从一位游客的手上抢过大哥大,立即叫通了我前妻的电话。

"你他妈听好了,是我,"我说,"你对我女儿干什么了?"

前妻在电话里头不说话。我知道她在微笑。我不由自主地又握紧了拳头,当着所有动物的面我大声说:"你对我女儿干什么了?"

"我嘛,"我的前妻说,"第一,宣传;第二,统战。你完了。你死透了。"

1998 年第 3 期《漓江》

生活在天上

　　蚕婆婆终于被大儿子接到城里来了。进城的这一天大儿子把他的新款桑塔纳开到了断桥镇的东首。要不是断桥镇的青石巷没有桑塔纳的车身宽,大儿子肯定会把那辆小汽车一直开到自家的石门槛的。蚕婆婆走向桑塔纳的时候不住地拽上衣的下摆,满脸都是笑,门牙始终露到外头,两片嘴唇都没有能够抿住,用对门唐二婶的话说,"一脸的冰糖碴子"。青石巷的两侧站满了人,甚至连小阁楼的窗口都挤满了脑袋。断桥镇的人们都知道,蚕婆婆这一去就不再是断桥镇的人了,她的五个儿子分散在五个不同的大城市,个个说着一口好听的普通话。她要到大城市里头一心一意享儿子的福了。蚕婆婆被这么多的眼睛盯着,幸福得近乎难为情,有点像刚刚嫁到断桥镇的那一天。那一天蚕婆婆就是从脚下的这条青石巷上走来的,两边也站满了人,只不过走在身边的不是大儿子,而是他的死鬼老子。这一切就恍如昨日,就好像昨天才来,今天却又沿着原路走了。人的一生就这么一回事,就一个来回,真的像一场梦。这么想着蚕婆婆便回了一次头,青石巷又窄又长,石头路面上只有反光,没有脚印,没有任何行走的痕迹,说不上是喜气洋洋还是孤清冷寂。蚕婆婆

13

的胸口突然就是一阵扯拽。想哭。但是蚕婆婆忍住了。蚕婆婆后悔出门的时候没有把嘴抿上,保持微笑有时候比忍住眼泪费劲多了。死鬼说得不错,劳碌惯了的人最难收场的就是自己的笑。

桑塔纳在新时代大厦的地下停车场停住,蚕婆婆晕车,一下车就被车库里浓烈的汽油味裹住了,弓了腰便是一阵吐。大儿子拍了拍母亲的后背,问:"没事吧?"蚕婆婆的下眼袋上缀着泪,很不好意思地笑道:"没事。吐干净了好做城里人。"大儿子陪母亲站了一刻儿,随后把母亲带进了电梯。电梯启动之后蚕婆婆又是一阵晕,蚕婆婆仰起脸,对儿子说:"我一进城就觉得自己被什么东西运来运去的,总是停不下来。"儿子便笑。他笑得没有声息,胸脯一鼓一鼓的,是那种被称作"大款"的男人最常见的笑。大儿子说:"快运完了。"这时候电梯在二十九层停下来,停止的刹那蚕婆婆头晕得更厉害了,嗓子里泛上来一口东西。刚要吐,电梯的门却对称地分开了,楼道口正站着两个女孩,嘻嘻哈哈地往电梯里跨。蚕婆婆只好把泛上来的东西含在嘴里,侧过眼去看儿子,儿子正在裤带子那儿掏钥匙。蚕婆婆狠狠心,咽了下去。大儿子领着母亲拐了一个弯,打开一扇门,示意她进去。蚕婆婆站在棕垫子上,伸长了脖子朝屋内看,满屋子崭新的颜色,满屋子崭新的反光,又气派又漂亮,就是没有家的样子。儿子说:"一装修完了就把你接来了,我也是刚搬家。——进去吧。"蚕婆婆蹭蹭鞋底,只好进去,手和脚都无处落实,却闻到了皮革、木板、油漆的混杂气味,像另一个停车库。蚕婆婆走上阳台,拉开铝合金窗门,打算透透气。她低下头,一不留神却发现大地从她的生活里消失了，整个人全悬起来了。蚕婆婆的后背上吓出了一层冷汗，她用力抓住铝合金窗架，找了好半天才从脚底下找到地面，那么远，笔直的，遥不可及。蚕婆婆后退了一大步，大声说："儿，你不是住在城里吗？怎么住到天上来了？"大儿子刚脱了西服，早就点上了香烟。他一边用遥控器启动空调，一边又用胸脯笑。儿子说："不住到天上怎么能低头看人？"蚕婆婆吁出一口气，说："低头看别人，晕头的是自己。"儿子又笑，是那种很知足很满意的样子，儿子说："低头看人头晕，仰头看人头疼。——还是晕点好，头一晕就像神仙。"蚕婆婆很小心地抚摩着阳台上的茶色玻璃，透过玻璃蚕婆婆发现蓝天和白云一下子变了颜色，天不像天，云也不像云，又挨得这样近。蚕婆婆说："真的成神仙了。"儿子吐出一口烟，站在二十九楼的高处对母亲说："你这辈子再也不用养蚕了，你就好好做你的神仙吧。"

　　蚕婆婆是断桥镇最著名的养蚕能手。这一点你从"蚕婆婆"这个绰号上就可以听得出来，蚕婆婆一年养两季蚕，一次在春天，一次在秋后。每一个蚕季过后蚕婆婆总要挑出一些茧子，这些茧子又圆又大，又白又硬，天生一副做种的样子。上一个季节的桑蚕早就裹在了茧内，变成蛹，而到了下一个季节这些蛹便咬破了茧子，化蛹为蝶。这些蝴蝶扑动着笨拙的翅膀，困厄地飞动。它们依靠出色的本能很快建立起一公一母与一上一下的交配关系，尾部吸附在一起，沿着雪白的纸面产下黑色籽粒。密密麻麻的籽粒罗列得整整齐齐，称得上横平竖直，像一部天书，像天书中最深奥、最优美、最整洁的一页，没有人读得懂。用不了几天，一种近乎微尘的爬行生命就会悄然蠕动在纸面上了。这就是蚕，也叫天虫。蚕婆婆不是用手，而是用羽毛把它们从纸面上拂进篾匾中。为了呼应这种生命，断桥镇后山上的枯秃桑树们一夜间便绿了，绿芽在枯枝上颤抖了那么一下，又宁静又柔嫩，桑叶的梗绽开了，漫山遍野全是嫩嫩的绿光。桑叶掐好了时光萌发在蚕的季节，仿佛是上天的故意安排，仿佛是某种神谕的前呼与后应。

大儿子通常是上午出去，晚上很晚才能回来。蚕婆婆不愿意上街，每天就只好枯坐在家里。儿子为母亲设置了全套的音响设备，还为母亲预备了袁雪芬、戚雅仙、徐玉兰、范瑞娟等"越剧十姐妹"的音像制品。然而，那些家用电器蚕婆婆都不会使用，它们的操作方式简单到了一种玄奥的程度，你只要随手碰一下遥控，屋子里不是喇叭的一惊一乍，就是指示灯的一闪一烁，就仿佛家里的墙面上附上了鬼魂似的。这一来蚕婆婆对那些遥控便多了几分警惕，把它们码在茶几上，进门出门或上灶下厨都离它们远远的，坚持"惹不起，躲得起"这个基本原则。蚕婆婆曾经这样问儿子："这也遥控，那也遥控，城里人还长一双手做什么？"儿子笑了笑，说："数钱。"

晚饭的时候突然停电了，儿子在餐桌的对角点了两支福寿红烛。烛光使客厅产生了一种明暗关系，使空间相对缩小了，集中了。儿子端了饭碗，望着母亲，突然就产生了一种幻觉，好像一下子又回到了童年，回到了断桥镇。那时候一大家子的人就挤在一盏小油灯底下喝稀饭的。母亲说老就老了，她老人家脸上的皱纹这刻儿被烛光照耀着,像古瓷上不规则的裂痕。儿子觉得母亲衰老得过于仓促,一点过程都没有,一点渐进的迹象都没有。儿子说:"妈。"蚕婆婆抬起头,有些愕然,儿子没事的时候从来不说话的,有话也只对电话机说。儿子推开手边的碗筷,点上烟,说:"在这儿还习惯吧?"蚕婆婆却把话岔开了说:"我孙子快小学毕业了,我还是在他过周的时候见过一面。"大儿子侧过脸,只顾吸烟。大儿子说:"法院判给他妈了,他妈不让我见,他外婆也不让我见。"蚕婆婆说:"你再结一回,再生一个,我还有力气,我帮你们带孩子。"儿子不停地吸烟,烟雾笼罩了他,烟味则放大了他,使他看上去松散、臃肿、迟钝。儿子静了好大一会儿,又用胸脯笑,蚕婆婆发现儿子的笑法一定涉及到胸脯的某个疼处,扯扯拽拽的。儿子说:"婚我是不再结了。结婚是什么?就是找个人来平分你的钱,生孩子是什么?就是捣鼓个孩子来平分你余下的那一半钱。婚我是不结了。"儿子歪着嘴,又笑。儿子说:"不结婚有不结婚的好,只要有钱,夜夜我都可以当新郎。"

　　蚕婆婆望着自己的儿子,儿子正用手往上捋头发。一缕头发很勉强地支撑了一会儿,挣扎了几下,随后就滑落到原来的位置上去了。蚕婆婆的心里有些堵,刚刚想对儿子说些什么,屋里所有的灯却亮了,而所有的家用电器也一起启动了。灯光放大了空间,也放大了母与子之间的距离。蚕婆婆看见儿子已经坐到茶几那边去了,正用遥控器对着电视机迅速地选台。蚕婆婆只好把想说的话又咽下去,一口气吹灭了一支蜡烛。一口气又吹灭了另一支蜡烛。吹完了蜡烛蚕婆婆便感到心里的那块东西堵在了嗓眼，上不去，又下不来，仿佛是蜡烛的油烟。

　　蚕婆婆在这个悲伤的夜间开始追忆断桥镇的日子，开始追忆养蚕的日子。成千上万的桑蚕交相辉映，洋溢着星空一般的灿烂荧光。它们爬行在蚕婆婆的记忆中。它们弯起背脊，又伸长了身体，一起涌向了蚕婆婆。它们绵软而又清凉的蠕动安慰着蚕婆婆的追忆，它们的身体像梦的指头，抚摩着蚕婆婆。它们像光着屁股的婴孩，事实上，一只蚕就是一个光着屁股的婴孩，然而，它不喝，不睡，只是吃。蚕一天只吃一顿，一顿二十四个小时。这一来蚕婆婆在每一个蚕季最劳神的事情就不是喂蚕，而是采桑。但是蚕婆婆采桑从来不在黄昏，而是清晨。蚕婆婆喜欢把桑叶连同露珠一同采回来，这样的桑叶脆嫩、汁液茂盛，有夜露的甘洌与清凉。然而桑蚕碰不得水，尤其在幼虫期，一碰水就烂，一烂就传染一片。所以蚕婆婆会把带露的桑叶摊在膝盖上，用纱布一张一张地擦干，再把这样的桑叶覆盖到蚕床上去。每一个蚕季最后的几天总是难熬的，一到夜深人静，这个世界上最喧闹的只剩下桑蚕啃噬桑叶的沙沙声了，吃，成了这群孩子的目的。它们热情洋溢，笨拙而又固执地上下蠕动。蚕婆婆像给爱蹬被单的婴孩盖棉被一样整夜为它们铺桑叶，往往是最后一张蚕床刚刚铺完，第一张蚕床上的桑叶就只剩下光秃秃的叶茎了。然后，某一个午夜就这样来临了，桑蚕们急切的啃噬声渐渐平息了，它们肥大、慵懒、安闲，开始向麦秸秆或菜籽秆上爬去。这时候满屋子一层又一层的桑蚕们被一盏橘黄色的豆灯照耀着，除了嘴边的半点瑕斑，桑蚕的身体干净异常，通体呈半透明状，半汁液状，半胶状，一遇上哪怕是最微弱的光源，它们的身躯就会兀自晶莹起来,剔透起来,笼罩了一圈淡青色的光。蚕婆婆在这样的时候就会抓起一把桑蚕,仿佛一种仪式,把它们放在自己的胳膊上。它们像有生命的植物汁液,沿着你的肌肤冰凉地流淌。然后,它们会昂起头,像一个个裸体的孩子,既像晓通人事,又像懵懂无知,以一种似是而非的神情与你对视。蚕婆婆每一次都要被这样的对视所感动,被爬行的感触是那样地切肤,附带滋生出一种很异样的温存。蚕婆婆养蚕似乎并不是为了收获蚕茧,而只为这一夜,这一刻。这一刻一过蚕婆婆就有些怅然,有些虚空,就看见桑蚕无可挽回地吐自己,以吐丝这种形式抽干自己,埋藏自己,收殓自己。这时的桑蚕就上山了,从出籽到吐丝,前前后后总共一个月。断桥镇的人都说,没见过蚕婆婆这样尽心精心养蚕的。——这哪里是养蚕,这简直是坐月子。

　　收完了茧子蚕婆婆就会蒙上头睡两天,然后,用背篓背上蚕茧,送儿子去上学,一手搀一个。那些蚕茧就是儿子的学费。十几年来,蚕婆婆就是这么从青石巷上走过的,一手搀一个。蚕婆婆就这么把自己的五个儿子送进了小学、中学,还有大学。要不然,她的五个儿子哪里能在五个大城市里说那么好听的普通话?

　　蚕婆婆不喜欢普通话。蚕婆婆弄不懂一句话被家乡话"这样说"了,为什么又要用普通话去"那样说"。蚕婆婆不会说普通话,然而身边没人,家乡话也说不了几句。蚕婆婆就想找个人大口大口地说一通断桥镇的话。和儿子说话蚕婆婆总觉得自己守了一台电视机,他说他的,我听我的,中间隔了一层玻璃。家乡话那么好听,儿子就是不说。家乡话像旧皮鞋,松软,贴脚,一脚下去就分得出左右。

蚕婆婆说:"儿,和你妈说几句断桥镇的话吧。"

大儿子愣了一下,似乎若有所思,想了半天,"扑嗤"一下,却笑了,说:"不习惯了,说不出口。"儿子说完这句话便转过了身去,取过手机,拉开天线,摁下一串绿色数字,说:"是三婶。"蚕婆婆隔着桌子打量儿子的手机,无声地摇头。这时候手机里响起三婶的叫喊,三婶在断桥镇大声说:"哎喂,喂,哪个?哪里?说话!"儿子看了母亲一眼,只好把手机关了,失望地摇了摇头。母与子就这么坐着,面对面,听着天上的静。蚕婆婆有点想哭,又没有哭的理由,想了想,只好忍住了。蚕婆婆一个人在二十九楼上待了一些日子,终于决定到庙里烧几炷香了。蚕婆婆到庙里去其实是想和死鬼聊聊,阳世间说话又是要打电话又是要花钱,和阴间说话就方便多了,只要牵挂着死鬼就行了。蚕婆婆就是要问一问死鬼,她都成神仙了,怎么就有福不会享的?日子过得这么顺畅,反而没了轻重,想哭又找不到理由,你说冤不冤?是得让死鬼评一评这个理。

母亲要出门,大儿子便高兴。大儿子好几次要带母亲出去转转,母亲都说分不清南北,不肯出门。大儿子把汽车的匙扣套在右手的食指上,拿钥匙在空中画圆圈。画完了,儿子拿出一只钱包,塞到蚕婆婆的手上。蚕婆婆懵懵懂懂地接过来,是厚厚的一扎现钞。蚕婆婆说:"这做什么?我又不是去花钱。"儿子说:"养个好习惯,——记好了,只要一出家门,就得带钱。"蚕婆婆怔在那儿,反复问:"为什么?"儿子没有解释,只是关照:"活在城里就应该这样。"

大雄宝殿在城市的西南远郊,大儿子的桑塔纳在驶近关西桥的时候看到了桥面和路口的堵塞种种,满眼都是汽车,满耳都是喇叭。大儿子踩下刹车,皱着眉头嘴里嘟哝了一句什么。大哥大偏偏又在这个时候响了。大儿子侧着脑袋听了两句,连说了几声"好的",随即抬起左腕,瞟一眼手表。大儿子摁掉大哥大之后打了几下车喇叭,毫不犹豫地调过了车身,二十分钟之后大儿子便把桑塔纳开到圣保罗大教堂了。蚕婆婆下车之后站在鹅卵石地面,因为晕车,头也不能抬,就那么被儿子领着往里走。教堂的墙体高大巍峨,拱形屋顶恢弘而又森严,一梁一柱都有一股阔大的气象与升腾的动势,而窗口的玻璃却是花花绿绿的,像太阳给捣碎了涂抹在墙面上,一副通着天的样子,一副不容柴米油盐酱醋茶的样子。蚕婆婆十分小心地张罗了两眼,心里便有些不踏实,拿眼睛找儿子,很不放心地问道:"这是哪儿?"

　　儿子的脸上很肃穆,说:"圣保罗大教堂。洋庙。"

　　"这算什么庙?"蚕婆婆悄声说,"没有香火,没有菩萨、十八罗汉,一点地气都没有。"

　　儿子的心里装着刚才的电话,尽量平静地说:"嗨,反正是让人跪的地方,一码事。"

　　对面走上来一个中年女人,戴了一副金丝眼镜,很有文化的样子。蚕婆婆喊过"大姐",便问"大姐"哪里可以做"佛事"。"大姐"笑得文质彬彬的,又宽厚又有涵养。"大姐"告诉蚕婆婆,这里不做"佛事",这里只做"弥撒"。蚕婆婆的脸上这时候便迷茫了。"大姐"很耐心,平心静气地说:"这是我们和上帝说话的地方,我们每个星期都要来。我们有什么罪过,做错了什么，都要在这里告诉上帝。"

蚕婆婆不放心地说："我又有什么罪？"

"大姐"微微一笑，客客气气地说："有的。"

"我做错什么事了？"

"大姐"说："这要对上帝说，也就是忏悔。每个星期都要说，态度要好，要诚实。"

蚕婆婆转过脸来对儿子嘟哝说："这是什么鬼地方，要我到这里作检讨？我一辈子不做亏心事，菩萨从来不让我们作检讨。"

"大姐"显然听到了蚕婆婆的话，她的表情说严肃就严肃了。"大姐"说："你怎么能在这里这么说？上帝会不高兴的。"

蚕婆婆拽了拽儿子的衣袖，说："我心里有菩萨，得罪了哪路洋神仙我也不怕。儿子，走。"

回家的路上大儿子显得不高兴，他一边扳方向盘一边说："妈你也是，不就是找个清静的地方跪下来吗，还不都一样？"

蚕婆婆叹了一口气，望着车窗外面的大楼一幢又一幢地向后退。蚕婆婆注意到自己的脸这刻儿让汽车的反光镜弄得变形了，颧骨那一把鼓得那么高，一副苦相，一副哭相，一副寡妇相。蚕婆婆对着反光镜冲着自己发脾气，大声对自己说："城市是什么，我算是明白了。上得了天、入不了地的鬼地方！"

蚕婆婆从教堂里一回来脸色便一天比一天郁闷了。蚕婆婆成天把自己关在阳台上，隔着茶色玻璃守着那颗太阳。日子早就开春了，太阳在玻璃的那边，一副不知好歹的样子。哪里像在断桥镇，一天比一天鲜艳，金黄灿灿的，四周长满了麦芒，全是充沛与抖擞的劲头。太阳进了城真的就不行了,除了在天上弄一弄白昼黑夜,别的也没有什么趣。蚕婆婆把目光从太阳那边移开去,自语说:"有福不会享,胜受二茬罪。"

而一到夜间蚕婆婆就会坐在床沿,眺望窗外的夜。蚕婆婆看久了就会感受到一种揪心的空洞,一种无从说起的空洞。这种空洞被夜的黑色放大了,有点漫无边际。星星在天上闪烁,泪水涌起的时候满天的星斗像爬满夜空的蚕。

"儿,送你妈回老家去吧,谷雨也过了,妈想养蚕。"

"又养那个做什么?你养一年,还不如我一个月的电话费呢。"

"妈觉得要生病。妈不养蚕身上就有地方要生病。"

"有病看病,没病算命,怕什么?"

"儿,妈想养蚕,你送妈回去。"

"我怎么能送你回去?你也不想想,左邻右舍会怎么说我?怎么说我们弟兄五个?"

"妈就是想养蚕,妈一摸到蚕就会想起你们小的时候,就像摸到你们兄弟五人的小屁股,光光的,滑滑的。妈这辈子就是喜欢蚕。"

"妈你说这些做什么?好好的你把话说得这样伤心做什么?"

"妈不是话说得伤心。妈就是伤心。"

日子一过了谷雨连着下了几天的小雨,水汽大了,站在二十九层的阳台上就再也看不见地面了。蚕婆婆在阳台上站了一阵子,感觉到大楼在不停地往天上钻,真的是云里雾里。蚕婆婆对自己说:"一定得回乡下,和天上的云活在一起总不是事。"蚕婆婆望着窗外,心里全是茶色的雾,全是大捆大捆的乱云在迅速地飘移。

蚕婆婆再也没有料到儿子给她带回来两盒东西。儿子一回家脸上的神色就很怪,喜气洋洋的,仿佛有天大的喜事。儿子的怀里抱了两只纸盒子,走到蚕婆婆的面前,让她打开。盒子开了,空的,什么也没有。这时候儿子的脸上笑得更诡异了,蚕婆婆定了定神,发现盒底黑糊糊的,像爬了一层蚂蚁。蚕婆婆意识到了什么,她发现那些黑色小颗粒一个个蠕动起来了,有了爬行的迹象。它们是蚕,是黑色的蚕苗。蚕婆婆的胸口咕嘟一声就跳出了一颗大太阳。儿子不说话,只是笑,却不声不响地打开了另一只盒子,盒子里塞满了桑叶芽。蚕婆婆捧过来,吸了一口,二十九层高楼上立即吹拂起一阵断桥镇的风,轻柔、圆润、濡湿,夹杂了柳絮、桑叶、水、蜜蜂和燕子窝的气味。蚕婆婆捧着两只纸盒,眼里汪着泪,嗫嗫嚅嚅地说:"阿弥陀佛,阿弥陀佛!"

蚕婆婆在新时代大厦的第二十九层开始了养蚕生活。儿子为蚕婆婆联系了西郊的一户桑农,一个年纪不足四十岁的中年女人。儿子出了高价,并为她买了公交车的月票。蚕婆婆就此生龙活虎了起来。她拉上窗帘,在阳台上架起了簸匾,一副回到从前、回到断桥镇的样子。她打着手势向那位送桑叶的女人夸她的儿子,"儿子孝顺,花钱买下了乡下的日子,让我在城里过。"这位妇女没有听懂蚕婆婆的话,她晚上替蚕婆婆的儿子算了一笔桑叶账,笑了笑,对她的丈夫说:"这家人真是,不是儿子疯了，就是母亲疯了。"

蚕婆婆在新时代大厦的二十九层开始了与桑蚕的共同生活。她舍弃了电视、VCD，舍弃了唱片里头袁雪芬、戚雅仙、徐玉兰、范瑞娟等"越剧十姐妹"的越剧唱腔。她抚弄着蚕，和它们拉家常，说一个上午或一个下午的家乡话。蚕婆婆的唠叨涉及了她这一辈子的全部内容，然而，没有时间顺序，没有逻辑关联，只是一个又一个愉快，一个又一个伤心。说完了，蚕婆婆就会取过桑叶，均匀地覆盖上去，开心地说："吃吧。吃吧。"蚕在篾匾里像一群放学的孩子，无所事事，却又争先恐后。蚕婆婆说："乖。"蚕婆婆说："真乖。"

蚕仔的身体一转白就开始飞快地成长了。桑蚕一天比一天大，一天比一天长，这就是说，所用的篾匾一天比一天多，所占的面积一天比一天大。阳台和整个客厅差不多都占满了。新装修的屋子里皮革、木板与油漆的气味一天一天消失了，浓郁起来的是植物叶片与昆虫类大便的酸甜气息。儿子没有抱怨。老人高兴了，这就比什么都好。养一季蚕横竖也就是二十七八天的事，等蚕结成了茧子，屋子里会重新敞亮起来，整洁起来。儿子抓起一把桑叶，对蚕说："吃吧，吃。"

儿子说："妈，悠着点吧，累坏了我可没钱替你看病。"蚕婆婆把袖子撸起来，袖口挽得老高，笑着说："养蚕再养出病来，我哪里能活到现在？"儿子说："你就喂着玩玩吧，又不靠你养蚕吃饭。"蚕婆婆说："宁可累了我，不能亏了蚕。"儿子就用胸脯笑，说："妈你天生就是养蚕的命。"蚕婆婆居然笑出声来了，蚕婆婆说："妈天生就是养蚕的命。"蚕婆婆这么和儿子说笑，一边很小心地把蚕屎聚集到一块儿，放到阳光底下晒。儿子说："倒掉算了，你怎么拿蚕屎也当宝贝了。"蚕婆婆抓了一把蚕屎，眯着眼，让蚕屎从指缝里缓缓地漏下来，蚕婆婆说："蚕身上哪一点不是宝贝？等晒干了，妈用蚕屎给你灌一只枕头，——你们弟兄五个可全是枕着蚕屎睡大的。"

离春蚕上山还有四五天了，大儿子突然要飞一趟东北。业务上的事，原来就是说走就走的。儿子说："原想看一看春蚕上山的，这么多年了，还是小时候看过。"儿子说完这句话便从口袋里掏出钥匙，放在电视机上，随手拿起电视机上的那只钱包，对母亲说："别忘了，出门带上钱，这可不是断桥镇。"蚕婆婆闭了闭眼睛，示意知道。儿子说："还听见了？"蚕婆婆笑着说："你怎么比妈还能啰嗦？"蚕婆婆一个人在家，心情很不错。她打开了一扇窗，在窗户底下仔细慈爱地打量她的蚕宝宝。快上山的桑蚕身子开始笨重了，显得又大又长。蚕婆婆从蚕床上挑了五只最大的桑蚕，让它们爬在自己的胳膊上。蚕婆婆指着它们，自语说："你是老大，你是老二……"蚕婆婆逗弄着桑蚕，心思就想远了。她把自己的五个儿子重新怀了一遍，重新分娩了一遍，重新哺育了一遍。蚕婆婆含着泪，悄声说："你是老巴子。"

门就是在这个时候被敲响的。蚕婆婆很小心地把五条桑蚕从胳膊上拽下来，对门外说："来了。"蚕婆婆知道是送桑叶的女人来了，刚走到门口又返了回去。蚕婆婆从电视机上取过钱包，打开了门，站在了棕垫子上。

蚕婆婆说："儿子不在家,就不请你进屋坐了。"

女人朝屋内张罗了两眼,说："过几天就上山了吧?"

蚕婆婆说："是的呢,再请你辛苦四五天。这几天这些小东西可能吃了。"

女人说："我们采桑也不容易,每斤再加五块钱罢。"

蚕婆婆说："这也太贵了吧。"

女人说："我随你。要不要都随你,反正就四五天了。"

蚕婆婆想了想,就从钱包里抽出一张百元现钞。女人像采桑那样顺手就摘了过去。女人在走进电梯的时候回头笑着说："你放心,拿了你的钱就一定给你货。"蚕婆婆愣在那儿,还没有从眼前的事情当中还过神来。大儿子说得真是不错,城里头一出家门就少不了花钱,真的是这么回事。蚕婆婆低下头看了看钱包,儿子真是周到,一沓子百元现钞码得整整齐齐的。蚕婆婆这辈子还没见过这么多的现钱呢。

意外事件说发生就发生了,谁也没有料到蚕婆婆会把自己锁在门外了。蚕婆婆突然听见"轰"的一声,一阵风过,门被风关上了。关死了。蚕婆婆握着钱包,十分慌乱地扒在门上,拍了十几下,蚕婆婆失声叫道："儿,儿,给你妈开开门!"

三天之后的清晨儿子提了密码箱走出了电梯,一拐弯就看见自己的母亲睡在了过道上,身边堆的全是打蔫的桑叶和康师傅方便面。母亲面色如土,头发散乱。大儿子丢开密码箱,大声叫道："姆妈,出了啥事情咯?"大儿子忘了普通话,都把断桥镇的方言急出来了。

蚕婆婆一听到儿子的声音就跪起了身子。她慌忙地用手指着门,说:"快,快,打开!"

"出了啥事情咯?"

"什么事也没出,你快开门!"

儿子打开门,蚕婆婆随即就跟过来了。蚕婆婆走到蚕床边,蚕婆婆惊奇地发现所有的蚕床都空空荡荡,所有的桑蚕都不翼而飞。

蚕婆婆喘着大气,在二十九层楼的高空神经质地呼喊:"蚕! 我的蚕呢!"

大儿子仰起了头,雪白的墙面上正开始着许多秘密。墙体与墙体的拐角全部结上了蚕茧。不仅是墙,就连桌椅、百叶窗、电器、排风扇、抽水马桶、影碟机与影碟、酒杯、茶具,一句话,只要有拐角或容积,可供结茧的地方全部结上了蚕茧。然而,毕竟少三四天的桑叶,毕竟还不到时候,桑蚕的丝很不充分,没有一个茧子是完成的、结实的,用指头一摁就是一个凹坑。这些茧半透明,透过茧子可以看见桑蚕们正在内部困苦地挣扎,它们蜷曲着,像忍受一种疼,像坚持着力不从心,像从事着一种注定了失败的努力……半透明,是一种没有温度的火,是一种迷蒙的燃烧和无法突破的包围……蚕婆婆合起双手,紧抿了双唇。蚕婆婆说:"罪过,罪过噢,还没有吃饱呢,——它们一个都没吃饱呢!"

桑蚕们不再关心这些了。它们还在缓慢地吐。沿着半透明的蚕茧内侧一圈又一圈地包裹自己,围困自己。在变成昏睡的蚕蛹之前,它们唯一需要坚持并且需要完成的只有一件事:把自己吐干净,使内质完完全全地成为躯壳,然后,被自己束之高阁。

1998 年第 4 期《花城》

白　夜

　　通常情况下,这时的天早就黑透了,也就是人们所说的伸手不见五指。而那一天不。那一天的晌午过后突然下起了大雪,大雪一下子把村庄弄得圆鼓噜嘟的,一片白亮。黑夜降临之后大雪止住了,狂风也停息了,我们的村庄就此进入了阒寂的白夜,有些偏蓝。我无法忘记那个夜,那个雪亮的严寒夜空居然像夏夜一样浩瀚,那么星光灿烂了。我知道,雪光和阒寂会导致错觉,有时候,雪光就是一种错觉,要不然怎么会偏蓝呢?而阒寂也是,要不然我怎么会战栗呢?

　　张蛮在我家的屋后学了三声狗叫。我的心口一阵狂跳,我知道我必须出去了。张蛮在命令我。我希望这时的狗叫是一条真狗发出来的真声,然而不是。张蛮的狗叫学得太像了,反而就有点不像狗了。张蛮不是狗,但是我比怕狗还怕他。

　　我悄悄走出家门,张蛮果真站在屋后的雪地里。夜里的雪太白了,张蛮的黑色身影给了我触目惊心的印象,像白夜里的一个洞口。

　　张蛮说:"他在等你。"

　　张蛮的声音很低,他说话时嘴边带着白气,像电影里的火车。那种白气真冷，它加重了张蛮语气里的阴森感。我听了张蛮的话便跟着他跑了。

张蛮所说的"他"是李狠。与李狠比起来，张蛮只是李狠身边的一条狗。

我跟在张蛮的身后一直走到村东的桥头，一路上我都听着脚下的雪地声，格棱棱格棱棱的，就好像鬼在数我的步子。

李狠站在桥头等我们，他凸起的下巴也就是他的地包天下巴使他的剪影有些古怪。他的下巴有力、乖张，是闭起眼睛之后一口可以咬断骨头的那种下巴。

李狠的身后三三两两地站了五六个人。他们黑咕隆咚的，每人都是一副独当一面的样，合在一起又是一副群龙有首的样。

张蛮把我领到李狠面前，十分乖巧地站到李狠的身后去。

李狠说："想好了没有？"

我说："想好了。"

我是一个外乡人，去年暑期才随父亲来到这座村庄。父亲是大学里的一位讲师，但是出了问题，很复杂。要弄清他的问题显然不那么容易。好在结果很简单，他被一条乌篷船送到乡下来了。同来的还有我的母亲，我，两只木箱和一只叫苏格拉底的猫。一路上我的父亲一直坐在船头，他的倒影使水的颜色变得浑浊而又忧郁。我们的乌篷船最终靠泊在一棵垂杨树的下面，这时候已经是黄昏了。父亲上岸之后摘下了眼镜，眯着眼睛看着西天的红霞。父亲重新戴上眼镜之后两只镜片上布满了天上的反光，在我的眼里他的眼前全是夕阳纷飞，又热烈又伤悲。

当天晚上我们临时居住在一座仓库里。仓库太大了,我们只占领了一个角落。一盏油灯照亮了我的父母和那只叫苏格拉底的猫。仓库的黑色纵深成了他们的背景,父母的脸被灯光弄成了一张平面,在黑色背景上晃来晃去。父亲又摘下了眼镜,丢在一堆小麦上。父亲说:"村子里连一所小学也没有,孩子怎么上学呢?"没有学校真是再好不过了,至少我就不用逃课了。母亲没有开口,过了好半天她吹灭了那盏小油灯。她的气息里有过于浓重的怨结。灯一下子就灭了,仓库里的浓黑迅速膨胀了开来,只在苏格拉底的瞳孔里头留下两只绿窟窿。

为了办学,为了恢复村子里的学校,我猜想父亲一直在努力。在得到村支书的肯定性答复后,父亲表现出来的积极性远远超过了我的母亲。尽管村支书说了,我的父亲只在我母亲的"领导"与"监督"下"适当使用"。父亲拿了一只小本子,挨家挨户地宣讲接受教育的作用与意义。父亲是一个寡言的人,一个忧郁的人,但在这件事上父亲像一个狂热的布道者,他口若悬河,两眼充满了热情,几十遍、上百遍地重复他所说过的话。父亲站在桥头、巷口、猪圈旁边、枫杨树的底下,劝说村民把孩子交给自己。父亲逢人便说,把孩子交给我,我会还给你一个更聪明的孩子,一个装上马达的孩子,一个浑身通电的孩子,一个插上翅膀长满羽毛的孩子,一个会用脑袋走路的孩子!

父亲的努力得到了回报。父亲与我的母亲终于迎来了第一批学生,加上我一共二十七个。这里头包括著名的张蛮和伟大的李狠。父亲站到一只石碾子上去,让我们以"个子高矮"这种原始的排列顺序"站成两队"。父亲的话音刚落,李狠和张蛮立即把我夹在了中间。李狠面色严峻，而张蛮也是。我不知道他们要干什么，很机密，很投入，意义很重大的样子。我不知道他们想干什么。我反正是不会到他们家锅里盛米饭的。

父亲从石碾子上下来，让村支书站上去。村支书站上去说了几句蒋介石的坏话，又说了几句毛泽东的好话，随即宣布挪出河东第三生产队的仓库给我们做教室。村支书说，他正叫人在墙上开窗户，开好了，再装上玻璃，你们就进去，跟在老师后面，"把有用的吃进去，把没用的拉出来。"

简朴的典礼过后我们就散了，我没有料到我会在下午碰上李狠。他一个人。通常他们都是三五成群。他正在巷子里十分无聊地游荡。我知道他们不会理我，我没有料到在我走近的时候李狠会回过头来。

"嘟"地一下，一口浓痰已经击中我的额头了。

这口痰臭极了，有一股恶毒和凶蛮的气质。痰怎么会这么臭？这绝对是奇怪。我立在原地，一时弄不懂发生了什么，我就看见巷头站出了两三个人，巷尾又冒出三四个。他们一起向中间逼近，这时候李狠走上来，劈头盖脸就是一个大问题：

"你父母凭什么让我们上学？"

我不知道。我的额头上挂着李狠的浓痰，通身臭气烘烘。我不知道。好在李狠没有纠缠，立即问了我另一个大问题：

"你站在我这边还是站在他们那边？"

我的胸口跳得厉害。我承认我害怕。但是李狠在这个下午犯了一个错误，他不该动手的，他应当让我怕下去，让我对他产生永久的敬畏，他不该捅破那层纸，他不该提供一个让我"豁出去"的念头。李狠显然失去耐心了,他一把就卡住了我的脖子。这要了我的命。我很疼,透不过气来。疼痛让人愤怒。人愤怒了就会勇猛。我一把就握住了李狠的睾丸。我们僵持。他用力我用力,他减力我减力。后来我的脸紫了,他的脸白了。我们松开手,勾着眼珠子大口喘息。我不知道为什么会出现今天的这种局面。我想弄明白。然而李狠一挥手,他们就走光了。

"你等着!"李狠在巷口这样说。

雪夜里到处是雪的光。这种光有一种肃杀的寒气,不动声色,却砭人肌骨。我跟在李狠和张蛮的身后,往河东去。我们走过桥。桥上积满了雪;桥下是河,河面结成了冰,冰上同样积满了雪。你分不清哪里是桥面哪里是河面,我们每迈出一步都像是赌博,一不留神就摔到桥下去了。

过了桥就是第三生产队的打谷场了。打谷场的身后就是我们的教室。李狠让大家站住,命令王二说:"你留下,有人来了就叫两声。"王二不愿意,说:"这么冷,谁会到河东来?"李狠甩一口浓痰抽了王二一个嘴巴。

父亲在苦心经营他的"教育"。然而,同学们总是逃课,这一来父亲的"教育"很轻易地就被化解了。课上得好好的,刚一下课,很多同学就不见了。他们总能利用下课期间的十分钟,就好像这十分钟是地道,一眨眼的工夫他们就从这个地道里消失了。过了好一段时间我才知道,同学们的逃课与一个叫"弹弓队"的地下组织有关,这个"弹弓队"的队长兼政委就是李狠。

他们集合在一起,每人一把弹弓。他们用手里的弹弓袭击树上的麻雀、野鸽,麦地里的鹁鸪、花鸽以及村口的鸡鸭鹅什么的。他们从赤脚医生那里偷来打吊针的滴管,这种米黄色的滴管弹性惊人,用它做成的弹弓足以击碎任何鸟类的脑袋。我曾经亲眼目睹张蛮瞄准树巅上的一只喜鹊,它突然张开了翅膀,以一块肉的形式重重地掉在地面上。弹弓队的成员每个星期都可以吃上一顿鸟肉,这是很了不起的。那时候我们每个人都饿肚子,我们找不到吃的,是李狠与张蛮他们把天空改变成一只盛满鸟肉的大锅。

天地良心,我没有把弹弓队的事情告诉我的父亲。是我的父亲自己发现的。他在村子南首的一个草垛旁边看见一群母鸡突然飞奔起来,而其中的一只芦花鸡张开了翅膀,侧着脑袋围着一个并不存在的圆心打转转。我的父亲收住脚步,远远地看见张蛮走了出来,迅速地用手指夹拾起地上的母鸡,把鸡脖子掖进裤带,随后裹紧棉袄,若无其事地走远了。我的父亲一定跟踪了张蛮,亲眼目睹了他们如何去毛,开膛,架起火来烧烤。我的父亲一定看见了李狠张蛮他们分吃烤鸡时的幸福模样。

父亲的举动是猝不及防的。他在第二天的第一节课上表现出了超常的严厉与强硬。他走上讲台,目光如电,不说一句话。班里的气氛紧张极了,没有人知道发生了什么。父亲后来走下讲台,走到李狠的面前,伸出了他的右手,厉声说:"给我。"

李狠有些紧张,说:"什么?"

"弹弓。"

李狠在交弹弓之前与许多眼睛交换了目光。但是他交出来了。张蛮他们也陆续交出来了。父亲望着讲台上的弹弓，十分沉痛地说："你们原来就为这个逃课！——是谁叫你们逃课的？"

李狠毕竟是李狠，他很快就回过神来了。李狠站起来，说："是毛主席。"我看见我的父亲冷笑了一声，反问说："毛主席是怎么教导你逃课的？"李狠说："我们饿。毛主席告诉我们，自己动手，丰衣足食。"父亲说："毛主席有没有告诉你好好学习天天向上？"李狠不说话了，但是李狠接下来的一句话立即回荡在我们的仓库、我们的教室了。李狠说："老师你上课时说的话哪一句比麻雀肉香？"父亲听了这话之后便不语了。过了好半天，父亲放松了语气，轻声说："人应当受教育，人不受教育，不成了浑身长毛的麻雀了？"李狠说："有本事你让我浑身长毛，我现在就飞到田里去吃虫子。"父亲拧紧了眉头，脸上是极度失望的样子，父亲摊开手说："李狠你说说待在教室里接受教育有什么不好？"

李狠说："在教室里我肚子饿。"

父亲气呼呼地回到讲台。他掏出了一把剪子。他显然是有备而来的。他十分愤怒地剪断了弹弓上的橡皮滴管，把它们丢在角落。父亲一点都没有注意教室里的目光，他们全集中到我的身上。他们的目光全是剪子。

接下来的日子我一直在防范。我精心准备着一场斗殴。我提醒我自己，千万不能被人两头堵住。让我吃惊的是，弹弓队的队员们似乎并没有报复我的意思，空气里完全是共产主义就要实现的样子。有一件事很突然，李狠让人给我捎口信来了，来人转达了李狠的话，来人说："李狠说了，他请你过去。"

李狠他们站在第一生产队的打谷场上。我走上去，我注意到他们的脸上没有杀气，相反，一个个都很和善。李狠站到我的面前，拍了拍我的肩膀，随后李狠就把一样东西塞到我的手上。是一把新制的弹弓。李狠说："和我们在一起吧，只要你同意逃课。"这不是一般的事，要知道，我面对的不只是老师，还有父亲。我想了想，说："我不。"李狠望着我，我们就这么对视了一会儿。李狠说："那就不怪我了。"李狠说完这话就站到一边去了，而张蛮却趴在地上。事实上，张蛮一直趴在地上。听到李狠的话之后，张蛮掀开了一张草包，我注意到张蛮正全力捂住一样东西，好像是一只猫。这时候有人推过来一只青石碾子，我一点都不知道青石碾子即将碾过的是我的苏格拉底。李狠点了点头，碾子启动了，压向猫的尾部。苏格拉底的那一声尖叫闪出了一道弧光，撕开了什么一样，而身体却腾空了，四只爪子胡乱地飞舞。我甚至看见了苏格拉底瞥向我的最后一道绿色目光。我冲上去，张蛮却推动了碾子，苏格拉底反弓起背脊猛地张大了嘴巴。它的嚎叫、内脏、性命，一起被碾子压向了口腔，呼地一下吐了出去。我只在地上看见了苏格拉底的一张平面，张蛮用手把苏格拉底的内脏托在手上，满手都是红。苏格拉底的心脏在张蛮的手心里有节奏地跳动。张蛮笑笑，说："要不要？拿回去教育教育，还是活的。"在那个刹那张蛮击垮了我。恐惧占领了我。我望着张蛮，禁不住浑身战栗。

李狠指着我，向大家宣布："谁再敢和他说话，开除！"

没有人和我说话让我很难受。但是我必须装得满不在乎，装得就像我不知道,然而,在困境中我自制了一把鱼叉,你们吃天上飞的,我要吃水里游的,这叫水不犯天,天不犯水。为了练就百发百中的过硬本领,我见到什么就叉什么。这叫我着迷。我差不多走火入魔了。即使在课堂上我也要找一个假想的目标,然后选择时机、角度、力量。我在想象中叉无虚发,想象使我的叉术日臻精美、日臻完善。在想象中,我丰收了鸡鸭鱼肉,我一遍又一遍地水煮、火烤,做出了十八盘大餐。然而,我无法想象吃的感觉、吃的滋味以及饱的状态。这叫我伤心。我绝望极了。为什么在滋味面前我们的想象就力所不及呢?我流下悲痛的口水。

我就想离开课堂,到广阔的天地里寻找我的滋味。现在。马上。

我终于逃课了。离开教室的时候我的牙齿幸福得直颤,像疯狂的咀嚼。雪地里泛着蓝光,这股偏蓝的颜色来自过于明朗的夜空。大雪过后天说晴就晴了。本该是伸手不见五指的黑夜,因为大雪遍地,这个夜出格地白亮,并且严寒。

李狼带领我们来到了教室,也就是那个空洞的仓库。即使装上了玻璃窗,我们的教室依旧可见巍峨的仓库派头,在雪地里黑压压地一大块。我们望着墙面上的玻璃,漆黑漆黑的,像了无防范的瞳孔。玻璃这东西真是怪,白天里它比白天亮,到了黑夜却又比黑夜黑,这是一个使光明与黑暗都走向极端的东西。两个月前父亲通过多方努力刚刚装上它们。我们还记得那个下午,村支书率领一彪人马从机帆船上抬下那些大玻璃。大玻璃差不多吸引了全村的人。大玻璃在阳光下一片白亮,刺眼、锐利,打谷场被弄得晶晶亮亮的。后来父亲用一把钻石刀切割了玻璃,把它们四四方方地装上了窗户。那一天我们兴奋极了,父亲对我们说:"玻璃是什么? 是文明,是科学,它挡住了一切,只允许明亮通过。"我觉得父亲的这句话讲得实在是高级,尽管我不太懂,但我还是听出了一种似是而非的伟大。父亲说:"我希望同学们再也不用找借口逃课了,我们回到课堂上来,这里暖洋洋,这里亮堂堂。"我注意到父亲说这些话时李狠的表情,他面色严峻,目光冷冷地滑过那些玻璃。我觉得他的目光就是切割玻璃的钻石刀,滑过玻璃的时候玻璃"哧"的就是一声。一个人对一样东西的表情,往往决定了这个东西的命运。

所以说,只有我知道这些玻璃会有今天,会有今天这个白夜。

我不知道李狠是如何知道我父亲到公社去开会的,知道的人并不多。当然,李狠无法知道今天下午会天降大雪。下雪后不久李狠就让张蛮带信给我,他决定今天晚上"咣当"这些玻璃。张蛮转告李狠的话,说:"他说,我们希望你第一个下手,你只要第一个下手,今后你就是自己人了。"我希望他们把我看成自己人,这是我梦寐以求的。但是我不能第一个下手,玻璃对父亲来说意义太重大了,砸烂了它们,父亲会疯的。我对张蛮说:"我要是不下手呢?"张蛮又引用了李狠的话:"那我们就'咣当'你老子眼睛上的玻璃。"我一把抓住张蛮的袖口,脱口说:"你们怎么'咣当'?"张蛮甩开我的手,避实就虚,说:"这是我们的事。"

我现在就站在李狠的身边,仰着头,面对着那些玻璃。我看不见玻璃,但是,那些柔和的深黑就是。它们整整齐齐,方方正正。它们坚硬,却不堪一击。

李狠说:"大家过来。"大家就过来了。当着大伙的面李狠一只胳膊拥住了我的肩膀。李狠伸出手,和我握在了一起。我没有想到会是这样,我激动极了,一下子就热泪盈眶。我就想象电影里的地下党人那样轻声说一句:"同志,我可找到你们了!"不过我没有来得及说,李狠已经把一把弹弓塞到了我的手上,同时还有一粒小石头。小石头焐得热热的,光溜溜的,像我们的卵蛋。我突然发现我还没有和张蛮握手,我看了看,张蛮不在。我就弄不懂张蛮这刻儿哪里去了。

李狠说:"咱们开始吧。"

我后退了一步,迈开弓步,拉开了弹弓。弹弓绷得紧紧的,我感到浑身上下都是一股力气,又通畅又狂野。"呼"地一下我就出手了。几乎在同时,阒寂而又柔和的雪夜里响起了玻璃的破碎声,突兀,揪心,纷乱而又悠扬。我恐惧至极,然而,快意至极,内中涌上了一股破坏的欲望。李狠似乎也被刚才的这一声镇住了,他挂着他的地包天下巴,在白亮的夜色中与他的伙伴们面面相觑。我向李狠摊开我的右巴掌,命令地说:"再来!"

又是一阵破碎声,一样地突兀、揪心,一样地纷乱而又悠扬。

我几乎不可阻挡了,不停地对他们说:"再来! 再来! 给我子弹!"

窗户上还是漆黑的,但那是夜的颜色,不像玻璃那样黑得柔嫩,黑得熨帖平整。大伙儿一起下手了,玻璃的爆炸声把这个雪夜弄得一片湛蓝。李狠说:"撤!"我们愣了一会儿,所有人的眼睛都绿了,随后我们就撒腿狂奔。

我没有料到我的父亲会在这样的雪天里回来。但是父亲敲门了。我躺在被窝里，听出了父亲的敲门声。是我的母亲去给父亲开的门。开门之后我听见我的母亲倒吸了一口冷气，母亲慌乱地说："你怎么弄的？怎么弄成这样？"我的父亲说："没事，滑了一下，摔倒了。"母亲说："怎么都是血？怎么摔成这样？"后来他们就不出声了。我听见父亲把一样东西丢在了桌面上，还颠跳了几下，父亲抱怨地说："镜片全碎了，上哪里配去。"随后我就听见了父亲的擦洗声。我小心地伸出脑袋，我看见桌面上放着一盏灯和一只眼镜架。架子上没有玻璃，空着。灯光直接照射过来了，仿佛镜片干净至极，接近于无限透明。

1998 年第 5 期《钟山》

款款而行

　　阿鸡发了。他的目光在那儿。只有"发了",你的目光才能那样松散,目中无物,目中无人,看什么东西都是视而不见的样子。阿鸡说话的时候眼珠子显得很懒,但是移动,一会儿很缓慢地从左移向右,一会儿又很缓慢地从右移向左。天地良心,阿鸡的眼睛不算好看,但是他的目光里头有钱。他的目光使他像一个伟人。十年不见,阿鸡事实上已经是一个伟人了。

　　我不知道阿鸡是怎么找到我的。我们在我家的客厅里十分隆重地见面了。阿鸡走上来,伸出了他的大手,这时候他身后的小伙子咔嚓一下摁下了相机。小伙子是他司机,有时候也兼做摄影师或别的什么。握完了手阿鸡便笑,"嘿嘿嘿嘿"就是四下,后来我才知道,阿鸡每一次都是这样笑的,"嘿嘿嘿嘿",一下不多,一下不少。

　　笑完了阿鸡便慢腾腾地说:"我操。"

　　阿鸡说"我操"可能就是通常人说"你好"的意思。

　　所以我也很有派头地说:"我操。"

　　"操"完了,阿鸡便坐下了。他陷在沙发里头,掏出他的香烟,扔一根给我。我说我不抽。阿鸡说:"你小子还那样。"阿鸡一口气吸了五根香烟,他总是用一根香烟的屁股去对另一根烟的火,对完了他就很深地吸一口,"嘿"四下,然后说:"你小子还那样。"

阿鸡这家伙变化真是大了,他总是重复,重复一些动作,重复一些话,重复一种笑。许多东西在阿鸡的举止言谈之间周而复始,在缓慢和平静之中有一种回环之美,有一种复沓之美。

"怎么样?"阿鸡又这样问我了。他已经这样问了我四五遍了。我不知道什么"怎么样",只好"嗨"一声,支吾过去。但后来我终于明白了,阿鸡说"怎么样"并不是询问我什么,这只是阿鸡的口头禅,跟他"嘿嘿嘿嘿"和打一个酒嗝类属同一性质。

一连抽了一个多小时的香烟过后,阿鸡站起来了。他的肚子大极了,这样高大魁梧的身躯顷刻间就使我的客厅显得局促。阿鸡把双手插进裤兜,迈开步伐十分宏大地往我的书房去。阿鸡一定看到我书桌上的手稿了,回过头来问我:"还在写? 出名了没有?"阿鸡的回头动作使他回到了学生时代,那时候他就这样的,每一个回头动作都像鸡那样分解成两三个段落,还一愣一愣的,所以我们都叫他"阿鸡"。

我说:"出名了。邮局给我送退稿的都认识我。"

阿鸡很开心地笑了四下。随后又很开心地笑了四下。阿鸡说:"我操。"阿鸡想了想,又低声说:"我操。"

阿鸡很快转移了话题,问我说:"老婆呢?"我说:"上班去了。"阿鸡问:"孩子呢?"我说:"上学去了。"我随即反过来问了阿鸡一句:"你老婆呢? 在家做什么?"

"我? 我老婆?"阿鸡十分不解地盯住我,"我要老婆做什么?"阿鸡又笑,但这一次没有声音,只有大肚子在那里一抖一抖。阿鸡带有总结性地轻声说:"我要老婆做什么。"

我听出来了,天下所有的女人,阿鸡喜欢谁就是谁。什么叫财大气粗,这就是。

阿鸡的手机在这个时候响起来了。阿鸡把头仰到天花板上去,微笑着倾听远方的声音。听一会儿阿鸡就说一句"我操",再听一会儿阿鸡就再说一声"我操",阿鸡最后笑一笑,长长地说:"我——操——"阿鸡随后就把手机关了。

阿鸡真的是发大了。发财发到一定的火候你就可以随意操,从头操到尾,从西操到东。

打完了电话阿鸡就邀我到"资本主义"看看。阿鸡十分亲切地把声色场所称作资本主义。我当然希望能到资本主义去走一走,看一看。问题是,我得给老婆孩子做晚饭呢。阿鸡没有让我犹豫,拉起我就往楼下走,真是不容分说。

阿鸡打发了他的司机,亲自驾着他的小车带我去了六朝春。六朝春是我们这个城市的金粉之地,我们这个城市历来就有"吃在六朝、醉在六朝、卧在六朝"之说,可见阿鸡对我们这个城市比我还要熟悉。我们首先在二楼吃了一顿中餐。这也是进入资本主义的首要工作。阿鸡吃得很少,就着香烟喝酒,或者说,就着酒吸烟。有一道菜我特别喜爱,而菜名起得也分外香艳,叫"女儿乐"。我想一定有许多女士都喜欢这道菜的。阿鸡看着我吃完了,莞尔一笑,说:"大补。你吃了一根驴鞭。"我静下心来细心体会了一下,身上是有点热,难怪叫"女儿乐"呢。

阿鸡不停地喝。两瓶啤酒下肚他的话也就开始多了。阿鸡开始回顾他的发财史,他用"三起三落"为自己的发财史作了扼要概括。阿鸡的眼珠子再也不懒散了,说到惊心动魄的地方他都有点像陈佩斯了。贼溜贼溜的,还躲躲藏藏的。阿鸡说得太精彩了。我都疑心他是不是打过好几遍腹稿,而他的叙述也越来越艺术化、故事化,从"他"的身上游移开去了。一句话,他不像在回忆,而像在创造回忆。尤其令我不得其解的是,他说他在海南岛遇上了几个持枪歹徒,他开着他的小汽车飞车狂奔,后来车子翻了,在空中转了五圈,而他居然没受一点伤。我认为翻车是可能的,我在警匪片里看过,翻车后不受一点伤也是可能的,警匪片里的孤胆英雄大多数也不受伤。问题是在空中"转了五圈"他是怎么统计出来的。这绝对是高科技。

阿鸡讲完了他的"三起三落",点上一根极品云烟,"嘿嘿嘿嘿"又笑了那么四下。阿鸡说:"我就是这么有钱的。"

按照吃、喝、玩、乐这个逻辑次序,我和阿鸡在吃喝之后开始换地方玩乐去了。阿鸡走进洗头房的时候称得上气宇轩昂。他冷漠的目光从镜子里反弹回来,在那些姑娘的身上挑三拣四。我跟在阿鸡的身后,形象委琐,马脸瘪腮,一身的寒酸气,一句话,没钱。我这种样子是装不出胖来的,脸打肿了也不行。阿鸡在每个姑娘的脸上、胸脯和屁股上看了看,坐躺到椅子上去,对一个姑娘说:"喂,你。"后来那个姑娘就过去了。阿鸡轻声和她说了几句什么,姑娘咬着下唇只是笑,作羞怯状。她的样子在镜子的深处差不多就是一个处女。阿鸡后来便歪着嘴笑了,笑得又坏又帅,笑得又淫荡又有钱。我傻站在门口,眼睁睁地看着阿鸡站起身,半拥着姑娘走进另一间房。阿鸡这小子不是东西,为了半晌贪欢,硬是把我这个四年的同窗好友晾到一边去了。这时候走上来另一个姑娘,问我"怎么弄"。我故作镇静,像阿鸡那样把双手插进裤兜,那里有我的钱包,我的钱。我不知道我那可怜的几个钱在这里能做什么。我没底。我说:"你们忙吧,我在这儿等我的朋友。"姑娘们真会说话,其中的一个说:"这成什么了? 这不成了他是皇上,你做太监了嘛?"你听听,我们的姑娘们对历史掌故还是挺熟的。这时候另一个姑娘在我的耳边轻声说,"搞嘛,搞一搞十年少嘛。"

我承认我陷入了一个十分尴尬的境地。老实说,我渴望像阿鸡那样,"搞一搞",你要是有良心你一定记得我吃了一大盘子的"女儿乐"。我发现让我吃"女儿乐"很可能是阿鸡的一个阴谋,我都急成这样了,又掏不出钱来,现在又不是赠诗作画的时代了,你说我除了做太监我还能做什么?"女儿乐"在我的身体内部纵情地呼喊:你花钱吧,你花钱吧!

可是我没有钱。我只能对自己说,忍忍吧兄弟,再坚持一会儿吧兄弟。

大约十来分钟之后阿鸡从那扇门后出来了。一副相当高兴的样子。我就弄不懂他怎么这么快就出来了。这也太仓促了。阿鸡见到我之后有些吃惊,说:"你就一直干等着?"我正了正面容,十分岸然地说:"那当然,我怎么能做那种事。"

阿鸡点了点头,不住地微笑。这小子笑得越来越坏了。这小子是一口很深的井,不知道里面有多少水。我就想早点离开这家伙,我不知道再这样折腾下去我能否把持得住,把持不住而又没有经济基础做保障,难免要丢人现眼。

所以我说："阿鸡，不早了，我该回了。"

阿鸡回过头，像鸡那样，每个小动作都有一个休止符，看上去一愣一愣的。阿鸡说："你瞧瞧你，刚刚开始嘛。"

我说："老婆孩子等我呢。"

阿鸡笑笑，半假半真地说："你没那么重要，回去了你又能做什么？"我想想也是，回去了我又能做什么？阿鸡说："我们到'重炮'去坐坐。"阿鸡说走就走。在这些事情上阿鸡称得上雷厉风行。我们到了"重炮"我才发现，"重炮"是我们这个城市新近开张的一家迪厅，地处城郊接合部，来一趟也挺不容易的。阿鸡坐下来之后点了啤酒，当然，也没有忘记点姑娘，这一回阿鸡做得比较明朗，他随手招来了一位小姐，指着我对这位小姐说："陪陪张老板。"阿鸡信口开河，我不仅改姓了"张"，还成了"老板"。我注意到阿鸡和他身边的小姐已经亲密异常了，都像数年不见今又重逢的老情人了。我身边的小姐似乎已经看出来我不是老板，便十分客气地说："张老板做什么生意？"我一下子就紧张了，连忙说："小买卖，小本生意。"这话好像也是从电影里学来的。小姐又看了我一眼，我惶恐极了，我就弄不懂我在风尘女子的面前怎么会这样自卑。在我的眼里她们一个个全是伟人。我就想离开她。没想到阿鸡离得比我还要快，他已经站起身拥着小姐往门外去了，连一句话也没给我留下来。我身边的小姐说："张老板不常到我们这里玩吧？"我忙说："是的是的，我出差过来，第一次，真是第一次。"小姐听完了我的话愣愣地望着我，后来竟笑了，笑得慢极了，一点一点地露出牙齿，一点一点流露出风情。小姐伸出手拍了拍我的腮,说:"大哥你这就没意思了,一口的城南腔,还硬逼着自己说普通话,还硬说自己是出差,大哥你没劲,一点也不拿小妹当自己人。"我脑袋里轰地一下,我羞愧难当,我就想把我的脑袋夹到裤裆里去,我是多么地无耻、卑鄙,我居然想欺骗这个世界,我居然拿小妹不当自己人。我就想搂住我的小妹,让她好好和我睡上一觉,好好地净化一下自己的灵魂。

但是我没有钱。我知道,她们是不会免费拯救我的灵魂的。

我出汗了。我说:"你走吧,我不配让你和我坐在一起。我实在不是东西。"

小姐又笑了。她斜着眼,摇着头说:"一毛不拔?好歹我也陪你说了几句话吧?少说你也得掏一张吧。"

一张我有。这点钱我还掏得出。我摸出钱包,仔细捻出一张百元现钞,恭恭敬敬地交到小姐的手上。我不仅不敢做我想做的事,我还满口胡言假装体面。我痛心地发现,我在这个晚上实在亵渎了我们的妓女,我破坏了她们的纯洁性。

阿鸡这小子又回来了。这小子总是在我备受煎熬的时候心满意足地回来。阿鸡说:"又让你等了。"我拍拍阿鸡的肩,告诉他没事。我说:"我妨碍你了吧?每次都这样,短、平、快。"

阿鸡"嗨"了一声,说:"意思意思,本来就意思意思。"

不管怎么说,阿鸡已经在两个姑娘的身上撒过钞票了,我想这个晚上他差不多可以收场了。但是阿鸡一点都没有回撤的意思,到了深夜零时,阿鸡终于提议,去蒸一蒸桑拿吧。这个晚上我反正威风扫地了,丢两次人和丢三次人在本质上是一样的,所以我说:"我陪你到天明。"阿鸡很满意地笑了四下,说:"到底是老同学。"

深夜零时我和阿鸡躺在桑拿小蒸笼里。我们光着身子,过浓的水汽使我们身边的一切更像深夜了。阿鸡闭着眼,不时发出一些声音,表示惬意或满意。最气人的是他裆里的那个大玩意儿,松塌塌软绵绵的,一副劳逸结合的智慧样子。阿鸡这家伙什么都不会落下,什么都能摊上,这是阿鸡的成功处,阿鸡的过人处。

我向大石块上泼了一些水,笼子里的水汽更浓了,差不多能在视觉上使我和阿鸡隔开了。水汽有时候是这样一种东西,它使你呈现出一种虚假的自我封闭,如果不能让你自省,则会提醒你自艾自怜。我被水汽包围着,我知道我的体内有一股热,一种力,一种焦虑,它们纠集在一起,使我产生了作践自己的欲望,但是我没有借口。我找不到借口。问题严重了。

阿鸡和我都出了一身的汗。人的后背上沁出了许多巨大的汗珠,排列得井然有序。阿鸡长叹了一口气,走出蒸笼,喜滋滋地说:"今天没白过。"

我一点也没有料到我和阿鸡的事到现在为止只是一个序幕。我一点也没有料到阿鸡会选择这个时候和我谈最要紧的事。阿鸡站在一只莲蓬头的下面,但是没有放水,他双手叉着他的腰,脚上没有拖鞋,我们在深夜无人的时候全裸着身子开始了最后的对话。

阿鸡说:"我今天找你其实不是玩,有一件正经八百的事。"

我说:"我能为你做什么?"

阿鸡说:"我想请你写一本书,你怎么写我不管,得把我弄成一个大人物,像那么回事。"

我说:"你到底想干什么?"

阿鸡笑了起来,说:"财已经发了,想出名,想弄点名气。"

我说:"算了吧,阿鸡,有钱就行啦。"

阿鸡眨巴着眼皮说:"你得把我弄成一个大人物,像那么回事。"

我说:"我怎么会? 我怎么弄?"

阿鸡又笑,说:"这个随你,价钱你只管开。——不要不好意思,不好意思就没意思了。"

我咬住了下嘴唇,不知道说什么好。

"开个价嘛。"阿鸡说。

我得拒绝,这个毫无疑问,但问题是,我连价格都没有弄清楚,一口拒绝了就有点盲目了。阿鸡一定看出我的心思了,只顾嘿嘿地笑,把手搭在我的肩膀上往休息室里去。我用一块白色的大浴巾裹住,躺在了椅子上。阿鸡说:"放松放松,放松完了咱们再谈。"阿鸡说完这句话便打了两个响指,两个姑娘便笑嘻嘻地从后门进来了。我甚至都没有来得及说什么,姑娘的十只指头已经像春风那样飘拂过来了。——放松放松,在这种情况底下你说我如何放松? 有些事你想放松也是身不由己的。我像通了电一样坐起了身子,而阿鸡已经开始打呼噜了。这小子肯定是装的,他不可能这么快就入睡,他用这种方式轻而易举地把我丢在一个无援的境地。我得承认,从昨天下午到现在,阿鸡这小子给我下了一个套子。我呼地一下就钻进来了。这小子毒。

我的身体已经越来越紧张了,某些局部尤其是这样。阿鸡这小子毒。他是伟人。

1998 年第 7 期《山花》

手指与枪

　　高家庄的人们对晚辈的称呼有一种统一规范,在未婚男子的名字后面加"伙",而在闺女们的芳名后头加"子"。比方说,大家冲着高槐根叫"槐根伙",却把高秀英称作"秀英子"。这是一代又一代高家庄人留下来的特定习俗,但对高端五人们就不。村子里的老少一律用标准的姓氏规格称呼高端五,这里头不仅包含了另眼相看这一层意思,更有尊重、喜爱、树立一种人生典范的意味。高端五是高家庄第一个获得高中文凭的小伙子。他不用笔,甚至不用算盘,只靠闭上他的双眼就能进行加减乘除了。高端五随便往哪里一站都有一种木秀于林的感觉,所以他不可能是"端五伙",只能是高端五。

　　高端五毕业于安丰镇中学。他在高中毕业的那一天称得上衣锦还乡。他背着一只草绿色挎包,旁边还插着一支竹笛。许多人都看到了竹笛尾部的金色流苏。当晚乘凉的时候人们让高端五吹了许多曲子,都是电影上的主题歌。他用一连串清脆的跳音表达了新一代青年的豪情壮志。在这个夏夜,许多"秀英子"的心情都随着高端五的手指一跳一跳的。她们的瞳孔漆黑如夜,而每一只瞳孔都有每一只瞳孔的萤火虫。女孩子们认定,高端五一定会在十五里之外娶上一位安丰镇的姑娘。高端五不可能在高家庄待上一辈子。所以，姑娘们在说起高端五的时候总是保持一些距离，称他为"人家高端五"。听上去全是伤感。

暑期过后村支书找来了高端五。村支书说："端五啊，找你。"村支书说："想不想学医？"高端五一心想当兵，一心想成为中国人民解放军的一名战士。但是高端五不敢说不。这个世界上没有比"不"危险的东西了。"不"字是地雷，一出脚就炸。高端五的话说得很有余地，说："什么想不想的，大叔你安排吧。"高端五把支书喊成"大叔"表明了他的自信，好歹把自己放到侄子的位置上去了。村支书咧开很宽的嘴巴，点了几下头。村支书说："回头到我家拿一张介绍信。"村支书说："你是我们的知识分子。"

这一年的冬天高端五从县城回来，他穿了一件黄咔叽布中山装，嘴上捂着一只雪白的大口罩。他的挎包这一回换成了卫生箱，朝外的一侧有一块白色的圆，圆圈中央则是一个鲜红的红十字。高端五的模样已经完全与科学、技术、文明和进步联系在一起了。这就不只是好看，而成为一种"气质"。"气质"这个词是一位小学教师讲的，很深奥。女孩子们反复问，"气质"到底是上衣还是裤子？是鞋袜还是口罩？小学教师避实就虚，严肃地指出，是"鸡窝里飞出金凤凰"。

高端五刚走到水泥桥边就让"彩云子"她妈拦住了。"彩云子"她妈说："高端五，我心窝子总是憋气，给两片药吃吃吧。"人们注意到高端五这一回没有流露出衣锦还乡的神情，他十分礼貌地喊了一声"大妈"，说，"我学的是兽医。"大妈很失望，恍然大悟,说:"原来是畜生医生。"

高端五第一次显示手艺是给一头老母牛看病。全村老少都看到了这骇人的一幕。高端五和养牛人耳语了好大一会儿,然后就让人把老母牛拴在一棵柳树上。高端五脱去上衣,很专业地挽袖口,一直挽到腋下。人们看见高端五把他的手指一点一点伸进了母牛的阴户,随后把整个胳膊全塞进去了,就像把手伸进窗户摸钥匙那样。没有人知道他在忙什么,但是,从他的神情看,事关重大。老母牛很配合,弯下了两条后腿,仿佛小学教师在黑板的下方做板书似的。大约过了二十分钟,高端五抽出了胳膊,热气腾腾的。高端五在老母牛的腹部擦去胳膊上的黏液,随后打开了卫生箱。他取出不锈钢针筒和不锈钢针头,吸满注射液,习惯性地朝天上挤出一根小水柱。高端五拧起老母牛的耳朵,在老母牛的耳根注射进去,说:"好了,给它喝点热水。"

老母牛不久就健步如飞了。如果尾巴上的毛再长一些,它简直就是一匹马。然而,人们对高端五的崇敬表达得却有些古怪。怎么说呢,高端五的医术的确不错,却让人有点儿说不上来。怎么说呢,反正女孩子们一见到高端五脸就红,远远地就让开了。

高端五一定感觉到什么了。尽管他还是那样木秀于林,但整个冬季高端五一直把自己关在家里。他的竹笛上总是蹦出一串又一串的跳音。热烈得要命,有一种对着竹笛拼命的意思,听的人都觉得高端五快流鼻血了。

一开春高端五便丢开了笛子,开始忙活了。乡村的春天不同于城里，只是一个时间概念。乡间的春天是一种气韵，一种万物复苏、欣欣向荣的劲头。乡下的春天就好像是为所有的生命裂开的一道缝隙，许多东西都开始往外蠕动。最典型的就是猪。这个愚蠢的东西其实不是生命，只是肥料和食物。最多只是村民们手里的零花。然而，在春天到来的时候，它们居然露出了饱暖思淫欲的死样子。这怎么行？

解决的办法是把它们骗了。高家庄的人们习惯于称作"洗"了。不是在观念上，而是在功能和构造上来一次"清洗"，来一次严打。完成这个工作的只能是高端五。在生猪们蠢蠢欲动的日子里，高端五以科学的名义给它们来了一次开春结账。首当其冲的是公猪。依照常识，对雄性的骚动必须严惩。这是由它们的生理特征决定的。它们的尾巴下面一律挂着一对多余的大口袋，鼓囊囊的，高端五让人把它们摆平，然后，取出手术刀，在口袋的外侧拉开一道口子，挤一挤，口袋就空了。高端五再把口子缝上，清洗工作就彻底结束了。这时候公猪会站起身来，走到自身的弃物面前，嗅一嗅，以一种痛改前非和重新做猪的神情离开。公猪们奔走相告："是高端五使我们变成一只高尚的猪，一只纯粹的猪。"

母猪的清洗工作要复杂一些。母猪的一切都是隐匿的，幽闭的。但你不了解母猪。它们以叫声表达了它们的危险性。它们在春天的哀怨是凄艳的，缠绵的，也是引诱和蛊惑的，体现出祸水的性质。高端五手到祸除。他从它们的腹部准确地勾出一节内脏，母猪们立刻就娴淑了，一副娇花照水之态。高端五洗涤并荡除了高家庄的滛泆之风，使高家庄的春天就此回归于植物的春天。

高端五在清洗的时候时常叼着一根烟。谁也不知道他是什么时候学会吸烟的。由于手里忙，高端五只好把香烟衔在嘴角，眯眼，侧着脑袋。他的这种样子离"气质"已经越来越远了。最要命的是他的脸上长起了许多疙瘩，起初只在颧骨那一片，三三两两的，而现在已经遍地开花了。高端五难得说上一两句话，女孩们都说，高端五心里的疙瘩全长到脸上来了。但女孩们的说法立即遭到了男人们的反对。他们说，屁！他只是猪卵子吃多了。

夏天来临了，牲口们没事，高端五当然也就没事。人们很久听不到高端五的笛声了。高端五不肯吹，总是说，手生。这显然是一句推托的话。不过细心的人很快就弄明白个中的缘由了。许多人都在不同的场合看见过高端五洗手。他能一口气用肥皂把自己的双手打上十几遍。他甚至像刷牙那样洗刷自己的指甲缝。一边洗还一边闻。最能说明问题的还是他的吸烟。他宁愿闲着双手，把它们背在身后，也不肯把香烟夹在右手上。男人的右手夹烟，左手辅助小便，本来就该这样。但高端五不。他永远把香烟叼在嘴角，眯着眼，用很坏的样子吸。他对自己的双手已经充满了敌意了，一个不肯用手指夹烟的人，当然不愿意用指头在竹笛上制造跳音。人们不知道高端五在自己的双手上闻到了什么，但是有一点，气味在多数情况下不是嗅觉，而是想象力。他完全可能将手上的气味想象成一双手。这样一来他的双手也就变成气味本身了。手对手本身肯定无能为力。

由于洗得太多,高端五的双手干净得就有些过分。皮肤过于白,而血管也就过于蓝了。怎么说呢?反正有点儿说不上来。能知道的只有一点,高端五终日里恍恍惚惚,也就是心思重重。在整个夏季,他的每一只指头都有每一只指头的心思,捏不成拳头。像单擎的植物阔叶,开了许多的叉,很绿地舒张在那儿,正面是阳光,背面是阴影,笼罩了一种很异质的郁闷。

　　庄稼长得快,时间过得也就快。转眼又到了秋收了。秋收在高家庄既是一笔经济账,同时也是一笔政治账,许多人的命运都要在秋收的"表现"中得到改变。高端五终于在秋收之前鼓起了勇气,和村支书谈论当兵的事了。高端五不敢多绕弯子,一开口就把当兵的事挑开了。村支书没有开口,他没有说高端五贪心,没有批评高端五想独吞所有的美差。但是,他的表情在那儿。他的表情说明了高端五这个"知识分子"是多么的自私和自利。村支书后来说:"端五啊,村子里的政策你是知道的,你能把秋收撑下来吧?"村子里的政策高端五当然知道,他只有获得"秋收红旗手"才可以报名参军的。村支书瞄了一眼高端五手上的细皮嫩肉,半真半假地说:"端五啊,你这双手可不像红旗噢。"高端五说话的样子差不多已经是一个军人了,他挺着身子大声说:"支书你放心。"

　　高端五在脱粒机的旁边已经连续站了十九个小时了。三个小时以前,他其实已经成为本年度的"秋收红旗手"了。那时候高端五曾经被人换下来一次,但是不行。一离开马达他的耳朵反而充满了轰鸣,躺在床上之后他的脑袋疼得就要炸。而双手也会无助地要动。人真的是机器,是机器的部分和配件。机器不停下来你就不能急刹车,否则你就会飞起来。你只能顺应机器,在这种时候,生命的根本出路在于机械化。高端五只好重新上机。

一上机高端五反而安静了。真实的轰鸣声在他的耳朵里称得上充耳不闻。高端五心情不错。只要把最后的两天撑下来,他就可以听从"国家"的召唤,到远方做一名中国人民解放军的战士了。高家庄的人们习惯把远方称作"国家",高端五就要到"国家"那里去了,他格外地珍惜高家庄的每一天。

现在,高端五站在脱粒机的旁边,蓬头,垢面,面无表情,齿轮那样重复着十九个小时以前的那个动作。他不停地往脱粒机里塞庄稼,让脱粒机给庄稼分类,稻归稻,草归草。

黄昏时分一位妇女给高端五端来了一碗水。高端五接过大海碗,一口气就灌下去了,顺手把大海碗塞进了脱粒机。打谷场上突然响起了瓷器的破碎声,都把机器的轰鸣压下去了。几乎就在同时,一个女孩尖叫了一声。一样东西击中了她的胸脯,在她的胸前摸了一把,随即落在了她的光脚前。是一只指头。是一只人的指头。人的指头从天而降绝对是一件稀奇的事,大伙围上去,高端五也围上去。围上去之后高端五感到了身体的某个部位在疼。在往疼里疼。他低下头,只看了一眼便大声说了:"别碰,是我的。"高端五用左手拣起地上的指头,往右手的食指根上捂。但是鲜血模糊了手指与手的关系。喷涌的血液有一种决然的力量,在告诉你,你的绝不是你的。

从医院归来秋收早就结束了,而征兵业已开始。高端五整天坐在打谷场上,看太阳自东向西,他把手插在裤兜里,脑子里却有一个顽固的影子,是枪的影子。他用想象力扣动着扳机,而食指却落不到实处。指头的空缺使手的欲望变得热烈。当某种努力起源于欲望而中止于身体时,心有不甘与力不从心就开始相互推动了。高端五抽出双手,撬开指头,凝视着它们,一直凝视着它们。直到产生了这样的错觉:仿佛自己的身上一下子多出了九只手指。他知道自己的双手抓住了厄运。厄运断你一指,却不肯伤你十指。

　　高端五绝对不可能成为中国人民解放军的战士了,高端五甚至不能再做高家庄的人民兽医了。失去了食指使他再也不能手持针线,缝补公猪身后的空口袋了。但是,高家庄的人们知道,正如村支书在秋收表彰大会上所说的那样,高端五已经把自己的指头献给国家了。"国家"不只是遥远,有时候它还是意义。比方说,一个二年级的小学生捡到一枚五分钱的硬币,老师们会在班会上这样说:"某某同学拾金不昧,他(她)把五分钱交给了老师,交给了国家。"前者表示归属,后者则代表了意义。高端五的指头没有归属,所以,直接等同于意义。

　　生命一旦有了意义,组织上就要做安排,总要"领导"一点什么,这是天经地义的事。然而,如何"安排"高端五,组织上就很头疼。高端五残是残了,但终究不是军人,"意义"的局限也就显而易见了。最后还是村支书发了话,他用肩头簸了几下后背上的上衣,说:"我们村的民兵就归他领导吧。"村支书说完这句话之后伸直了胳膊,在离身子很远的地方拍了几下巴掌,其他人也拍了几下。村支书说:"大家通过了,就散会吧。"

民兵排长高端五在秋收时分迎来了他的好运。县基干民兵团就是在这个农闲的当口正式军训的,但是,这一次军训并不是因为农闲,内部人士说,是形势又吃紧了。高端五从县人武部首长们的面部表情就知道形势肯定吃紧了。他们的样子一律外松内紧。尽管没有人知道威胁来自何方,然而,外松内紧的面部神情早已表明了吃紧的程度。

基干民兵一律配枪。这一点令高端五喜出望外。他再也料不到他的伤残之躯居然还能和钢枪联系起来。他从县人武部首长的手上接过了五六式十发装半自动步枪,首长勉励高端五说,中指更适合于射击,中指更有力,更稳,因为中指更粗,更长。

高端五没有料到自己会这样爱枪。所谓想当兵,说到底可能还是对枪热切向往。他对枪的喜爱达到了一种痴情的地步,一种怜香惜玉和温柔体贴的地步。即使在睡觉的时候他也不肯暂离他的钢枪。他把五六式半自动步枪压在枕头底下。枕戈,却不待旦。在深夜,高端五趴在窗口,用钢枪瞄准星星、月亮,瞄准树枝或某个夜行的走兽。他无声息地用一只眼睛与天斗,与地斗。斗完了他就用残缺的手掌抚摩着枪。钢的温度其实就是枪的体温,有一种砭骨的寒。在抚摩中,高端五体会到的不是枪,而是手的完整。枪弥补了手的全部意义。甚至,作为民兵排长,高端五认定了枪就是手的功能和指尖的不可企及。

事实上,一个月的军训一直围绕着枪,训练的目的则是为了保证一颗子弹等于一条性命这样的高效率。首长说,射击的关

59

键一要平,二要稳。为了直观地说明这一点,首长把钢枪对准了一块阔大的湖面。湖面如镜。首长趴在水边,几乎在扣动扳机的刹那,子弹头在水平面上划开了一道笔直而白亮的缝隙。首长说:"看到了吧,和水一样平。——这就是水平。"首长夸完了自己对民兵们说:"有我这个枪法,敌人如果来了,你只要看见他,他就别想活。神枪手不靠枪杀人,靠目光。"

集训的最后一天首长终于公布了秘密。那个外松内紧的秘密。首长走上主席台,从麻袋里取出一样东西,是一张完整的人形皮衣,漆黑,面部像一只猪,却长了一只象鼻子。首长指着东方大声说:"同志们,这是一个月前我们的渔民在海滩上发现的。"首长肃穆起来,用手指关节敲打着桌面,压低了声音:"同志们,严峻哪。"

会场顿时凝重了。人们屏声敛息,注视着人形皮衣。高端五的脑海里清晰起来的不是敌人,而是地图。万川归海,反过来说,敌人完全可以沿着万川从河床的底部走到高家庄的石码头。更要命的是,高家庄的村前是一片湖,方圆足有十几里路,敌人有足够的理由潜伏在湖底,然后,在某一个清晨,水面上齐齐整整地浮上来一群猪脑袋,长着很长的鼻子。然后露出脖子、胸脯、大腿,黑压压地走上来一排,又一排。高端五被自己的想法惊呆了,最残酷的事实就是,这也许不是真的,但是可能。在大部分情况下,可能性即危险性。

高端五紧张了。但是兴奋。高端五回到高家庄已是隆冬。这一次他不是学生,也不是兽医,而是兵。高端五的右肩上扛着那支五六式半自动步枪,严寒放大了高端五身上的凛冽气息。

他像水面上的坚冰，足以笼罩来自水下的任何威胁，至少，在孩子们看来，这一点毫无疑问。

有关水下的危险，高端五依旧采用了内紧外松这样的原则。这样的原则有利于使知情者产生出一种掌握内情与参与大事的兴奋感，比动员更见实效。高家庄的人们很快就知道了，日子并不太平。水底下有毛茸茸的手。好在有高端五在。他不是回来了，而是上级派来的。不过妇女们对河水的恐惧总是难以消除，"彩霞子"她妈就是一个例子。她一个人到码头上淘米，为了给自己壮胆，"彩霞子"她妈一边跺脚一边大声对水面说："你出来！有种你出来！"最严重的事情发生在这个早晨。一场夜雪过后，高家庄白花花的，高家庄圆溜溜的，高家庄清冽冽的，高家庄还安静静的。而太阳也出来了，高家庄一片白亮，染上了太阳的酡红。大约在八点钟，一个玩雪的小男孩发现了村北仓库后面的一串脚印。脚印比猪脚大，比牛脚小。脚印与脚印之间，纷乱的积雪昭示了行走的慌张。最要命的是，脚印的左侧有一路血迹。在雪地上，血迹成了一个又一个鲜红的坑，那些坑越来越大，快到河边的时候，鲜红的坑已经成了鲜红的洞。而脚印与血迹一到河边就戛然而止了。说没有就没有。几分钟之内这个消息就传遍了高家庄，一下子赶来了很多人。孩子们的双腿在眨眼的工夫就把地上的脚印踩乱了。唯一冷静的是村支书，他取过一把大铁锹小心地铲下了最后一个样板，连同一滴血。村支书请来了许多老人，老人们望着那把铁锹，仔细地辨认。他们一边辨认一边回顾历史，对历史的回顾使得事态变得更为严峻了。老人们肯定地说，这不是狗，不是狐狸，不是灰狼。一句话，"历史上"从来没见过。辨认完了,老人们只好抬起头,望着冬天里的水面。水面平整,光滑得都有些过分。直到这时人们才想起高端五,而他偏偏又到公社学习去了。

高端五临近中午才赶回高家庄。在等待高端五的过程中高家庄的人们经历了一场真正的煎熬。随着中午的临近,雪在铁锹上慢慢融化了。没有人能挡得住。人们眼睁睁地望着脚印以水的形式滴在了地上。水这东西实在是太坏,它掩饰了多少问题?它从来不给人以一个固定的、明确的说法。水应该枪毙!

对水的自生与自灭,村支书欲哭无泪。

高端五提着五六式半自动步枪赶来了。他看到的只是大铁锹上的水珠。高端五蹲下身去,看了很久,最后用中指蘸了一滴水,放进了嘴里。

村支书望着高端五。高端五耷拉了眼皮,很轻地摇了摇头,叹了一口气,又摇了摇头。

"咋样?"村支书说。

高端五说:"难说。"

下雪后的高家庄更冷了。第二天上午村前湖面上的冰封说明了这个问题。但是阳光灿烂,天空晴朗。高端五争取到村支书的同意之后,一个人提了五六式半自动步枪静卧在湖边了。湖面上是大片耀眼的冰光。没有一点动静。没有一丝声响。高端五从口袋里摸出一粒子弹,压进了枪膛。高端五把枪托贴在腮边,而中指却扣紧了扳机。他在瞄准。他没有瞄准任何目标,只是盯准了水的平面,即冰的平面。在某一个刹那,他的中指扣了下去。枪声过后,子弹带着冰凌的声音迅疾地向远方飞去,整个冬季都被这串声音划开了一道口子。你看不见子弹,但冰的声音说明了子弹贴在冰面。整个湖都共鸣了,一颗子弹足以震慑方圆十几里的水面。

湖对岸张家圩子的孩子们正在湖面上走冰。一个叫兵的男孩看见冰面上一个雪亮的东西正向自己缓缓滑来。雪亮的东西一直滑到自己的棉鞋边,停住了。出于好奇,小兵捡起了脚边的小东西。人们听见小兵大叫了一声。他的指尖被灼伤了,烫出了两个对称的白点。孩子们一起滑过去。没有人相信小兵的指头会被冰块烫伤。但伤痕在那儿。孩子们低下头,小兵的脚边却有一个小洞。冰面平白无故地化开了一个小洞,一样东西从洞口沉向了湖底。孩子们面面相觑,随即就轰散了。他们怕极了。他们所见到的事情是如此真实,已经达到了一种魔幻的地步。

1998 年第 11 期《人民文学》

与阿来生活二十二天

　　二黑这小子进去了两年，出来的时候人反而精神了。随便往哪儿一坐都威风凛凛的。华哥给他接风的那天他喝了很多酒，大概有一斤上下，四五种牌子，两三种颜色，最后又用两瓶啤酒清了清嗓子。那一天好多人都趴下了，二黑却稳如磐石。他一杯又一杯地往下灌，脸上还挂着说不上来路的微笑。他脸上的颜色一点也没变，倒是额头上的那块长疤发出了酒光。进去的时候二黑的额头上没有疤，现在有了。一斤酒下肚二黑额上的长疤安安静静地放着光芒。我们轮番向二黑敬酒，他并不和我们干杯，我们的意思一到他就痛快地把酒灌下去。

　　华哥那一天好像多喝了两杯。人比平时更爽朗了。他当着大伙的面高声说，他决定把上海路上的333酒吧丢给二黑，每个月交给他几个水电费就拉倒了。华哥有钱，他不在乎333酒吧的那点零花。不过华哥肯把333酒吧丢给二黑，多少表明了二黑的面子。333酒吧可是有名的，艺术家们弄女人大多在那儿。女人们想上艺术家的床，不在333酒吧走一遭是难以实现她们的理想的。二黑这小子有福，一出来就能挣上很体面的钱，等头发和胡子的长度都到位了，他当然也就成了艺术家。

我一直忙,接下来的好几个月都没有和二黑联系。有一天深夜,大约两三点钟吧,二黑突然呼我,让我过去坐坐。我正在乡下,为文化馆拍摄一组宣传照片,离城里有好几个小时汽车的路程呢。我只能告诉他去不了。不过我从电话的背景声响上知道二黑的酒吧生意不错。我说改日吧。二黑说:"改日?"二黑用老板兼艺术家的腔调对我说:"改日就改日吧。"

　　一晃又是好几个月。城里头的日子经不起过,这个大伙儿都知道。我突然想找个地方一个人坐坐。都已经是晚上十一点多钟了。我想起333。十一点钟正是333的早晨,是一天刚开始的时候。我一进333就被名贵烟酒的气味裹住了。许多艺术家的眼珠子正在这里闪闪发光。我到后间和二楼找了一通二黑。他不在。其实这样更合我的心意。我找了一张空台坐下来,开始喝。我喜欢这个地方。我喜欢看艺术家的长相,他们的头发、胡子。我还喜欢听艺术家的笑。

　　大约在深夜零时,也就是一个日子与另一个日子相交接的性感时刻,一个漂亮的丫头走进了333。这绝对是个丫头,不是已婚女人。和我一样,她到后间的门口张望了片刻,随后就在楼梯边上的台子上坐下来了,也就是我的台子。她气呼呼的,可能在生什么人的气。她叉着两条腿,不停地用舌尖舔上唇和门牙。后来男招待端上来一杯东西,看样子大概是西洋酒。这丫头一定是常客,她和333有默契。再后来我们就对视了。因为我一直在看她。这丫头犟,她以为我会把目光让开去,可是我不,她就那么盯着我。

　　"看什么?"

我笑笑,说:"看看。"

"没看过?"

我说:"没看过。"

这丫头就是阿来。一个小我十四岁的新派丫头,言谈举止让我觉着自己旧。我们在一个日子与另一个日子相交接的性感时分相识在333。后来我们又换了两个酒吧。到了凌晨三时四十五分,我们的手指已经长在对方的指缝里了。我们喝了一夜,天快亮的时候,酒吧里除了烟味和酒气之外,已经没有什么人了。阿来开始向我叙述她的生活理想。她说她只热爱两件事:第一,性爱;第二,麻将。阿来说,只要有这两样东西,生活其实就齐了。这丫头是个注重个人体验的人,这丫头一定还是一个害怕独处的人,所以她"只"热爱性爱与麻将。这是两项极端个人化的集体活动。

阿来说,她就希望两三天能摸一回麻将,两三天能享受一次稳定的、持久的、高质量的性爱。"这样就好。"阿来叼着红樱桃对我说,"这就是我的英特纳雄耐尔。"

这丫头是个骚货。这很叫我着迷。我的同代人中很少有这样的天才骚货。后来的事实证明了这一点。我喜欢她在床上的奔放风格。她能把床上的一切都上升为行为艺术。她是不留络腮胡子的艺术家。这孩子肯定和许多男人上过床,要不然她不可能这样。我说:"别整天在酒吧里泡了,和我待在一起吧。"我一定是忘形了,居然说了一句又酸又臭的话。我说:"我们恋爱吧。"阿来斜了我一眼,歪着嘴角挖苦我说:"丑不丑?难听死了。"我很不好意思。好在我还算沉着。我拍了拍她的屁股,说:"就这么说吧,别再往别的男人床上爬了。"阿来一撩头发,弄得像做洗发水广告似的,反问说:"凭什么呀我?"我说:"就这么说吧。"

我终于在四牌楼租了一套单居室住房,我和阿来就这样生活在一起了。为了表明我对阿来的珍惜,我决定为我们买一张红木床,谁让我们这样喜爱床上的事呢。但是阿来反对。阿来说:"床上的事,精彩的是人,不是床。"我说:"我总得为你花点钱吧,好歹也是个意思。"阿来脱口说:"谁不让你花钱了? 买一套最高档的红木麻将桌嘛。"我就知道这丫头不省油。麻将桌是买回来了,但是我有点别扭,家徒四壁,除了一张席梦思,就是价值上万元的麻将桌。这有点过,有点不着四六。然而,这正是阿来的风格,大处可以马虎,全局可以马虎,所热衷的细节却必须完美。

这丫头是一匹母马,她在奔跑的时候认定了她的尾巴比四只蹄子更重要。

当然,我美化了我们的环境。我为我的阿来拍了近十卷彩照。我把相片放大了,挂在墙上。阿来的各种表情和肌肤掩盖了墙面的驳离。阿来在墙体上千姿百态,又浪荡又圣洁,又破鞋又处女。这丫头经得起拍。她有无数的瞬间心情与瞬间欲念。她的心中装满了千百种女人,唯独没有她自己。我甚至认为这世上其实没有阿来这丫头,她像水一样把自己装在想象的瓶子里,瓶子的造型就是她的造型,瓶子的颜色就是她的颜色。这样纯天然的水性我们这一代人是不具备的。由于寒冷,我们被结成了冰。我们的生硬体态只表明了温度的负数。阿来是流淌的，阿来是淙淙作响的，阿来是卷着旋涡的。如果说，人不能踏进同一条河流，我要说，我不能和同一个阿来做爱。这个小骚货实在太迷人了。

我还想重点介绍我的一幅摄影作品，那是我用 B 门为阿来在灯下拍摄的。由于感光的时间长达一秒，我要求阿来静止不动。但是，她的手闲不住。她不停地用双手在脑后撂头发。照片出来的时候她的脸庞似娇花照水，安娴而又静穆，然而双手与头发却糊成了一片。她的十只指头几乎燃烧起来了，而头发也成了火焰。照相机是从来不说谎的。我只能说，阿来不只是水，她还是燃烧与火焰。我把这幅相片放大到三十四英寸，挂在我们的床前。由于这幅照片，阿来在高潮临近的时候不是说"我淹死你"，就是说"我烧死你"。我喜欢我们的水深与火热。

我们的好日子只持续了二十二天。

我们同居的第二十二天是星期六，依照常规，星期六的下午阿来的舅舅又打麻将来了。阿来的舅舅做外装潢生意，有数不尽的钱。他的一举一动包括轻轻一笑都透射出大款的派头，有点像电视剧里的黑社会老大。我注意过欧美电影，欧美电影里的有钱人一个个都像哲学教授，而我们的舅舅一有钱就成了黑老大了。这蛮好玩的。我和阿来都喜欢黑老大舅舅，他每次带了司机过来其实不叫打牌，而是输钱。黑老大舅舅在大把输钱的时候面目十分慈善。所有的黑老大都觉得输钱是一种风度，一种美。

我们和黑老大舅舅围着红木麻将桌坐下来，一摞一摞地码牌,再一张一张地出牌。我们的桌面上没有铺垫子,我们追求并且喜爱骨牌拍在红木桌面上所产生的那种效果:决然,清脆,大义凛然,义无反顾。而最迷人的当数和牌,尤其在门清的时候,一排充满了骨气的骨头十分傲岸地倒下去,这一倒也叫摊牌,骨头们在红木桌面上蹦蹦跳跳的,愉悦,却不张狂。

　　这个晚上,我的手气背极了。更要命的是,我不停地走神。我不停地想起与麻将无关的事。比方说红木。我记起了我的同事小窦,这个受过高等教育的广西人居然把红木上升到了历史文化和东方审美的高度,他说,由于明朝皇帝对红木的病态迷恋,红木在中国经历了明清两代早就不是植物了,它汉化了,堕落了,成了中国人的病。时间是一把斧头,把明代以后的所有疾病都打进了红木。我就这么开着小差,居然忘记了摸牌,眼睁睁地做起了相公。但是阿来机灵,她把牌摊在红木桌面上,轻描淡写地说:"和了。"我瞄了一眼阿来的牌,她诈和。她在诈和的时候居然也能够这样气闲神定。舅舅看也没看,用手背把面前的牌捭开去,笑着说:"皇帝是假,福气是真。"舅舅叼着烟,眯着眼问阿来:"几个花?"随后便掏钱。

　　十一点钟不到黑老大舅舅就把他的钱输光了。他心满意足地站起身,准备走人。我和阿来都没有留他的意思,顺了他的意送他下楼。下楼的时候阿来挽着她舅舅的手,小脑袋还依偎到他的胸前,弄得跟一对老夫少妻似的。到了楼下阿来踮起了脚跟,在黑老大舅舅的腮帮子上亲了半天。阿来这丫头逮住谁都会小鸟依人,不管是三叔还是四舅。还是黑老大舅舅中止了她的腻歪,用大手拍了拍阿来的屁股蛋子,拖声拖气地说:"好啦,好啦。"

手里有了钱,我们决定到酒吧里再坐上两三个小时,反正明天是星期天。我说:"我们去333吧。"阿来怔了一下,脱口说:"不去。"这不是阿来的风格。我说:"去吧,我正好去看一个兄弟。"阿来说:"换一个地方。"我说:"怎么啦? 又不是找情人。"这话一出口我就后悔了,这句话说不定会让阿来不高兴的。出乎我的意料,阿来居然笑了,说:"换酒吧当然就是换情人。"阿来说完这句便把十只指头叉在一起,放在腹部,说:"我过去在333有个情人,还没了断呢。"我静了一会儿,批评阿来说:"这就是你的不对了,在特定的历史时期内,我坚决反对两个萝卜一个坑。"阿来很有风情地斜了我一眼,说:"可是你自己插进来的。"我说:"那家伙怎么样?"阿来说:"还行,就是脾气大了点。——进去过,挺酷。"我的头皮一阵发紧,连忙问:"是二黑吧?"阿来不解地眨巴了几下眼睛,反问我:"你偷看我call机了?"

"你他妈怎么不早说!"我突然高声叫道,"我们是十多年的仗义兄弟。"

"喊什么?"阿来说,"喊什么?"阿来轻描淡写地说,"是你半路上拦截了你仗义兄弟的女人,又不是我。"

妈拉个巴子的。你说这是什么事。我把头侧到左边去,窗外霓虹灯的灯管正一组连着一组地闪烁。事情都这样了,我不知道霓虹灯还在那儿添什么乱。妈拉个巴子的。

问题严重了。我要说,问题已经相当严重了。我和二黑是十几年的仗义兄弟,都称兄道弟十多年了。兄弟们在一起的时候是怎么说的?"兄弟的女朋友,最多摸奶头,不能上枕头",这话其实就是"朋友妻不可戏"的现代版本。你让我如何在兄弟们面前见人？

我们没有去333。我们吵完了架就上床了。阿来在床头上方的照片里望着我，一只眼里是水，另一只眼里是火。而身体的阿来就在我的身边。我们不说话。不说话的关系才是男人和女人最真性的关系。我把手指叉进阿来的指缝，脑子里全是二黑。他额上的伤疤在我的记忆深处放射着酒光。我和阿来对视，打量了好大一会儿。后来我便把阿来扒光了。她不呼应，不反抗。她的样子就好像我们在打麻将。她是白皮，我是红中。

在这个晚上我的身体没有能够进入那种稳定、持久、高质量的能动状态。在某一个刹那，我认定了我并不是我。这让我难过。我忙了半天，结果什么也干不了。真是发乎情，止乎身体。

阿来的话就更伤人了。阿来说："没有金刚钻，不要揽瓷器活。"

我必须和二黑谈一次。为了仗义，我也应当和我的兄弟谈一次，否则我没脸见我的兄弟们。二黑当初就是为了兄弟们才进去的。他仁，我不能不义。

走到333的门口我又犹豫了。我承认，这件事并不好开口。还有一点我必须有所准备，我们动起手来怎么办？二黑的脑子慢，然而拳头比脑子快。他是男人，问题在于，我也是。他动手了我就不能不动手。更何况我不想放弃阿来。即使为了性，我也会拼命。二黑一定和阿来上过床，他懂。

权衡再三我决定给二黑去个电话。我走到马路对面，站在IC卡电话机的旁边就可以看见333的吧台。虽然隔了一层333

酒吧的玻璃,我还是清晰地看见了二黑。这个电话打起来真是怪,我的眼前是无声的现实场景,而耳朵里却是二黑的同期声。差不多是一部电影了。我看见一个女招待把电话递给了二黑。二黑的头发长了,而胡子更长。

"谁?"二黑在吧台边上动起了嘴巴,在电话里说。

"是我。"我说。

二黑在电话里"哎呀"了一声,没有说"狗日的你死哪儿去了"。二黑说:"怎么没你的动静,忙什么呢?"二黑这小子文雅了,不仅说话的口气开始像艺术家,连做派也是。

"我把阿来接到我那儿住了。"我说。话一出口我自己就吃了一惊。刚才我打过腹稿了,先虚应几下,再慢慢步入正题。可是我一见到二黑我就不好意思了,做不出,也说不出。我一下子就把事情端了出来。

"哪个阿来?"二黑的身影机警起来。

"就是那个阿来。"我说。说完了我就把电话挂了,我不情愿和我的仗义兄弟在电话里大吵。隔了玻璃,我看见二黑也挂了电话。他走到玻璃窗前,双手叉在腰间。我看到二黑的下嘴唇歪到左边去了。这是一个相当具有杀伤性和危险性的信号。随后二黑兀自摇了几下脑袋,阴着脸,走到后间去了。

我知道二黑不会放过我。我有数。我会等待那一天。不过我还是轻松多了,至少我没有欺骗我的仗义兄弟。这一点至关重要。

二黑的反应如此之快,我有些始料不及。刚过了两天,也就是四十八小时,二黑就约我去吃晚饭了。请人吃饭往往是复仇的套路,著名的鸿门宴就开始了。二黑约我到三岔河去,那是郊区。那种地方除了能暗算一个朋友,我不知道还能吃些什么。我知道,我的麻烦已经来了,比预想的要迅猛得多。凌厉、干净,这正是二黑的风格。

吃饭是五点。而我接到呼机已经临近下午三点了。两个小时,我有许多事情要做。我决定先把阿来呼回来。我得好好和她做一回爱。我特别想这样。晚上的事我是没法预料后果的,也许我会躺到医院去。但是现在,我应当和阿来彼此享受一下身体,那种吮吸,以及那种喷涌。阿来回来的时候显得很不开心,她正在逛街,我硬是把她呼回来了。阿来一进门我就把她抱紧了。她没有准备。她不知道我这刻儿的心情有多坏。阿来说:"怎么回事嘛,我还在买衣裳。"我说:"女人为什么买衣裳?"阿来没好气地说:"穿呗。"我告诉她:"不,是为了给男人脱。"

在这个下午,我们借助于对方的身体天马行空。我们折腾得半死。我感觉到了空,身体是这样,而心情更是这样。我光着身子躺在床上,对阿来说:"我晚上有点事。晚饭你一个人吃。"阿来又不高兴,说:"那我找舅舅打牌去。"我说:"好好玩,把好心情赢回来。"

阿来离开之后我开始精心准备。我穿上了牛仔裤,牛仔上衣。那条最宽的牛皮裤带我也得用上。还有高帮皮鞋。这些东西对我都有好处。让我犹豫不决的是那把蒙古匕首,犹豫再三我还是把它插进了裤带的内侧。如果二黑只是揍我,我会忍着。我欠他一顿,这没说的。不过,要是有人对我下毒手,我总得有一把刀子保命。命不能搭进去,这是原则。我把一切准备妥当,打开门出去。就在离家的时候我突然发现,满屋子都洋溢着阿来的气味。这让我有一种说不出的难受。

五点钟,我准时在三岔河大街与二黑会面。到了这个时候我反而平静了。二黑也是。二黑拍了拍我的肩膀,把我带进了一家很脏很大的面条店。二黑为我们要了两碗面。等待的时候二黑不时地东张张西望望。我警惕起来,也开始东张张,西望望。

"你知道我叫你来干吗?"二黑这样问我。

"知道。"我说。

"华哥都对你说了?"二黑说。

我不知道二黑在说什么。这小子进去过,现在也学会绕弯子了。我真不知道他在说什么。

"这儿刚开发,"二黑说,"华哥想把这间房子买下来,开一家 666 吧。你是摆弄相机的,给我规划规划。"

我斜了二黑一眼,说:"这个容易。"

这顿面条我们吃了近四十分钟,我们的话题一直没有离开这间又脏又大的房子。我们谈了地势,结构,大门的朝向,色调,一切都是因地制宜的。谈完了,我们上了出租车。出租车开到上海路的时候,二黑拉我到 333 喝酒。我决定下车,说:"改日吧,阿来等我呢。"二黑一脸恍然大悟的样子,说:"那就改日吧。"

我下了车。站在路灯底下。直到这个时候我才确信,这个晚上二黑不是装的。这个鸟男人简直不是二黑。二黑进去之前绝对不这样。他一定会把我揍得金光四射。我站在路灯底下,回头看看,满大街都是红色夏利出租车,灯光闪闪,我不知道哪一个是二黑。我宁可不还手,让二黑痛痛快快地揍一顿,那也比这样好。我欠揍,你知道吧。我他妈真欠揍。我这么大声叫着,一不小心就碰上腰里的蒙古匕首了。我把匕首拔出来,有钢和锈的气味。这把匕首现在让我恶心。在城市的夜灯底下,这把匕首滑稽透了。妈拉个巴子的。我把匕首丢进了垃圾桶。妈拉个巴子的。

1999 年第 1 期《江南》

元旦之夜

　　十二月三十一号下雪真是再好不过了。雪有一种很特殊的调子，它让你产生被拥抱和被覆盖的感觉，雪还有一种劝导你缅怀的意思，在大雪飘飞的时候，满眼都是纷乱的、无序的，而雪霁之后，厚厚的积雪给人留下的时常是尘埃落定的直观印象。雨就做不到这一点。雨总是太匆忙，无意于积累却钟情于流淌。雨永远缺乏那种雍容安闲的气质。上帝从不干冬行夏令的事。想一想风霜雨雪这个词吧，内中的次序本身就说明了问题。元旦前夕的大雪，必然是一年风雨的最后总结。

　　现在是一九九八年最后一个午后。雪花如期来临，它们翩然而至。发哥接到了海口的长途电话。是阿烦，今年初春和发哥同居了二十六天的白领丽人。阿烦说了几句祝愿的话，后来就默然无息了。她的口气有些古怪，既像了却尘缘，又像旧情难忘。发哥后来说："海口怎么样？还很热的吧？"阿烦懒懒地说："除了阳光灿烂，还能怎么样，——南京呢？"发哥顺势转过大班椅，用左手的食指挑起白色百叶窗的一张叶片，自语说："好大的雪。"阿烦似乎被南京的大雪拥抱了，覆盖了，说："真想看看雪。"发哥歪着嘴，无声地笑。"你呀，"发哥说，"真是越来越小了。"

打完电话发哥拉起了百叶窗,点上一支烟,把双脚跷到窗台上去,一心一意看天上的雪。发哥的办公室在二十六楼,雪花看上去就越发纷扬了。发哥在一九九八年的最后一天没有去想他的生意、债务,却追忆起他的女人们来了。然而,她们的面容像窗外的雪,飘了那么几下,便没了。发哥沿着阿烦向前追溯,一不留神却想到他的前妻那里去了。发哥是两年半以前和他的妻子离的婚,说起来也还是为了女人。那时候发哥刚刚暴发,暴发之后发哥最大的愿望就是睡遍天下所有的美人。发哥拿钱开道,一路风花雪月,打一枪换一个地方。发哥在家里头蔫,可到了外面却舍得拼命,能挑千斤担,不挑九百九。当然,婚姻是要紧的,妻子也是要紧的,对于发哥来说,所有性的幻想首先是数的幻想,男人就这样,都渴望有一笔丰盛的性收藏。不幸的是,妻子发现了。发哥求饶,妻子说不。发哥恼羞成怒。发哥在恼羞成怒之中举起了"爱情"这面大旗。婚姻这东西就这样,只要有一方心怀鬼胎,必然会以"爱情"的名义把天下所有的屎盆子全部扣到对方的头上。发哥刚刚在外面尝到甜头,决定离。这女人有福不会享,有钱不会花,简直是找死!

离婚之后发哥不允许自己想起前妻。前妻让他难受。难受什么?是什么让他难受?发哥不去想。发哥不允许自己去想。一旦发现前妻的面庞在自己的面前摇晃,发哥就呼女人。女人会带来身体,女人会把发哥带向高潮。

现在,窗外正下着雪,发哥愣过神,决定到公司的几间办公室里看一看。因为是新年,发哥提早把公司里的人都放光了,整个公司就流露出人去楼空的寂寥与萧索。所有的空间都聚集在一起,放大了发哥胸中的空洞。发哥回到自己的大班桌前,拿起大哥大,打开来,坐下来把玩自己的手机。前些日子这部该死的手机一直响个不停,到处都是债、债、债,到处都是钱、钱、钱,发哥一气之下就把手机关了。倒是办公室里清静,没有一个债主能料到发哥在新年来临的时候会把自己关在办公室里。发哥把大哥大握在手上,虚空至极,反而希望它能响起来,哪怕是债主。然而,生意人的年终电话就是这样,来的不想,想的不来。发哥只好用桌上的电话打自己的手机,然后,再用自己的手机打桌上的电话。这么打了两三个来回,发哥自己也腻味了,顺了手随随便便就在大哥大上摁了一串号码,听了几声,大哥大竟被人接通了。——"谁?"电话里说。发哥的脑子里"轰"地就一下,他居然把电话打到前妻的家里去了。发哥刚想关闭,前妻却又在电话里头说话了,"谁?"发哥的脑袋一阵发木,就好像前妻正走在他的对面,都看见了。发哥慌忙说:"是我。"这一开口电话里头可又没有声音了,发哥知道前妻已经听出来了,只好扯了嗓子重复说:"是我。"

"我知道。"

"下雪了。"发哥说。

"我看得见。"

电话里又没动静了,发哥咬住下唇的内侧,不知道该说些什么。慌乱之中发哥说:"一起吃个饭吧。"这话一出口发哥就后悔了,"吃个饭"现在已经成了发哥的口头禅,成了"再见"的同义语。发哥打发人的时候从来不说再见,而是说,好的好的,有空一起"吃个饭"。

好半天之后前妻终于说:"我家里忙。"

"算了吧,"发哥说,"我知道你一个人。——一起吃个饭吧。"

"我不想看到你。"

"你可以低了头吃。"

"我不想吃你的饭。"

"AA 制好了。"

"你到底要做什么?"

"元旦了,下雪了,一起吃个饭。"

前妻彻底不说话了。这一来电话里的寂静就有了犹豫与默许的双重性质。当初恋爱的时候就是这样的,发哥去电话,前妻不答应,发哥再去,前妻半推半就,发哥锲而不舍,前妻就不再吱声了,前妻无论做什么都会用她的美好静态标示她的基本心愿。发哥就希望前妻主动把电话扔了。然而没有。却又不说话。发哥只好一竿子爬到底,要不然也太难看了。发哥说:"半个小时以后我的车在楼下等你,别让我等太久,我可不想让邻居们都看见我。"说完这句话发哥就把大哥大扔在了大班桌上,站起来又点上一根烟,猛吸了一口,一直吸到脚后跟。——这算什么?你说这叫什么事?发哥挠着头,漫天的大雪简直成了飘飞扰人的头皮屑。

前妻并不像发哥想象的那么糟糕。前妻留了长发,用一种宁静而又舒缓的步调走向汽车。前妻的模样显然是精心打扮过的，黄昏时分的风和雪包裹了她,她的行走动态就越发楚楚动人了。两年半过去了,前妻又精神了,漂亮了。发哥隔着挡风玻璃,深深吁了一口气。离婚期间前妻的迟钝模样给发哥留下了致命的印象。那是前妻最昏黑的一段日子,发哥的混乱性史和暴戾举动给了前妻一个措手不及,一个晴空霹雳。发哥在转眼之间一下子就陌生了,成了前妻面前的无底深渊。对前妻来说,离婚是一记闷棍,你听不见她喊疼,然而,她身上的绝望气息足以抵得上遍体鳞伤与鲜血淋淋。离婚差不多去了前妻的半条命。她在离婚书上签字的时候通身飘散的全是黑寡妇的丧气。发哥曾担心会有什么不测,但是好了,现在看来所有的顾虑都是多余的,所有的不安都是自找的。前妻重又精神了,漂亮了,——精神与漂亮足以说明女人的一切问题。发哥如释重负,轻松地打了一声车喇叭。当然,前妻这样地精心打扮,发哥又产生了说不出来路的惶恐与不安。发哥欠过上身,为前妻推开车门,前妻却走到后排去了。前妻没有看发哥,一上车就对着一个并不存在的东西目不转睛,离过婚的女人就这样,目光多少都有些硬,那是她们过分地陷入自我所留下的后遗症。发哥的双手扶在方向盘上,对着反光镜打量他的前妻,失神了。直到一个骑摩托的小伙子冲着他的小汽车不停地摁喇叭,发哥才如梦方醒。发哥打开了汽车的发动机和雨刮器,掉过头说:"到金陵饭店的璇宫去吧,我在那儿订了座。"

雪已经积得很深了,小汽车一开上大街积雪就把节日的灯光与色彩反弹了回来。发哥说:"开心一点好不好? 就当做个梦。"

璇宫在金陵饭店的顶层,为了迎接新年,璇宫被装饰一新,既是餐厅,又像酒吧。地面、墙壁、餐具、器皿和桌椅在组合灯的照耀下干干净净地辉煌。璇宫里坐满了客人,每个人的脸上都是新年来临的样子。发哥派头十足,一坐下来就开始花钱。这些年他习惯于在女人的面前一掷千金。不过,当初他在妻子的面前倒没有这样过。妻子清贫惯了,到了花钱的地方反有点手足无措,这也是让发哥极不满意的地方。然而,这个滴酒不沾的女人一反往日的隐忍常态,刚一落座就要了一杯 XO。发哥笑起来,哪有饭前就喝这个的,发哥转过脸对服务生说:"那就来两杯。"

发哥望着窗外,雪花一落在玻璃上就化了,成了水,脚下的万家灯火呈现出流动与闪烁的局面,抽象起来了,斑驳起来了。节日本来就是一个抽象的日子,一个斑驳的日子。发哥点上烟,说:"这些年过得还好吧?"前妻没有接腔,却把杯子里的酒喝光了,侧过头对服务生说:"再来一杯。"发哥愣了一下,笑道:"怎么这么个喝法?这样容易醉的。"前妻也笑,笑得有些古怪,无声,一下子就笑到头,然后一点一点地往里收,把嘴唇撮在那儿,像呃吸。前妻终于开口和发哥说话了,前妻说:"梦里头喝,怎么会醉。"

窗外的风似乎停了,而雪花却越来越大,肥硕的雪花不再纷飞,像舒缓的坠落,像失去体重的自由落体。雪花是那样的无声无息,成了一种错觉,仿佛落下来的不是雪花,飘上去的倒是自己。雪花是年终之夜的悬浮之路,路上没有现在,只有往昔。

发哥望着他的前妻,离婚以来发哥第一次这样靠近和仔细地打量他的前妻,前妻不只是白,而是面无血色。她的额头与眼角布上了细密的皱纹。前妻坐在那儿,静若秋水,但所有的动作仿佛还牵扯到某一处余痛。寒暄完了,发哥的问话开始步入正题。发哥说:"找人了没有?"话一出口发哥就吃惊地发现,前妻让他难受的地方其实不是别的,而是"找人了没有"。只要有一个男人把前妻"找"回去,发哥仅有的那一分内疚就彻底化解了。有一句歌是怎么唱的?"只要你过得比我好,一直到老",发哥就什么事也难不倒,永远在外头搞。发哥这么想着,脑海里头却蹦出了许多与他狂交滥媾的赤裸女人。发哥觉得面对自己的前妻产生如此淫乱的念头有点不该,但是,这个念头太顽固、太鲜活,发哥收不住。发哥只好用一口香烟模糊了前妻的面庞,抓紧时间在脑海里头跟那些女人"搞"。发哥差不多都能感受到她们讨好的扭动和夸张的喘息了。

前妻没有回答。这让发哥失望。发哥知道她没有,但是发哥希望得到一个侥幸、一份惊喜。发哥等了好大一会儿,只好挪开话题。发哥说:"过得还好吧?"发哥说:"我知道你还在恨我。"发哥说这些话的时候一直注视着前妻,但前妻的脸上绝对是一片雪地,既没有风吹,又没有草动。发哥难过起来,低下头去只顾了吸烟,发哥说:"当初真是对不起你。我是臭狗屎。我是个下三滥。"

前妻说:"我已经平静了。"前妻终于开口说话了,她的脸上

82

开始浮现出酒的酡红,而目光也就更清冽了,闪现出一种空洞的亮。前妻说:"真的,我已经平静了。把你忘了。"

"你该嫁个人的。"发哥说,"你不该这样生活,"发哥说,"你应该多出来走走,多交一些朋友,别老是把自己闷在家里。"发哥说,"好男人多的是。"发哥说,"你应该多出来走走,多交一些朋友,别老是把自己闷在家里,——缺钱你只管说。"

前妻望着她的前夫,正视着她的前夫,眼里闪现出那种清冽和空洞的亮。前妻端着酒杯,不声不响地笑。

发哥瞄了一眼前妻脸上的笑,十分突兀地解释说:"我不是那个意思。"但发哥自己也不知道自己所说的"意思"到底是什么意思,只好抿一口酒,补充说:"我不是那个意思。"

发哥说:"你还是该嫁个人的。"

"你就别愁眉苦脸了,"前妻说,"你就当在做梦。"

发哥说:"缺钱你只管说,你懂我的意思。"

夜一点一点地深下去,新年在大雪中临近,以雪花的方式无声地降临。发哥的手机响起来,发哥把手机送到耳边,半躺了上身,极有派头地"喂"了一声。电话是公司的业务员打来的,请示一件业务上的事。发哥对着前妻欠了一下上身,拿起大哥大走到入口的那边去了。发哥在入口处背对着墙壁打起了手势,时而耳语,时而无奈地叹息。他那种样子显然不是接电话,而是在餐厅里对着所有的顾客作年终总结报告。后来发哥似乎动怒了,政工干部那样对着大哥大训斥说:"你告诉他,就说是我说的!"电话里头似乎还在嘀咕,发哥显然已经不耐烦了,高声嚷道:"就这么说吧,我在陪太太吃饭,——就这么说吧,啊,就这么说!"发哥说完这句话就把大哥大关了,通身洋溢着威震四海的严厉之气。发哥回到座位,一脸的余怒未消。发哥指着手机对前妻抱怨说:"真是越来越不会办事了,——对那帮家伙怎么能手软?你说这生意还怎么做?——总不能什么事都叫我亲自去!"发哥说这话的时候仿佛这里不是饭店,而是他的卧室或客厅,对面坐着的还是他的妻子。前妻面无表情,只是平静地望着他。前妻的表情提醒了发哥,发哥回过头,极不自在地咬住了下嘴唇的内侧,文不对题地说:"生意越来越不好做了。"

但是,刚才的错觉并没有让发哥过分尴尬,相反,那一个瞬间生出了一股极为柔软的意味,像一根羽毛,不着边际地拂过了发哥。发哥怔了好半天,很突然地伸出手,捂在了前妻的手背上。前妻抽回手,说:"别这样。"前妻瞄了一眼四周,轻声说:"别这样。"发哥听着前妻的话,意外地伤感了起来,这股伤感没有出处,莫名其妙,来得却分外凶猛,刹那间居然把发哥笼罩了,发哥兀自摇了一回头,十分颓唐地端起了酒杯,端详起杯里的酒,发哥沉痛地说:"这酒假。"

发哥开始后悔当初的鲁莽,为什么就不能小心一点?为什么就让妻子抓住了把柄?如果妻子还蒙在鼓里,那么,现在家有,女人有,真是里里外外两不误。发哥的女人现在多得连他自己也记不清了。然而,女人和女人不一样,性和性不一样。发哥拼命地找女人,固然有猎艳与收藏的意思,但是,发哥一直渴望再一次找回最初与妻子"在一起"时那种天陷地裂的感受,那种手足无措,那种羞怯,那种从头到脚的苦痛寻觅,那种絮絮叨叨,那种为无法表达而泪流满面,那种笨拙,那种哪怕为最小的失误而内疚不已,那种对昵称的热切呼唤,那种以我为主却又毫不利己,那种用心而细致的钻研,像同窗共读,为新的发现与新的进步而心领神会。——没有了,发哥像一只轮胎,在一个又一个女人的身躯上疾速奔驰,充了气就泄,泄了气再充,可女人是夜的颜色,没有尽头。

发哥用手托住下巴,交替着打量前妻的两只耳垂,XO使它们变红了,透明了,放出茸茸的光。发哥的眼里涌上了一层薄薄的汁液,既像酒,又像泪;既单纯,又淫荡;既像伤痛,又像渴望。发哥就这么长久地打量,一动不动。发哥到底开口说话了,尽管说话的声音很低,然而,由于肘部支在桌上,下巴又撑在腕部,他说话的时候脑袋就往上一顶一顶的,显得非同寻常。发哥说:"到我那里过夜,好不好?"前妻说:"不。"发哥说:"要不我回家去。"前妻微微一笑,说:"不。"发哥说:"求求你。"前妻说:"不。"

雪似乎已经停了,城市一片白亮,仿佛提前来到的黎明。天肯定晴朗了,蓝得有些过,玻璃一样干净、透明,看一眼都那样的沁人心脾。发哥和前妻都不说话了,一起看着窗外,中山路上还有许多往来的车辆,它们的尾灯在雪地上斑斓地流淌。前妻站起身,说:"不早了,我该回了。"发哥眨了几下眼睛,正要说些什么,手机这时候偏又响了。发哥皱起眉头刚想接,却看见前妻从包里取出了大哥大。前妻歪着脑袋,把手机贴在耳垂上。前妻听一句,"嗯"一声,再听一句,又"嗯"一声,脸上是那种幸福而又柔和的样子。前妻说:"在和以前的一个熟人谈点事呢。""以前的熟人"一听到这话脸上的样子就不开心了,他在听,有意无意地串起前妻的电话内容。刨去新年祝愿之外,发哥听得出打电话的人正在西安,后天回来,"西安"知道南京下雪了,叫前妻多穿些衣服,而前妻让"西安"不要在大街上吃东西,"别的再说",过一会儿前妻"会去电话的"。

发哥掐灭了烟头,追问说:"男的吧?"

前妻说:"是啊。"

发哥说:"热乎上了嘛。"

前妻不答腔了,开始往脖子上系围巾。发哥问:"谁?"

前妻提起大衣,挂在了肘部,说:"大龙。"

发哥歪着嘴笑。只笑到一半,发哥就把笑容收住了,"你说谁?"

前妻说:"大龙。"

大龙是发哥最密切的哥们,曾经在发哥的公司干过副手,那时候经常在发哥的家里吃吃喝喝,半年以前才出去另立门户。发哥的脸上严肃起来,厉声说:"什么时候勾搭上的? ——你们搞什么搞?"发哥站起身,用指头点着桌面,宣布了他的终审判决:"这是绝对不可以的!"

发哥旁若无人。前妻同样旁若无人,甚至连发哥都不存在了。前妻开始穿大衣,就像在自家的穿衣镜面前那样,跷着小拇指,慢吞吞地扭大衣的纽扣。随着手腕的转动,前妻的手指像风中的植物那样舒展开来了,摇曳起来了。前妻手指的婀娜模样彻底激怒了发哥,他几乎看见前妻的手指正在大龙赤裸的后背

86

上水一样忘我地流淌。一股无名火在发哥的胸中"呼"地一下烧着了。发哥怒不可遏,用拳头擂着桌面,大声吼道:"你可以向任何男人叉开大腿,就是不许对着大龙!"餐厅里一下子就静下来了,人们侧目而视,继而面面相觑。人们甚至都能听得见发哥的喘息了。前妻的双手僵在最后一颗纽扣上。目光如冰。整个人如冰。而后来这块冰却颤抖起来了。前妻拿起剩下的XO,连杯带酒一同扔到发哥的脸上。由于颤抖,前妻把酒洒在了桌上,而杯子却砸到窗玻璃上去了。玻璃在玻璃上粉碎,变成清脆的声音四处纷飞。余音在缭绕,企图挣扎到新年。

发哥追到大厅的时候前妻已经上了出租车了。发哥从金陵饭店出来,站在汉中路的路口。新年之夜大雪的覆盖真是美哦。大雪把节日的灯光与颜色反弹回来,——那种寒气逼人的缤纷,那种空无一人的五彩斑斓。

1999 年第 2 期《天涯》

怀念妹妹小青

　　如果还活着,妹妹小青应当在二月十日这一天过她的四十岁生日。事实上,妹妹小青离开这个世界已经整整三十一年了。现在是一九九九年的二月九日深夜,我坐在南京的书房里,怀念我的妹妹,我的妹妹小青。妻已经休息了。女儿也已经休息了。她们相拥而睡,气息均匀而又宁静。我的妻女享受着夜,享受着睡眠。我独自走进书房,关上门,怀念我的妹妹。我的妹妹小青。

　　应当说,妹妹小青是一个具有艺术气质的女孩子。她极少参与一般孩子的普通游戏。在她五六岁的时候,她就展示了这种卓尔不群的气质。小青时常一个人坐在一棵树的下面,用金色的稻草或麦秸编织鸟类与昆虫。小青的双手还有一种不为人知的本领。小青是一个舞蹈天才,如果心情好,她会一个人来一段少数民族舞。她的一双小手在头顶上舞来舞去的,十分美好地表现出藏族农民对金珠玛米的款款深情。我曾经多次发现当地的农民躲在隐蔽的地方偷看小青跳舞。小青边跳边唱,"妖怪"极了(当地农民习惯于把一种极致的美称作"妖怪")。但是当地的农民有一个坏习惯,他们沉不住气,他们爱用过分的热情表达他们的即时心情。他们一起哄小青就停下来了。小青是一个过于敏感的小姑娘，一个过于害羞的小姑娘。小青从来就不是一个人来疯式的小喇叭。这样的时刻小青会像一只惊弓的小兔子。她从自我沉醉中惊过神来，简直是手足无措，两眼泪汪汪的，羞得不知道怎么才好。然后小青就捂住脸一个人逃走了。而当地的小朋友们就会拍着巴掌齐声尖叫："小妖怪，小妖怪，小青是个小妖怪！"

小青秉承了父亲的内向与沉默，母亲却给了她过于丰盈的艺术才能。小青大而黑的瞳孔就越发显得不同寻常了。在这一点上我与妹妹迥然不同。我能吃能睡，粗黑有力，整天在村子里东奔西窜，每天惹下的祸害不少于三次。村子里的人都说："看看小青，这小子绝不是他爹妈生的，简直是杂种。"基于此，村里人在称呼妹妹小青"小妖怪"的同时，只用"小杂种"就把我打发了。我们来到这个村子才几个月，村里人已经给我们一家取了诨名。他们叫我的父亲"四只眼"，而把我的母亲喊成"哎哟喂"——母亲是扬州人，所有的扬州人都习惯于用"哎哟喂"表达他们的喜怒哀乐。一听就知道，我们这一家四口其实是由四类分子组成的。

妹妹很快就出事了。她那双善舞的小手顷刻之间就变得面目全非，再也不能弓着上身、跷着小脚尖向金珠玛米敬献哈达了。那时候正是农闲，学校里也放了寒假，而我的父母整天都奋战在村北的盐碱地。那块盐碱地有一半泡在浅水里，露出水面的地方用不了几天就会晒出一层雪白的粉，除了蒲苇，什么都不长。但村子里给土地下了死命令：要稻米，不要蒲苇。具体的做法很简单——用土地埋葬土地。挖地三尺,再挖地三尺,填土三尺,再填土三尺。这样一来上三尺的泥土和下三尺的泥土就彻底调了个个。工地上真是壮观,邻村的劳力们全都借来了,蓝咔叽的身影在天与地之间浩浩荡荡,愚公移山,蚂蚁搬家,红旗漫舞,号声绵延,高音喇叭里的雄心壮志更是直冲天涯。那个冬季我的父母一定累散了,有一天晚上父亲去蹲厕所,他居然蹲在那里睡着了。后果当然是可以想象的,他在翻身的时候仰到厕所里去了。"轰嗵"一声,把全村都吓了一跳。因为此事父亲的绰号又多了一个,很长时间里人们不再叫他"四只眼",直接就喊他"轰嗵"。

父母不在的日子我当然在外面撒野,可是妹妹小青不。她成天待在铁匠铺子里头,看那些铁匠为工地上锻打铁锹。对于妹妹来说,铺子里的一切真是太美妙了,那些乌黑的铁块被烧成了橙红色,明亮而又剔透,仿佛铁块是一只透明的容器,里面注满了神秘的汁液。而铁锤击打在上面的时候就更迷人了,伴随着"当"的一声,艳丽的铁屑就像菊花那样绽放开来,开了一层子,而说没有就没有了。铺子里充满了悦耳的金属声,那些铁块在悦耳的金属声中延展开来,变成了人所渴望的形状。我猜想妹妹一定是被铁块里神秘的汁液迷惑了,后来的事态证明了这一点。她趁铁匠把刚出炉的铁块放在铁砧上离去的时候,走上去伸出了她的小手。小青想把心爱的铁块捧在自己的手上。妹妹小青等待这个时刻一定等了很久了。妹妹没有尖叫。事实上,妹妹几乎在捧起铁块的同时就已经晕倒了。她那双小手顿时就改变了模样。妹妹的手上没有鲜血淋漓,相反,伤口刚一出现就好像结了一层白色的痂。

妹妹是在父亲的怀里醒过来的,一醒来父亲就把妹妹放下了。父亲走到门口,从门后拿起了母亲的捣衣棒。父亲对着我的屁股下起了毒手。要不是母亲回来,我也许会死在父亲的棒下。父亲当时的心情我是在自己做了父亲之后才体会到的。那一次我骑自行车带女儿去夫子庙,走到三山街的时候,女儿的左脚夹在了车轮里,擦掉了指甲大小的一块皮,我在无限心疼之际居然抽了自己一个大嘴巴。就在抽嘴巴的刹那我想起了我的父亲。我愣在了大街上。女儿拉住我的手,问我为什么这样。我能说什么? 我还能说什么?

妹妹的手废了。这个自尊心极强的小姑娘从此便把她的小手放在了口袋里,而妹妹也就更沉默了。手成了妹妹的禁忌,她把这种禁忌放在了上衣的口袋,左边一个,右边一个。但妹妹的幻想一刻也没有停息过,一到过年妹妹就问我的母亲:"我的手明年会好吗?"母亲说:"会的,你的手明年一定会好。"妹妹记住了这个承诺。春节过后妹妹用三百六十五天的时间盼来了第二年的除夕。除夕之夜的年夜饭前妹妹把她的双手放在桌面上,突然说:"我的手明年会好的吧?"母亲没有说不,却再也没有许愿。她的沉默在除夕之夜显得如此残酷,而父亲的更是。

第二年如愿的是村北盐碱地里的蒲苇。开春之后那些青青的麦苗一拨一拨全死光了,取而代之的还是蒲苇。这一年的蒲苇长得真是疯狂。清明过后,那块盐碱地重又泡进了水里,而蒲苇们不像是从水里钻出来的,它们从天而降,茂密、丰饶、油亮,像精心培育的一样。盛夏来临的时候那些蒲苇已经彻底长成了,狭窄的叶片柔韧而又修长,一支一支的,一条一条的。亭亭玉立。再亭亭玉立。一阵哪怕是不经意的风也能把它们齐刷刷地吹侧过去,然而,风一止,那些叶片就会依靠最出色的韧性迅速地反弹回来,称得上汹涌澎湃。大片大片的蒲苇不买人们的账,它们在盐碱地里兀自长出了一个独立的世界,一个血运旺盛的世界。盐碱地就是这样一种地方:世界是稻米的,也是蒲苇的,但归根结底还是蒲苇的。

但我们喜欢蒲苇,尤其是雄性蒲苇的褐色花穗。我们把它们称作蒲棒。在蒲苇枯萎的日子里,我们用弹弓瞄准它们,蒲棒被击中的一刹那便会无声息地炸开一团雪白,雪白的蒲绒四处飞迸,再悠悠地纷扬。我们喜欢这个游戏。大人们不喜欢,原因很简单,蒲绒填不饱肚子,纷飞的雪绒绝对是稻米与麦子的最后葬礼。

在冬季来临的时候,我们选择了一个大风的日子。我们手持蒲棒,十几个人并排站立在水泥桥上。大风在我们的耳后呼呼向前,我们用手里的蒲棒敲击桥的水泥栏杆,风把雪绒送上了天空。我们用力地敲,反正蒲棒是用之不竭的。满天都是疯狂的飞絮,毛茸茸的,遮天蔽日。

我不知道妹妹那时候在什么地方。她从不和众人在一起。然而从后来的事情上来看,妹妹小青一定躲在一个不起眼的地方,偷看我们的游戏。妹妹喜欢这个游戏。但她从不和众人在一起。元旦那天,妹妹小青终于等来了一场大风。妹妹一个人站上水泥桥,把家里的日历拿在了手上,那本日历是母亲两天前刚刚挂到李铁梅和李奶奶的面前的。妹妹在大风中撕开了元旦这个鲜红的日子,并用残缺的手指把它丢在了风里。然后,是黑色的二号,黑色的三号,黑色的四号,黑色的五号,黑色的六号。——妹妹把所有黑色的与红色的日子全都撕下来,日子们白花花的,一片一片的,在冬天的风里沿着河面向前飘飞,它们升腾,翻卷,一点一点地挣扎,最后坠落在水面,随波浪远去。许多人都看到了妹妹的举动,他们同时看到了河面上流淌并跌宕着日子。人们不说话。我相信,许多人都从眼前的景象里看到了妹妹的不祥征兆。

妹妹做任何事情都不同寻常,她特殊的禀赋是与生俱来的。如果活着,妹妹小青一定是一个极为出色的艺术家。艺术是她的本能。艺术是她的一蹴而就。她能将最平常的事情赋予一种意味,一种令人难以释怀的千古绝唱。但是,妹妹如果活着,我情愿相信,妹妹小青是一个平常的女人,一个平常的妻子与平常的母亲,我愿意看到妹妹小青不高于生活,不低于生活。妹妹小青等同于生活,家常而又幸福,静心而又知足。生活就是不肯这样。

就在这一年的冬天,村子里又来了一大批外地人。他们被关在学校里头,整天在学校的操场上坐成一个圈,听人读书、训话。而到了晚上,教室里的灯光总是亮到很晚。我们经常能在夜深人静的时候听到学校那边传来严厉的呵斥与绝望的呜咽。没事的时候我们就会趴在围墙上,寻找那个夜间哭泣的人。但是,这些人不分男女老少,他们的神情都一样,说话的语气、腔调甚至连坐立的姿势都一样。最让人不可思议的是,他们走路的时候就像一群夜行的走兽,小心、狐疑、神出鬼没,你根本不能从他们的身上断定他们在夜间曾经做过什么。

那件事情发生在黄昏,妹妹小青正在校前的石码头上放纸船。这时候从围墙里走出来一个女人,五十多岁,头发又长又白,戴着一副很厚的眼镜,样子有些怕人。女人蹲在妹妹的身边,开始洗衣服。出于恐惧,妹妹悄悄离开了码头,远远地打量。女人在洗衣服的过程中不时地回头张望,确信无人之后,女人迅速地离开了码头,沿着河岸直往前走。而她的衣物、脸盆却顺着水流向相反的方向淌走了。妹妹是敏锐的,她的身上有一种超验的预知力。妹妹跟在女人的身后,一直尾随到村头。一到村头女人就站到冬天的水里去了,往下走,水面只剩下上半身,只剩下头,只剩下花白的头发。妹妹撒腿就往回跑,一边跑一边大声尖叫:"救命哪!救命——"

妹妹成功地救了一条人命。人们带着好奇与惊讶的神情望着我的妹妹。妹妹害羞极了,她知道自己做了一件了不起的事情,而脸上的表情却像犯了一个错误。那个女人被人从水里拽上了岸,连她很厚的眼镜也被渔网打捞上来了。但第二天上午发生的事证明了妹妹不是"像犯了一个错误",真的就是犯了一个错误。第二天女人在操场的长凳子上站了一整天,所有的人都围在她的四周,围了一个很大的圈。临近傍晚的时候,女人的身体在长凳子上不停地摇晃。但是,这个女人有极为出色的平衡能力,不管摇晃的幅度有多大,她都能化险为夷。根据我们在墙头上观察,后来主要是凳子倒了,如果凳子不倒,这个女人完全可以在长凳子上持续一个星期。凳子倒了,女人只能从长凳子上栽下来。不过问题不大,她只是掉了几颗门牙,流了一些血,第三天的上午她又精神抖擞地站到长凳子上去了,直到这个女人莫名其妙地大笑起来。她笑得真是古怪,浑身都一抽一抽的,满头花白的头发一甩一甩的,只有声音,没有内容,我从来都没有听过这种无中生有的欣喜若狂。

妹妹小青救了这个女人的命,应当说,在妹妹短暂的一生中,这是她做得最成功的一件事。而事实上,这件事是一个灾难。妹妹小青的半条性命恰恰就丢在这件事上。

还有几天就要过春节了,我们都很高兴。春节是我们的天堂。那一天中午,学校里的神秘来客终于离开我们村庄了。他们排起队伍,行走在小巷。许多人都站在巷子的两侧,望着这些神秘来客。他们无声无息地来,现在,又无声无息地走。妹妹小青再也不该站在路边的。她从来就不是一个爱热闹的人,一个爱站在人群里的人。然而,那一天她偏偏就在了。世事是难以预料的。悖离常理的事时常发生在我们的身边。没有人能把这个世界说明白。没有人。

队伍走到妹妹身边的时候突然冲出了一道身影。是那个女人。由于过分猛烈,她一下子扑倒在地了。当她重新站立起来的时候她的头发全都散了,很厚的眼镜也掉在了地上。她伸出双手,一把就揪住了妹妹的衣襟,疯狂地推搡并疯狂地摇晃,而自己的身体也跟着前合后仰。她花白的头发在空中乱舞,透过乱发,妹妹看到了女人极度近视的瞳孔,凸在外面,像螃蟹,妹妹当然还看到了失去门牙的嘴巴,黑糊糊的,像一只准备撕咬的蛐蛐。女人把鼻尖顶到妹妹的鼻尖上去,发出了歇斯底里的尖锐喊声:"就是你没让我死掉,就是你,就是你!"妹妹的小脸已经吓成了一张纸，妹妹眼里的乌黑灵光一下子就飞走了。只有光，没有内容。妹妹看见鬼了。妹妹救活了她的身体，而她的灵魂早就变成了溺死鬼，在小青的面前波涛汹涌。女人的双手被人掰开之后妹妹就瘫在了地上。目光直了。嘴巴张开了。

妹妹小青再也不是妹妹小青了。妹妹小青不会害羞了。妹妹小青再也不是小妖怪了。

父亲没有揍我。母亲也没有。

寒假过后妹妹再也没有上学。她整天坐在家门口，数她伤残的指头。只要有人高叫一声："小妖怪，跳一个！"妹妹马上就会手舞足蹈起来。妹妹在这种时候时常像一根上满了弦的发条，不跳完最后一秒，她会永远跳下去，直到满头大汗，直到筋疲力尽。有一回妹妹一直跳到太阳下山，夕阳斜照在空巷，把妹妹的身影拉得差不多和巷子一样长，长长的阴影在地上挣扎，黑糊糊的，就好像泥土已经长出了胳膊，长出了手指，就好像妹妹在和泥土搏斗，而妹妹最终也没有能够逃出那一双手。

在妹妹去世的这么多年来，我经常作这种无用的假设，如果妹妹还活着，她该长成什么样？这样的想象要了我的命，我永远无法设想业已消失的生命。妹妹的模样我无法虚拟，这种无能为力让我明白了死的残酷与生的忧伤。死永远是生的沉重的扯拽。今生今世你都不能释怀。

开春之后是乡下最困难的日子，能吃的差不多都吃了，而该长的还没能长成。大地一片碧绿，通常所说的青黄不接恰恰就是这段时光。家境不好的人家时常都要到邻村走动走动,要点儿,讨点儿,顺手再拿点儿。再怎么说,省下一天的口粮总是没有什么问题的。那一天我们村的三豁来到高家庄,他五十多岁了,但身子骨又瘦又小,看上去就像一个皱巴巴的少年。午饭时分三豁把高家庄走了一大半,肚子吃得那么饱,走路的时候都腆起来了。这已经很让人气愤了。千不该,万不该,他不该在高大伟家的家门口动起黑心思的。高大伟是去年刚刚退伍的革命军人,门前晒着他的军用棉帽、棉袄、棉裤和棉鞋。三豁真是鬼迷了心窍,他把退伍军人的那一身行头呼噜一下全抱起来了,躲进厕所,把乞丐装扔进了粪坑,以革命军人的派头走了出来。他雄赳赳的,又沉着、又威武,一副将革命进行到底的死样子。但是他忘记了一个最要紧的细节,衣帽裤鞋都大了一大圈。当他快速转动脑袋的时候,脑袋转过来了,帽子却原地不动。这一来三豁的沉着威武就越发显得贼头贼脑了,更何况这一天又这么暖和,任何一个脑子里没屎的人都不可能把自己捂得这样严实。三豁一出厕所就被人发现了。一个叫花子冒充革命军人,是可忍,孰不可忍?高家庄全村子的人都出动了,他们扒去了三豁的伪装,把他骨瘦如柴的本来面目吊在了树上。他的身上挂满了高家庄的唾沫与浓痰。高家庄的村支书发话了,这绝对不是一般的小偷小摸,其"性质"是严重的。村支书让人用臭烘烘的墨汁在三豁的前胸与后背上分别写下了"反动乞丐",只给他留下一条裤衩,光溜溜地就把他轰出了高家庄。

高家庄的人再也没有想到我们村会报复。大约在二十天之后,高家庄的高中毕业生高端午到断桥镇去相亲,欢天喜地的。

我们村是高家庄与断桥镇的必经之路,高端午回家的时候一头就钻进了我们村的汪洋大海。"反动乞丐"高端午同样被扒得精光,一身的唾沫与浓痰。我们村到处洋溢着仇恨,所有的人都仇恨满胸膛。这种仇恨是极度空洞的,然而,最空洞的仇恨才是最具体的。高端午被痛打了一顿,回村之后他没有往家走,而是赤条条地站在了村支书的家门口。高端午对着支书家的屋檐大声喊道:"支书,报仇哇!"

报仇是一种仇恨的终结,报仇当然也是另一种仇恨的起始。我们村料到高家庄的人不会就此罢休的。我们提高警惕。我们铜墙铁壁,我们还众志成城。我们在等他们。

他们没有来,第二天没有,第十天还没有。一个月之后我们却迎来了公社里的电影放映队。天黑之后我们高高兴兴地坐在学校里的操场上。我带着我的妹妹。我的父母亲从来不看电影的,他们给我的任务就是带好我的妹妹。我和妹妹坐在观众的最前排,我们仰着头,看银幕上的敌人如何被公安局像挖花生那样一串一串地挖出来。电影刚放到一半,一个陌生的声音突然大声叫喊起来:"高家庄的人来啦,高家庄的人把我们包围啦!"声音刚一传来几个不相识的外乡人就从凳上跳了起来,他们踩着人头与肩膀,迅速地从人群里向外逃窜。我知道出事了,拉起妹妹就往边上跑。这时候公安局长还在银幕上吸烟沉思,而人群已经炸开了。所有的人都在往围墙和大门那儿挤,操场中央只剩下放映员和他的放映机。围墙挡住了慌不择路的人们,人们开始往人身上踩。妹妹就是在这个节骨眼上被人冲散的,她的手心几乎全是疤,滑得厉害。我一点也不能明白妹妹被人挤到什么地方去了。这个慌乱的场景大约持续了十来分钟,十来分钟之后人群就散开了,所有的人都不知所终。我躲在隐蔽的地方,仔细观察了一会儿,没有人。没有一个高家庄的人。一切都是那样的无中生有。

电影已经停止了,只有很亮的电灯亮在那儿。空空的操场被照得雪亮。妹妹与十几个横七竖八的身体倒在墙角。都是些老人与孩子。有人在地上呻吟,但是妹妹没有。我走上前去,妹妹的嘴角和鼻孔里全是血。妹妹脸上的血在电灯的白光底下红得那样鲜。我跪在妹妹的身边,托起妹妹,妹妹小青一动不动,腹部却一上一下地鼓得厉害。我说:"小青。"小青没有动。我又说:"小青。"小青还是没有动。妹妹的眼睛睁得很大,她望着天。天在天上。后来妹妹的腹部慢慢平息了,而手上的温度也一点一点冷下去。我用力捂住,但我捂不住执意要退下去的温度。她望着天。天在她的瞳孔里放大了。无边无际。我怕极了,失声说:"小青!"

我不知道我的父母是什么时候赶来的。我就知道父亲一把把我拽过来了。我知道我没命了。妹妹死在我的手上,父亲一定会把我打死的。这时候许多人又回到操场上来了,我听到了一片尖锐的喊叫。我没有跑,我等着父亲把我打死。父亲没有。父亲一把就把我搂在怀里了。这是我这一生当中父亲对我唯一的一次拥抱。我战栗起来。眼前的这一切,包括父亲的拥抱,都是那样的恐怖至极。

现在是一九九九年的二月九日,妹妹如果还活着,明天就是她的四十岁生日了。但是妹妹小青离开这个世界已经三十一个年头了。我一次又一次追忆她生前的模样,我就是想不起来。按理说妹妹小青已经人过中年了,可是我的妹妹小青她在哪里?

1999 年第 5 期《作家》

阿木的婚事

　　什么是奇迹？奇迹就是不可能发生的事情最后发生了。奇迹就是种下了梨树而结出来的全是西瓜，奇迹就是投下水的是鳗苗而捞上来的全是兔子。消息立即被传开了。一顿饭的工夫村里人都听说了，梅香在城里给阿木"说"了一个未婚妻，姓林，名瑶，二十七岁。村里人不信。林瑶是一个多么美妙的名字，电视剧里常有，通常都是总经理的文秘或卡拉 OK 大奖赛三等奖的获得者。有这样美妙姓名的女人居然肯嫁给阿木，你说这世上还有什么不能发生？然而，事情是真的。梅香证实了这一点。梅香逢人就说，阿木和林瑶"真的是一见钟情"。

　　阿木有一颗极大的脑袋，方方的，阿木还有一副称得上浓眉大眼的好模样，只可惜两眼间的距离大了一些，与人说话的时间一长，两眼里的目光就做不了主了，兀自散了开来。阿木在大部分情况显得很安静，不论是上树还是下地，阿木都把他的双唇闭得紧紧的，动作迅猛而粗枝大叶。没事的时候阿木喜欢钻到人堆里头，两只大耳朵一左一右地支楞在那儿，静静地听，似乎又没听。不过阿木的脾气有些大，总是突发性的，事先没有一点预兆。谁也不知道哪句话会得罪阿木的哪根筋。大伙儿笑得好好的,阿木突然就站起身,气呼呼地甩开大伙儿,一个人走掉。生气之后的阿木走到哪里哪里无风就是三层浪,不是鸡飞,就是狗跳。阿木有一身好肉,当然也就有一身的好力气。阿木最大的快乐就是别人夸他有力气,不管哪里有什么粗活儿,只要有人喊一声"阿木",阿木一定会像回声那样出现在你的面前。干完了,你一定要说一声"阿木真有力气",阿木听了这话就会不停地噘他的嘴巴,搓着他的大手十分开心地走开。你要是不说就会很麻烦,用不了多久全村的鸡狗就会蹿出来,一起替阿木打抱不平。

最能证明好消息的还是阿木他自己。返村之后阿木一个人坐在天井的大门口,一声不吭。但他的嘴唇不停地往外噘,这是阿木喜上心头之后最直观的生理反应。对于一般人来说,心里有了喜事一张大嘴巴就要咧得好大,还嘿嘿嘿嘿的。可是阿木不。阿木一点声息都没有,就会噘嘴唇,迅速极了。熟悉阿木的人都说,阿木噘嘴唇其实是在忍。阿木要是急了,什么事都干得出,可是喜事来临的时候,阿木却忍得住。

这刻阿木正坐在自家的门槛上,天井的四周一片安详,都有些冷清了。阿木家的天井平时可不是这样的,这里经常是村子里最快乐的地方。傍晚时分村子里的人都喜欢围在阿木家的天井四周,你不知道天井里头会传出怎样好玩的笑话来。依照常规,阿木只要在外面一发脾气,到家之后一台综艺大观其实也就开始了。要命的是,阿木在外面发脾气的次数特别多,因为阿木喜欢往人多的地方钻。

花狗和明亮他们几个一闲下来就喜欢聚在巷口说笑。花狗和明亮他们在城里头打过工，见得多，识得广，根本不会把阿木放在眼里。阿木挤在他们中间完全是长江里面撒泡尿，有他不多，没他不少。但是花狗和明亮他们聊完了之后都要把话题引到阿木和梅香的身上。梅香是村长的老婆，一个小村长十多岁的镇里女人。花狗就问了："阿木，这几天想梅香了没有？"阿木极其认真地说："想了。"明亮又问："哪儿想了呢？"阿木眨巴着眼睛，看了看自己的胳膊，又看了看自己的脚丫，不能断定自己是哪儿"想了"。明亮说："想不想睡梅香？"阿木说："想睡。"花狗再问："知不知道怎么睡？"这一回阿木被彻底难住了。于是有人就把阿木拖到梅香上午站过的地方，用一根树枝在地上画出梅香的身影，让阿木从裤裆里掏出东西，对着梅香的影子撒尿。花狗问："知不知道怎么睡？"阿木说："知道了。""说说看？"阿木说："对着她尿。"

大伙儿便是一阵狂笑。阿木并不会说笑话，只会实话实说，但他的大实话大部分都能达到赵本山的喜剧效果。许多人都知道自己的老婆曾经被村长睡过，他们在床上也时常恶向胆边生，勇猛无畏地把自己的老婆想象成梅香，但"睡梅香"这样的大话绝对说不出口。大伙儿听了阿木的话笑得也就分外地畅快。他们把阿木称作"村里的赵本山"。可是阿木这个农民的儿子就不会像赵本山那样，反复强调自己是"农民的儿子"，所以阿木不可能是赵本山，只能是"村里的"小品艺术家。

如果花狗这时候要求阿木和梅香"再睡一回"，阿木离发脾气就不远了。刚刚尿完的人说什么也尿不出来的。你一催，阿木便急，离得很开的大眼睛里头就会冒出很焦急的光芒，左眼的光芒和右眼的光芒也不聚集。阿木憋着一口气，恶狠狠地说："尿你妈妈✕！"撂下这句话阿木掉头就走。

这一走花狗和明亮他们笑得就更开心了。但他们不会立即散去。他们在等，用不了多久阿木一定会回家去的。事实往往如此。用不了一根烟，阿木说杀回家就杀回家了。阿木一脚踹开木门，杀气腾腾地站在天井的中央，闭着眼睛大声喊道："我要老婆，给我讨个老婆！"阿木的老爹，一个鳏居的养鸡人，就会皱巴巴地钻出鸡舍，用那种哀求的声音小声说："阿木，我也托了不少人了，人家女的不肯哎，你让我替你讨谁呢？"阿木不理他老子的那一套。阿木扯着嗓子说："不管，只要是女的！"

阿木发了脾气之后每一句话都是相声或小品里的包袱，他说一句围墙外面就要大笑一阵。即使阿木天天这样说，大伙儿还是天天这样笑。好段子就是这样的，好演员就是这样的，百听不厌，百看不厌。有阿木在，就有舞台在。只要有了舞台，村子就一定是快乐的、欢腾的。

阿木这会儿彻底安静了，阿木家的天井这会儿也彻底安静了。阿木居然要娶一个叫"林瑶"的女人了。——你说谁能想得到？只能说，皇帝是假，福气是真。

阿木的婚事原计划放在开春之后，但是阿木的老爹禁不住阿木的吼叫和天井外面越来越大的笑声，只能花钱买了日子，仓促着办。一个大风的日子阿木用一条木船把林瑶娶回了村庄。村子里所有的人都赶到了石码头。新娘子一下喜船就不同凡响。林瑶的身段修长而又挺拔，一身红，上身是收腰的红外罩，该凸的凸,该凹的凹,而下身则是一条鲜红的裙子。林瑶的模样像一条上等的红金鱼,足以让村子里的人目瞪口呆。可是没完,因为风大,林瑶戴了一副漆黑的墨镜,而脸上又裹上了一张雪白的大口罩。林瑶的出场先声夺人。人们痛心地发现,林瑶和阿木的关系绝对是鲜花和牛粪的关系,绝对是金鱼与茅坑的关系。林瑶迎着冬天的大风款款而行,鲜红、漆黑、雪白。阿木走在林瑶的身边,合不拢嘴。他那种合不拢嘴的死样子实在让人气得发疯。难怪天下的美女越来越少了,答案就在眼前,全让阿木这样的榆木疙瘩娶回家了。

　　没有人能看到新娘的脸。但人们一致确认,林瑶的面部绝对有一到三处的致命伤,诸如独眼、翘天鼻、兔唇,再不就是刀疤。否则没有道理。墨镜和口罩说明了这个问题。这一点还可以从林瑶的陪嫁上得到解释。除了一只大木箱,林瑶没有陪嫁。人们的注意力很快从林瑶的身上转移到大木箱子上来了。大木箱实在是太沉了,它几乎把四个男人的背脊全压弯了。一路上就有人猜,大木箱子里头究竟是什么? 总不能是黄金吧。花狗决定揭开这个谜。花狗便走上去帮忙。在迎亲的队伍开进天井的时候,花狗一不小心让门槛绊了一脚,一个趔趄,花狗连人带箱一起摔倒在地上。大木箱里的东西散了一地——谜底终于被揭开了:里面全是书。花花绿绿的压塑封面,全是琼瑶、席绢、席慕蓉,一扎一扎的。林瑶听到了身后的动静,回过头来蹲在了大木箱的旁边。林瑶摘下墨镜,解开雪白的口罩,用红裙子的下摆把每一本书都擦了一遍,重新码进了大木箱。热闹的迎亲队伍即刻静了下来,所有的人都目睹了这个寂静的过程。人们失望地发现,林瑶的面部一切正常。尽管林瑶的脸蛋只能算中下,可是五官齐整,没有致命伤。村里人痛心不已,两眼里全是冬天的风。

村里人百思不得其解。你说这到底是什么事?但是当晚的婚宴上村里人终于松了一口气。婚宴很隆重,阿木的老爹养了这么多年的鸡,把能花的钱全砸在阿木的婚宴上了。阿木的老爹借了学校的教室,摆了四十八桌。整个婚宴林瑶和阿木一直低着头,也没有引起太多的注意。后来有人提议,让新娘和新郎去给媒婆梅香敬酒。这个当然是必需的,大伙儿一起鼓掌起哄。让村里人松了一口气的事情就是在这个时候发生的,阿木和林瑶站起了身来。刚走了两步阿木和林瑶却停下脚步了,他们站在乱哄哄的人缝里,端着酒杯,你看着我,我看着你。先是阿木的嘴唇噘了四下,林瑶跟上来嘿嘿嘿嘿就笑了四下,然后阿木的嘴唇又噘了四下,后来就是林瑶嘿嘿嘿嘿地再笑了四下,都把敬酒的事弄忘了。喜宴上突然没有了声息,人们放下筷子,严重关注着这一对新人。林瑶的表情和笑声一点都收不住,一点都做不了自己的主。她那种旁若无人的模样简直像在梦游。下午还痛心不已的人们一直盯着林瑶,他们后来把目光从林瑶的脸上挪了开去,相互对视了一眼,心照不宣地在鼻子里松了一口气。然而林瑶还在笑,只是没有了声音,内心的满足与幸福使她的脸上出现了无可挽救的蠢相和痴相,让心肠软的人看了都心酸。阿木的老爹急了,慌忙说:"阿木,给梅香姐敬酒!"阿木一副没魂的样子,伸出手却去碰林瑶手中的酒杯。这对新人把媒婆撂在一边,你敬我一杯,我敬你一杯,自己却喝上了,恩爱得要命。

106

梅香连忙走上来,用酒杯往阿木和林瑶的杯子上撞了一下,不停地说:"敬过了,敬过了。"这时候隔壁教室里的客人都围过来了,他们堵在门口与窗前,不说一句话,默默地凝视林瑶。阿木的老爹转过身来,堆上一脸的笑,招呼说:"大伙儿喝,大伙儿痛快喝。"

婚礼之后阿木有些日子不往人堆里钻了,人们注意到,阿木一有空就和林瑶厮守在天井里头,不是林瑶帮阿木剪指甲,就是阿木帮林瑶梳梳头,恩爱得都不知道怎么好了。村里的女人们有些不解,她们说:"他们怎么就那么恩爱的呢?"花狗极其权威地摇了摇头,他以牲口们终日陪伴为例,坚决否定了所谓"恩爱"的说法。不过阿木不往人堆里钻,花狗和明亮他们总有些怅然若失。村子里显然比过去冷清了。直到现在他们才发现,不是阿木需要他们,相反,是他们自己需要阿木。阿木对他们来说意义重大。花狗和明亮不能让生活就这么平庸下去。他们不答应。村里人也不答应。他们叫过来一个孩子,让孩子去把阿木叫出来,说有要紧的事情"和他商量"。阿木出来得很晚,他把两只手抄在衣袖里头,站在一大堆的人面前,瓮声瓮气地问:"什么事?"花狗走上去搂住了阿木的肩膀,拍了几下,却什么也不说。随后花狗就拿起了一根树枝,在地上画了几个圆,一条线。花狗严肃起来,说:"大伙儿静一静,我们开会了。"花狗就着地上的简易图,把乡里修公路的事情对大伙儿说了。"——公路到底从哪儿过呢?"花狗的脸上是一筹莫展的样子。花狗看了看大家,说:"我们得有个意见。"大伙儿都不说话,却一起看着阿木,目光里全是期待与信任。阿木从来没有受到过这样高级的礼遇,两只巴掌直搓,两片嘴唇直噘。花狗递给阿木一根烟,给阿木点上,阿木受宠若惊,都近乎难为情了。花狗说:"阿木,大伙儿最信得过你,你的话大伙儿都听,你得给大伙儿拿个主意。"阿木蹲在地上,想了半天,突然说:"那就从我们家门口过吧。"花狗他们相互看了一眼,一言不发。最后花狗说:"我看可以。"大伙儿就一起跟着说好。阿木再也没有料到自己把这么重大的事情给决定了,人有些发飘,拔腿就要往回跑,把这个好消息告诉林瑶。花狗一把把阿木拉住了,关切地问:"林瑶妹妹对你还好吧?"

"好。"阿木说。

花狗说:"说说看。"

阿木低下头,好像在回顾某个幸福的场面,只顾了噘嘴,却笑而不答。花狗一副不高兴的样子,说:"我们都替你高兴,关心你,连公路都从你们家门口过了,——说说嘛阿木。"阿木看了看身后,小声说:"林瑶关照我,不要对别人说的。"明亮接过话茬儿,说:"林瑶关照你不要对别人说什么?"这一问阿木就开始了沉默,但又有些忍不住,仰着头,喜滋滋地说:"那你们不要告诉别人。"大伙儿围着阿木,十分郑重地作了保证。阿木便开始说。可是阿木的叙述过于啰嗦,过于枝蔓,有些摸不着边际。花狗和明亮他们就不停地打断他,把话题往床边沿上拉,往枕头边上拉。阿木的话慢慢就走了正题。阿木像转播体育比赛的实况那样开始了床上的画面解说。听众朋友们不停地用笑声和掌声以资鼓励,这一来阿木的转播就更来神了。

阿木的实况转播点缀了多风的冬日,丰富了村里人的精神生活。由于阿木的转播,阿木和林瑶的新房甚至天井的围墙都变得形同虚设。开放了,透明了,外敞了。人们关心着他们,传诵着他们的故事。阿木一点都不知道他们的婚姻生活对村子的人来说意义是多么的重大。阿木能做的只有一点,不停地在家里忙,再不停地在外面说。村子里重新出现了生机。

　　遗憾当然有。阿木现在再也不发脾气了,这是村里的人十分无奈的事。这一点使阿木的意义大打折扣。阿木走路的时候如果没有鸡飞与狗跳相伴随,就如同花朵谢掉了花瓣,狐狸失去了尾巴,螃蟹折断了双螯,而孔雀也没有了羽毛。这个不行。花狗和明亮作了最大的努力,阿木就是不发脾气。真叫人毫无办法。花狗痛心地总结说:"阿木让那个女人废了。"

　　出人意料的是,林瑶出场了。林瑶成功地补偿了阿木留下来的缺憾。人们意外地发现,在某些方面,林瑶成功地替代了阿木,继承并发展了阿木家天井的观赏性。根据知情者们透露,林瑶一直把自己安排在一个无限虚妄的世界里,不肯承认自己是在乡下,嘴边挂着一口半吊子的普通话。她坚持把阿木称作相公,并在堂屋、鸡舍、茅坑的旁边贴上一些红纸条,写上客厅、马场、洗手间。林瑶的头上永远都要对称地插上两支绢花、一对蝴蝶或别的什么。而太阳好的日子林瑶就要把她的被褥捧出来,晒晒太阳。然后拿上一只小板凳,坐到被褥的旁边,顶着一颗大太阳,手里捧着厚厚的一本书。中午的太阳光线太强了,林瑶便把她的墨镜掏出来,戴上,认真地研读,如痴如醉。阿木家的天井门口经常三三两两地聚集着一些人,他们并不跨过门槛,隔着一些距离打量着林瑶,她那副古怪、沉迷、恍惚而又痴醉的样子实在有点好笑。林瑶不看他们,绝对置身于无人之境。林瑶的样子虽然有些滑稽,但她是瞧不起一般的人的。学校里的老师们听说了林瑶的情状,午饭后正无聊,就一起过来看看。

"林小姐,看书哪?"高老师慢腾腾地说。高老师一进门阿木就把晒着的被褥抱回家了,高老师看在眼里,笑了笑,说:"这个阿木。"高老师说着话,伸出手便把林瑶手上的书拽过来了,"看的什么书呢?"

林瑶一把抢过书,泪汪汪地拍着书的封面,说:"这里头全是爱情噢。"

王老师说:"高老师不要你的爱情,就借你的书看看。"

高老师笑笑,拿眼睛去找阿木他爹,说:"阿木爹,你们家的马一天下几个蛋呢?"

阿木的老爹堆上笑,说:"孩子玩玩的,闲着无聊,孩子写着玩玩的。"

高老师拍了拍阿木的头,亲切地说:"阿木啊。"

林瑶走上去,拉开高老师的手,脸上有些不高兴。

高老师笑起来,背上手,说:"我是阿木的老师,我总共教过五年的一年级,有四年就是教阿木的来。"

老师们一阵笑,阿木老爹已经掏出香烟来了,一个人发了一支。

高老师埋着脑袋,从阿木老爹的巴掌心里点了烟,很缓慢地吐出来,说:"阿木啊,还是你有福气啊。娶到了太太。蛮好的。蛮不错的。爱看书。太太的身材蛮不错的。"

林瑶一听到高老师夸奖自己的身材就来神了，身材是林瑶最得意的一件事。林瑶挤到高老师的身边，眨巴着眼睛说："我裒娜哎。"

老师们的一阵大笑在一秒钟之后突然爆发出来了。看得出，他们想忍，但是没能忍住。迟到而又会心的大笑是分外令人开心的。阿木的老爹没有能听懂林瑶的话，但是，他从老师的笑声和体态上看出儿媳的丑态种种。阿木的老爹转过脸，命令阿木说："阿木，还不给老师们倒水？"

老师们笑得都直不起身子，他们弓着背脊，对着阿木直摆手。他们弯着腰，擦着眼窝里的泪水，退出了天井。这是村里的老师最快乐的一天。他们把"裒娜"带回了学校，而当天下午"裒娜"这两个字就在村子里纷扬起来了，像不期而然的大雪，眨眼的工夫便覆盖了全村。"裒娜"声此起彼伏。村里人不仅成功地把那两个古怪的发音变成了娱乐，还把它们当成了咒语与禁忌，两个星期之后，当两个女教师在校长室里吵架的时候，她们就是把"裒娜"作为屎盆子扣到对方的头上的，一个说：

"——都怕了你了！告诉你，你再裒娜我都掐得死你！"

另一个不甘示弱，立即回敬说：

"——你裒娜！你们全班裒娜，你们一家子裒娜！"

林瑶的灾难其实从花狗进镇的那天就开始了。四五天之后，花狗回到了村上。花狗把他的挂桨机船靠泊在阿木家门前的石码头上，许多人在巷子的那头远远地看到了花狗。花狗叼着烟，正从石码头上一级一级地爬上来。人们对花狗在这个时候出现表示出了极大的热忱,因为林瑶正站在码头上。众所周知,林瑶傲慢得厉害,除了阿木,几乎不把村子里的人放在眼里。花狗好几次在半道上截住林瑶,拿林瑶搞搞笑,效果都十分的不理想。花狗是村子里著名的智多星,可是不管花狗如何在林瑶的面前巧舌如簧,林瑶都只是冷冷地看着他,不等花狗说完,林瑶的鼻孔里就对称地喷出两股冷气,一副看他不起的样子,转过身哼着小曲走掉。花狗当然想争回这份脸面,屡战屡败,却又屡败屡战。人们远远地看见花狗爬到岸上来了,慢慢走近了林瑶。许多人都看见花狗站到了林瑶的面前,把烟头丢在地上,踩上一只脚,在地上碾了几下。出人意料的事情就是在这个时候发生的。人们都以为林瑶会傲气十足地掉过脸去,像头顶上的两只蝴蝶那样飘然而去的。可是没有。花狗的嘴巴刚动了两下,林瑶的身体就像过电了一样怔在了那里,两只肩头急速地耸了一下。最让人吃惊的景象终于发生了。林瑶抱住头,撒腿就跑。林瑶逃跑的样子绝对称得上慌不择路,她居然没有看清自家大门的正确位置,一头撞在了围墙上。她那种慌不择路的模样像一只误入了教室的麻雀,为了逃命,不顾一切地往玻璃上撞。

花狗站在原处,没动,重新点了一根烟,微笑着走向了人群。大伙儿围上去,问:"花狗你使了什么魔法,怎么三言两语就把林瑶摆平了?"花狗一个人先笑了一会儿,伸出一只拳头,把大拇指和小拇指跷出来,说:"什么三言两语,六个字,就六个字,我就把她打发了。——傲什么傲?这下看她傲。"花狗长长地"嗨"了一声,说:"还城里的呢,还林瑶呢,猪屁!和梅香一样,镇上的,箍桶匠鼻涕虎的三女儿,许扣子。什么林瑶?全是她自己瞎编的。——撒谎的时候倒不呆。刚才一见面,我只说了六个字,鼻涕虎,许扣子! 呆掉了,路都不认识了。傲什么傲? 这下看她傲!"

整个村子如梦方醒,人们表现出了应有的愤怒,许扣子说什么也不该欺骗乡里乡亲的。就连小学里的学生们都表达了他们诚实的热情,他们在放学的路上围在了阿木家的天井四周,用他们脆亮的童声齐声高叫:"鼻涕虎,许扣子! 鼻涕虎,许扣子!"他们只能这样。因为事实就是这样。

临近春节,人们在镇上赶集的时候听到了一则好玩的事情,当然是关于许扣子的。现在,村子里的人在赶集的时候又多了一分趣味了,打听打听许扣子的过去,摸一摸许扣子的底。许扣子好玩的事情实在是多。根据许扣子的邻居说,许扣子蛮有意思的,都这个岁数了,天冷了还在被褥上画地图的。"画地图"是一个有趣的说法,其实也就是尿床。

许扣子尿床的事理所当然被带回了村庄,可是大伙儿并没有太当回事。事情当然是好玩的,不过发生在许扣子的身上,说到底也就顺理成章了,也就正常了。

没有想到阿木在这个问题上死了心眼。谁能想得到呢,否则也不会发生那么大的事。那一天其实很平常。中午过后,花狗从阿木的天井旁边经过,阿木正在天井里头晒太阳。花狗看见阿木,说:"阿木啊,太阳这么好,还不把被褥拿出来晒晒?"花狗其实是好心,正像花狗所说的那样,要不然,阿木在"夜里头又要湿漉漉的了"。阿木听了花狗的话,站在天井的正中央愣了老半天。阿木红着脸，小声说："没有。"花狗说："阿木，你可是不说谎的。"阿木闭着眼，大叫一声："就没有！"花狗正在笑，突然发现阿木已经不对了。阿木涨得通红的脸膛都紫了，额头上的青筋和分得很开的眼珠一起暴了出来。花狗看到阿木发过无数次的脾气，从来没当回事，但阿木这一次绝对有些怕人。花狗怕阿木冲出来，悄悄就走了。走了很远之后还听见阿木在天井里狂吼"没有"。

　　林瑶这时候从卧室里出来了，看见阿木的手上拿了一根扁担，歪着脖子，一边喘着粗气一边用发了红的眼睛在天井里四处寻找。林瑶不知道自己的相公发生了什么事，四周又没有人，因而阿木的寻找也就失去了目标。林瑶走上去，说："相公，什么没有？"却被阿木一把推到了墙上，又反弹了回来。阿木一点都不知道睡在地上的林瑶后脑勺已经出血了。他的眼睛还在找。他终于找到家里的鸡窝了。阿木扑上去，一脚踢烂了栅栏，挥起手里的木棍对着老爹的几百只母鸡下起了杀手。几百只母鸡受惊而起，连跑带飞，争先恐后。它们冲进了天井，满天井炸开了母鸡们的翅膀，鸡毛和母鸡的叫声四处纷飞。阿木对着漫飞的鸡毛尖声喊道："没有！没有！就没有！"

1999 年第 10 期《人民文学》

蛐蛐　蛐蛐

　　谁不想拥有一只上好的蛐蛐呢。但是,要想得到一只好蛐蛐,光靠努力是不够的,你得有亡灵的护佑。道理很简单,天下所有的蛐蛐都是死人变的。人活在世上的时候,不是你革我的命,就是我偷你的老婆,但我们还能微笑,握手,干杯。人一死所有的怨毒就顺着灵魂飘出来了。这时候人就成了蛐蛐,谁都不能见谁,一见面就咬。要么留下翅膀,要么留下大腿。蛐蛐就是人们的来世,在牙齿与牙齿之间,一个都不宽恕。活着的人显然看到了这一点,他们点着灯笼,在坟墓与坟墓之间捕捉亡灵,再把它们放到一只小盆子里去。这样一来前世的恩怨就成了现世的娱乐活动。人们看见了亡灵的厮咬。人们彻底看清了人死之后又干了些什么。所以,你要想得到一只好蛐蛐,光提着灯笼是不够的,光在坟墓与坟墓之间转悠是不够的。它取决于你与亡灵的关系。你的耳朵必须听到亡魂的吟唱。

　　基于此,城里的人玩蛐蛐是玩不出什么头绪来的。他们把蛐蛐当成了一副麻将,拿蛐蛐赌输赢,拿蛐蛐来决定金钱、汽车、楼房的归属。他们听不出蛐蛐的吟唱意味着什么,城里人玩蛐蛐,充其量也就是自摸,或杠后开花。

乡下就不大一样了。在炎热的夏夜你到乡村的墓地看一看吧，黑的夜空下面，一团一团的磷光在乱葬岗间闪闪烁烁，它们被微风吹起来，像节日的气球那样左右摇晃，只有光，只有飘荡。没有热，没有重量。而每一团磷光都有每一团磷光的蛐蛐声。盛夏过后，秋天就来临了。这时候村子里的人们就会提着灯笼来到乱葬岗，他们找到金环蛇或蟾蜍的洞穴，匍匐在地上，倾听蛐蛐的嘹亮歌唱。他们从蛐蛐的叫声里头立即就能断定谁是死去的屠夫阿三，谁是赤脚医生花狗，谁是村支书迫击炮，谁是大队会计无声手枪。至于其他人，他们永远是小蛐蛐，它们的生前与死后永远不会有什么两样。

　　说起蛐蛐就不能不提起二呆。二呆没有爹，没有娘，没有兄弟，没有姐妹。村子里的人说，二呆的脑袋里头不是猪大肠就是猪大粪，提起来是一根，倒出来是一堆。如果说，猪是大呆，那么，他就只能是二呆，一句话，他比猪还说不出来路，比猪还不如。但是，二呆在蛐蛐面前有惊人的智慧，每年秋天，二呆的蛐蛐来之能战，战无不胜。二呆是村子里人见人欺的货，然而，只要二呆和蛐蛐在一起，蛐蛐是体面的，而二呆就更体面了。一个人的体面如果带上了季节性，那么毫无疑问，他就必然只为那个季节而活着。

　　一到秋季二呆就神气了。其实二呆并不呆，甚至还有些聪明，就是一根筋，就是脏、懒、嘎、愣，蹲在墙角底下比破损的砖头还要死皮赖脸。他在开春之后像一只狗，整天用鼻尖找吃的。夏季来临的日子他又成了一条蛇，懒懒地卧在螃蟹的洞穴里头，只在黄昏时分出来走走,伸头伸脑的,歪歪扭扭的,走也没有走相,一旦碰上青蛙,这条蛇的上半身就会连同嘴巴一同冲出去,然后闭着眼睛慢慢地咽。可是,秋风一过,二呆说变就变。秋季来临之后二呆再也不是一只狗或一条蛇,变得人模人样的。这时的二呆就会提着他的灯笼,在夜幕降临的时候出现在坟墓与坟墓之间。乱葬岗里有数不清的亡魂。有多少亡魂就有多少蛐蛐。二呆总能找到最杰出的蛐蛐,那些亡灵中的枭雄。二呆把它们捕捉回来,让那些枭雄上演他们活着时的故事。曾经有人这样问二呆:"你怎么总能逮到最凶的蛐蛐呢?"二呆回答说:"盯着每一个活着的人。"

现在秋天真的来临了。所有的人都关注着二呆,关注二呆今年秋天到底能捕获一只什么样的蛐蛐。依照常规,二呆一定会到"九次"的坟头上转悠的。"九次"活着的时候是第五生产队的队长,这家伙有一嘴的黑牙,个头大,力气足,心又狠,手又黑。你只要看他收拾自己的儿子你就知道这家伙下手有多毒。他的儿子要是惹他不高兴了,他会捏着儿子的耳朵提起来就往天井外面扔。"九次"活着的时候威风八面,是一个人见人怕的凶猛角色。谁也没有料到他在四十开外的时候说死就死。"九次"死去的那个早晨村子里盖着厚厚的雪,那真是一个不祥的日子,一大早村子里就出现了凶兆。天刚亮,皑皑的雪地上就出现了一根鬼里鬼气的扁担,这根扁担在一人高的高空四处狂奔。扁担还长了一头纷乱的长发,随扁担的一上一下张牙舞爪。人们望着这根扁担,无不心惊肉跳。十几个乌黑的男人提着铁锹围向了神秘的飞行物。可他们逮住的不是扁担,却是代课的女知青。女知青光着屁股,嘴里塞着抹布,两条胳膊平举着,被麻绳捆在一条扁担上。女知青的皮肤实在是太白了,她雪白的皮肤在茫茫的雪地上造成了一种致命的错觉。人们把女知青摁住,从她的嘴里抽出抹布,他们还从女知青的嘴里抽出一句更加吓人的话:"死人了,死人了!"死去的人是第五生产队的队长,他躺在女知青的床上,已经冷了。女知青被一件军大衣裹着,坐在大队部的长凳上。女知青的嘴唇和目光更像一个死人,然而,她管不住自己的嘴巴。目光虽然散了,可她乌黑色的嘴唇却有一种疯狂的说话欲望,像沼气池里的气泡,咕噜咕噜地往外冒,你想堵都堵不住。女知青见人就说。你问一句她说一句;你问什么细节她说什么细节;你重复问几遍她重复答几遍。一个上午她把夜里发生的事说了一千遍,说队长如何把她的嘴巴用抹布塞上,说队长如何在扁担上把她绑成一个"大"字,说队长一共睡了她"九次",说队长后来捂了一下胸口,歪到一边嘴里吐起了白沫。村里人都知道了,都知道队长把女知青睡了九次,都知道他歪到一边嘴里吐起了白沫。人们都听腻了,不再问女知青任何问题,女知青就望着军大衣上的第三只纽扣,一个劲地对纽扣说。后来民兵排长实在不耐烦了,对她大吼一声,说:"好了!知道了!你了不起,九次九次的,人都让你睡死了,还九次九次的——再说,再说我给你来十次!"女知青的目光总算聚焦了,她用聚焦的目光望着民兵排长,脸上突然出现了一阵极其古怪的表情,嘴角好像是歪了一下,笑了一下。她脱色的脸上布满了寒冷、饥渴和绝望,绝对是一个死人。这次古怪的笑容仿佛使她一下子复活了。复活的脸上流露出最后的一丝羞愧难当。

第五生产队的队长就此背上了"九次"这个费力费神的绰号。如果队长不是死了,谁也没有这个胆子给他起上这样的绰号的。"九次"人虽下土,但是,他凶猛的阴魂不会立即散去,每到黑夜时分,人们依然能听见他蛮横的脚步声。这样的人变成了蛐蛐,一定是只绝世精品,体态雄健,威风凛凛,金顶,蓝项,浑身起绒,遍体紫亮,俗称"金顶紫三色",这样的蛐蛐一进盆子肯定就是戏台上的铜锤金刚,随便一站便气吞万里。毫无疑问,二呆这些日子绝对到"九次"的墓地旁边转悠了。除了二呆,谁也没那个贼胆靠近"九次"那只蛐蛐。

不过,没有人知道二呆这些日子到底在忙些什么。到了秋天他身上就会像蛐蛐那样,平白无故地长满爪子,神出鬼没,出入于阴森的洞穴。可没有人知道二呆到底喜欢什么样的洞。有人注意过二呆的影子,说二呆的影子上有毛,说二呆的影子从你的身上拖过的时候,你的皮肤就会像狐狸的尾巴扫过一样痒戳戳的。那是亡魂的不甘,要借你的阳寿回光返照。所以,你和二呆说话的时候,首先要看好阳光的角度,否则,你会被招惹的。这样的传说孤立了二呆,但是,反过来也说明了这样一个问题,二呆的双脚的确踩着阴阳两界。一个人一旦被孤立,他不是鬼就是神,或者说,他既是鬼又是神。你听二呆笑过没有?没有。他笑起来就是一只蛐蛐在叫。他一笑天就黑了。

有一点可以肯定,今年秋天二呆还没有逮到他中意的蛐蛐。人们都还记得去年秋天二呆的那只"一锤子买卖","一锤子买卖"有极好的品相,体型浑圆,方脸阔面,六爪高昂,入盆之后如雄鸡报晓，一对凶恶的牙齿又紫又黑。俗话说，嫩不斗老，长不斗圆，圆不斗方，低不斗高。老，圆，方，高，"一锤子买卖"四美俱全。去年秋天的那一场恶斗人们至今记忆犹新，在瑟瑟秋风中，"一锤子买卖"与"豹子头"、"青头将军"、"座山雕"、"鸠山小队长"和"红牙青"展开了一场喋血大战，战况惨烈空前，决战是你死我活的，不是请客吃饭。"一锤子买卖"上腾下挪，左闪右撇，不"喷夹"，不"滚夹"，不"摇夹"，只捉"猪猡"，甩"背包"，统统只有"夹单"，也就是一口下阵，"一锤子买卖"就是凭着它的一张嘴，一路霸道纵横。口到之处，"咔嚓"之声不绝。"一锤子买卖"玩的就是一锤子买卖。没有第二次，没有第二回。"豹子头"与"青头将军"们翅、腿、牙、口非断即斜，它们沿着盆角四处鼠窜，无不胆战心寒。"一锤子买卖"越战越勇，追着那些残兵游勇往死里咬，有一种打不尽豺狼决不下战场的肃杀铁血。烽烟消尽，茫茫大地剩下"青头将军"们的残肢断腿。入夜之后，村子里风轻月黑，万籁俱寂，天下所有的蛐蛐们一起沉默了，只有"一锤子买卖"振动它的金玉翅膀，宣布唯一胜利者的唯一胜利，宣布所有失败者的最后灭亡。

"一锤子买卖"后来进城了。城里的人带走了"一锤子买卖"。而二呆得到了一身崭新的军服和一把雪亮的手电。那可是方圆十里之中唯一的一把手电。二呆穿着崭新的军服，在无月的夜间，二呆把他的手电照向了天空。夜空被二呆的手电戳了一万个窟窿。

今年秋天二呆至今没有收获。二呆一定在打"九次"的主意。可是，"九次"哪里能是一只容易得手的蛐蛐？

二呆没有料到六斤老太会在这个秋季主动找他搭讪。二呆这样的二流子六斤老太过去看也不会看他一眼的。然而,六斤老太今年死了女儿,这一来情形就大不一样了。六斤老太的女儿幺妹四月二十三日那天葬身长江了,直到现在尸体都没有找到。正因为尸体没有找到,六斤老太始终确信她的女儿依然活着。死不见尸,应该看成另外一种意义上的活着。幺妹所用过的东西至今还在家里,她的鞋、梳子、碗、筷,每一样都在运动着,就像被幺妹的手脚牵扯着一样。当然,移动那些的不是幺妹的手脚,而是六斤老太超乎寻常的固执与仿生描摹。六斤老太每天都要坐在门前说话,她的眼睛永远盯着一个并不存在的东西,那个并不存在的东西当然就是幺妹。六斤老太就那么一问一答,一说就是一个上午,要不就是一个下午。六斤老太的执拗举动让所有路过的人心里都不踏实,就好像他们生存的不是人世,而是和幺妹一起,来到了冥间;就好像幺妹真的就在你的面前,你看不见她,只是幺妹在给你捉迷藏。要不然六斤老太和幺妹的聊天怎么就那么像真的呢,要不然六斤老太怎么会那么气闲神定的呢,要不然六斤老太怎么会那么心旷神怡的呢。村子里的人们劝过六斤老太,说:“六斤,你就别伤心了。”六斤老太反过来安慰劝解她的人,六斤老太说:“我伤心什么?我不伤心,幺妹过几天就回来了,她亲口告诉我的。”六斤老太说这句话的时候脸上洋溢着知足的笑容,幸福得要命。她一笑劝她的人就心如刀绞,还毛骨悚然。后来村子里的人就再也不劝六斤老太了。人们见了她就躲,人们见了六斤老太比见了二呆躲得还要快。

这一天六斤老太堵住了二呆。一把抓住了二呆的手,递给他两只现烤的山芋。六斤老太等她的幺妹实在是等得太久了,幺妹就是不回来,六斤老太显然失去耐心了。六斤老太极不放心地问二呆说:"二呆,你见过双眼皮的蛐蛐没有?"二呆的心口凛了一下,立即就懂了六斤老太的意思。二呆挣开六斤老太的手,说:"所有的蛐蛐都长了一双三角眼。"

六斤老太说:"二呆,见到双眼皮的蛐蛐给我看一眼。你卖给我,我给你钱。"

二呆把手上的烫山芋摁回六斤老太的手上,说:"双眼皮的是鱼,我从不抓鱼。我只逮蛐蛐。"

六斤老太说:"二呆……"

二呆已经像风那样消失在墙的拐角。

幺妹是四月二十三日那天葬身长江的,那一天幺妹参加了地区举办的"渡江战役"。这是为纪念渡江胜利二十五周年而举办的模拟战争。尽管只是模拟,可是,这场战役在气势和场面上充分体现了人民战争的恢弘与壮阔。二十三日凌晨,数万只农船载着数十万战士浩浩荡荡地向想象中的蒋家王朝发动了最后攻击。就像历史曾经显示过的那样,战争取得了预料之中的胜利。胜利如期来临。唯一的意外是幺妹掉进了长江。因为事故发生在凌晨,江面上能见度极低,幺妹的溺水完全被铺天盖地的杀声掩盖了。要奋斗就要有牺牲,所以,幺妹走的时候是幺妹,回来的时候已经是革命烈士了。幺妹没有尸体,只在烈士证书上留下了姓名。

村里的人还记得去年夏天幺妹从镇上中学返村时的情景。幺妹留着很短的运动头,后背上背着一只金灿灿的新草帽,那是用当年的麦秸秆编织的劳保用品,宽宽的边沿上写着鲜红的八个大字:广阔天地大有作为。幺妹有一双很大的眼睛,双眼皮,在她眨巴眼睛的时候,透出一股英姿飒爽的巾帼豪气。但是,幺妹的飒爽英姿没有能够持久。没有人知道它们现在在哪里。二呆也不知道。只有鱼知道。然而水里的鱼其实是天上的星星所说的谎话,二呆怎么会明白呢?二呆就知道人间的生死,不知道天上的谎言。

　　这些夜晚二呆一直生活在乱葬岗。现在的蛐蛐和以前真是不一样了,个个都狠,个个都凶,叫出来的声音全都透出一股杀气。二呆就是弄不明白,现在的蛐蛐怎么就有那么毒的怨仇,那么急于撕咬,那么急于刺刀见红。可是,个个都狠,其实也就失去了意义。想要良中取优,优中拔尖,反而更不容易了。二呆蹲在坟墓与坟墓之间,极其仔细地用心谛听。二呆不敢轻举妄动,更不敢轻易打开手电。你一有动静,那些蛐蛐立即就会闭嘴。人即使死了,变成了蛐蛐,亡灵惧怕的其实还是活人。活人与亡灵之间依旧存在一种捕捉与防范的关系。否则蛐蛐不会那么躲避活人,蛐蛐对活人的风吹草动不会那样地分外警觉。想想看,蛐蛐的脑袋上长了两根触须,而屁股上同样长了两根触须,四根触须其实就是四个雷达,对前、后、左、右保持着高度的警惕。这种状况只能说明一个问题,人们对自己的死后有一种深切的忧虑,人在变成蛐蛐的刹那始终不忘告诫自己:提高警惕,保卫自己。

在众多的蛐蛐声中,有一个声音引起了二呆的高度注意。和大部分凶猛的蛐蛐一样,这个蛐蛐难得叫一声。但是,它的声音嘶哑、苍凉、压抑,有一种金属感。二呆的两只耳朵当即就竖起来了。二呆慢慢地靠近过去,而刚一出脚,蛐蛐立即停止了振翅。二呆站在原处,足足等了两顿饭的工夫。后来那只蛐蛐又叫了一声,二呆还没有来得及挪窝,蛐蛐的叫声突然戛然而止了。二呆决定等。为了这只蛐蛐,二呆可以等到天亮。然而,二呆的等待没有能够继续,他在浓黑的夜色之中看到一块更黑的影子移向了自己。二呆不知道那是谁,可以肯定的是,那是另一个逮蛐蛐的人。二呆不想让人知道自己又发现了一只上好的蛐蛐。二呆决定撤。二呆记住了这个墓。二呆吃惊地发现,这个坟墓居然是学校里敲钟的小老头的。

敲钟的小老头一九五八年冬天就来到村里了,来的时候就一个人。说起来也十来年了。小老头精瘦精瘦的,一年四季有三个季节穿着中山装,中山装笔挺,没有一处马虎,没有一处褶皱。而小老头的走路就更加特别了。他的步子迈得严肃而又认真,每一步都像他的头发那样一丝不苟。听人说,小老头是城里的,见过大世面。至于小老头为什么要到乡下来,那就复杂得要了命。没人知道。但是,有人听学校的校长说,小老头的嘴里长了五根舌头,一根说上海话,一根说高音喇叭里的普通话,一根说英格里希,也就是英语,剩下来的两根舌头一根说法格里希,一根说日格里希。村子里的人一直想弄清五根舌头是怎么长的,就是弄不清楚。因为小老头从来不开口,从来不说话。其实村子里的人并不在乎小老头的舌头到底会说什么，人们感兴趣的是，小老头年轻的时候是怎么和女人亲嘴的。女人们可是讨了大便宜了。你想想，五根舌头搅来搅去，还不把女人快活疯了？不过神话很快就破灭了。那一年的春节前后，小老头从城里收到了一摞子信，还有一瓶酒。小老头先是看完了信，后是喝了酒。酒后的小老头连着冷笑了好几声，居然把所有的斯文都丢在了一边，张大了嘴巴号哭了起来。村子里的人奔走相告，人们说，小老头开口了，小老头开口了！一个村子的人都围在了小老头的四周。人们看见小老头的皱脸红得像一个灯笼辣椒，一脸的酒，一脸的泪。小老头伤心至极，旁若无人，闭着眼睛，把嘴里的舌、牙，以及心中的痛全部露在了全村的百姓面前。人们失望地发现，小老头只有一根舌头。这就没有意思了。人们离开了小老头，把小老头一个人留在冬天的风里。

小老头在学校里敲钟。平心而论，小老头的钟敲得不错。学校里的老师们说，他的钟声分秒不差。要知道，村子里的人们过去都是依靠高音喇叭里的"最后一响"来判定时间的，但是，那是"北京时间"，你说说看，村里人要知道北京的时间做什么？这不是没事找事吗？现在，小老头的钟声终于使村里人有了自己的时间了。小老头就是村子里的一只钟。他幽灵一样的双腿就是闹钟上的时针与分针。寂寞是小老头自己的，只要他别停下来。基于此，人们原谅了小老头嘴里唯一的一根舌头。

小老头死在今年的夏天，这一点可以肯定。然而，小老头死于哪一天，怎么死的，至今还是个谜。小老头活着的时候就是一个谜，死得神秘一点也就顺理成章了。有些人的一生天生就神神道道,他们就那个命。来无影,去无踪,像树梢上的风。

　　暑假来临之后学校里头就空荡了,整个校园只剩下铺天盖地的阳光和铺天盖地的知了声,与之相伴的是小老头幽灵一样的身影。然而,老槐树上的钟声每天照样响起,校长的老婆关照过的,他们家的闹钟坏了——不管学校里有没有学生,钟还是天天敲。"是公鸡你就得打鸣"。

　　就在八月中旬,离开学不远的日子,学校院墙外面的几户人家闻到了肉类的腐臭气味。气味越来越浓,越来越凶,姜家的瞎老太太赌气地说,怎么这么臭?小老头烂在床上了吧!这一说把所有人的眼睛都说亮了,人们想起来了,老槐树上的钟声的确有四五天不响了。他们翻过围墙,一脚踹开小老头的房门,"嗡"地一下。黑压压的苍蝇腾空而起,像旋转着身躯的龙卷风。密密麻麻的红头苍蝇们夺门而出的时候,成千上万颗红色的脑袋撞上了八月的阳光,眨眼间,小老头的房门口血光如注。苍蝇在飞舞,而小老头躺在床上。蛆在他的鼻孔、眼眶、耳朵上面进进出出。它们肥硕的身躯油亮油亮的,因为笨拙和慵懒,它们的蠕动越发显得争先恐后与激情澎湃。蛆的大军在小老头的腹部汹涌,它们以群体作战这种战无不胜的方式回报了死神的召唤。它们在侦察,深挖,你拱着我,我挤着你。它们在死神的召唤之下怀着一种强烈的信念上下折腾、欢欣鼓舞。

　　而小老头的尸体是那样地孤寂。孤寂的死亡是可耻的,因为这种死亡时常会构成别人的噩梦。然而,孤寂的亡灵有可能成为最凶恶的蛐蛐。伸冤在我,有冤必报。一生的怨恨最终变成的只能是锋利的牙。

一大早村子里传出了好消息,说知青马国庆捉了一只绝品蛐蛐。根据这只蛐蛐的狠毒的出手,人们猜测,"九次"有可能被马国庆捉住了。马国庆是一个南京知青,一个疯狂的领袖像章迷。他收藏的像章多得数不过来,最大的有大海碗那么大,而最小的只有指甲盖那么小。不仅如此,马国庆的收藏里头还有两样稀世珍品,号称"夜光像章"。夜光像章白天看上去没有任何异常,而一到了深夜,像章就会像猫头鹰的眼睛那样,兀自发出毛茸茸的绿光。这就决定了像章在二十四小时当中都能够光芒万丈。据说,在黑夜降临之后,马国庆有时候会把夜光像章一左一右地别在自己胸前,我们的领袖会无中生有地绿亮起来,对着黑洞洞的夜色亲切地微笑。谁能想到马国庆会迷上蛐蛐呢?他在百无聊赖的日子里头说迷上就迷上了。不光是迷上了,由于马国庆不相信蛐蛐是死人变的,他在玩蛐蛐的过程当中还不停地宣讲唯物主义蛐蛐论。二呆一听到马国庆说话就烦。二呆拒绝与他交手。二呆说:"他知道个屁!"

　　马国庆把他新捉的蛐蛐取名为"暴风骤雨"。不过私下里头,人们还是把"暴风骤雨"习惯性地称作"九次"。"九次"身手不凡,一个上午已经击退了四只蛐蛐。有人把这个消息告诉了二呆,二呆躺在床上,侧过身子又睡了。二呆根本不信。二呆不相信一夜和女人干了九次的男人死后能变成有出息的蛐蛐。九次那样的人,活着的时候凶,死了之后肯定是一条软腿。二呆现在就盼着天黑,天黑之后到小老头的坟头上转悠。二呆坚信,那一只孤寂的蛐蛐才是其他蛐蛐的夺命鬼、丧门星。

这个夜晚黑得有点过分。天上没有月亮,连一颗星星都看不见。真是伸手不见五指。二呆的嘴里衔着一根黄狼草,胳肢窝里夹着手电,一个人往乱葬岗走去。走到村口的时候,二呆听见漆黑的巷尾传出了四五个人的脚步声。他们肯定是搭起伴来到乱葬岗逮蛐蛐去的。这一点瞒不过二呆。二呆决定拦住他们。今夜除了自己,二呆不允许乱葬岗上有任何一个人。二呆站立在暗处,不动。就在脚步声走到面前的刹那,二呆把手电对准自己的下巴,用力摁下了开关。黑咕隆咚的空中突然出现了一张雪亮的脸,无声无息,像一张纸那样上下不挂,四边不靠,带着一种极为古怪的明暗关系。四五个人钉在那里,还没有来得及尖叫,二呆眨巴了一下眼睛,这就是说,画在一张纸上的眼睛突然眨巴了。而手电说闭就闭。浓黑之中二呆听见他们转过了身去,一路呼啸狂奔。他们跑一路叫一路:"有鬼,有鬼! 九次回来啦! 九次回来啦!"整个村子乒乒乓乓响起了慌乱的关门声。二呆站在那儿,知道今晚不会有第二个人到乱葬岗去了。二呆无声地笑了笑,慢悠悠地往乱葬岗晃去。

走进乱葬岗之后二呆找到了小老头的坟墓。天实在是太黑了,所有的树木只是一些更黑的影子。二呆小心地匍匐在小老头的墓前,用尽全力去谛听、分辨。可是,那个嘶哑和苍老的声音始终没有出现。二呆知道好蛐蛐是不会轻易挪窝的,干脆躺了下来,闭上眼睛,睁开了耳朵。二呆不知道自己躺了多久,似乎是睡着了。二呆一点都没注意到知青马国庆已经站在他的面前了。这些夜晚马国庆一直尾随在二呆的身后,这个热爱像章的知青痴迷蛐蛐已经达到了不思茶饭的程度。二呆走到哪儿，马国庆就跟到哪儿。

　　一觉醒来之后二呆睁开了眼睛。夜还是那么黑，还是那样伸手不见五指。但是睁开眼睛的二呆觉察到浓黑当中有了点异样。二呆发现一块比黑夜更黑的影子站立在自己的身前，有些像人，直挺挺的。二呆的头皮有些发毛，终于不放心了，对着人影打开了手电。二呆的手电刚一打开对面的影子却伸出了一只手来。二呆的胳膊一软，手电掉在地上。灭了。乱葬岗重新坠入了阴森森的黑。让二呆灵魂出窍的事情就在这个时候发生了。在强光的刺激下，夜光像章放亮了。比黑夜更黑的影子胸脯上突然睁开了一双圆圆的眼睛，发出骇人的绿光。两眼离得很远，每一只都有张开的嘴巴那么大，咄咄逼人，炯炯有神。整个漆黑的天地之间就这一双绿眼睛。二呆身上所有的汗毛立即竖了起来。而那一对巨大的瞳孔死死地盯着二呆，目不转睛，虎视眈眈。马国庆往前跨了一步，二呆甚至都没有来得及喊救命，他的灵魂就出窍了，当场变成了一只蛐蛐。二呆在乱葬岗里走了一夜。第二天凌晨二呆回到村子里的时候，人们意外地发现，二呆不一样了。现在的二呆既是一只蛐蛐又是一个人，或者说，他既不是一只蛐蛐也不是一个人。一句话，他的双脚一只脚踩着阳界，另一只脚彻底踏进了冥府。

2000 年第 2 期《作家》

唱西皮二黄的一朵

　　十九岁的一朵因为电视上的数次出镜而迅速蹿红,用晚报上的话说,叫人气飙升。一朵其实是一个乡下孩子,七年以前还一身土气,满嘴浓重的乡下口音。剧团看大门的师傅还记得,一朵走进剧团大门的时候袖口和裤脚都短得要命,尤其是裤脚,在袜子的上方露着一截小腿肚子。那时的一朵并不叫一朵,叫王什么秀的,跟在著名青衣李雪芬的身后。看大门的师傅一看李雪芬的表情就知道李老师又从乡下挖了一棵小苗子回来了,老师傅伸出他的大巴掌,摸着一朵的腮,说:"小豌豆。"老师傅慈眉善目,就喜欢用他爱吃的瓜果蔬菜给小学员们起绰号,整个大院都被他喊得红红绿绿的。一朵用胳膊擦了一下鼻子,抿着嘴笑,随后就瞪大了眼睛左盼右顾。她的眼珠子又大又黑,尽管还是个孩子,眼珠子里头却有一份行云流水的光景,像舞台上的"运眼"。这一点给了老师傅十分深刻的印象。事实上,送戏下乡的李雪芬在村口第一次看见一朵的时候就动心了。那是黄昏,干爽的夕阳照在一堵废弃的土基墙上,土基墙被照得金灿灿的,一朵面墙而立,一手捏一根稻草,算是水袖,她哼着李雪芬的唱腔,看着自己的身影在金灿灿的土基墙上依依不舍地摇曳。

李雪芬远远地望着她,她转动的手腕和跷着的指尖之间有一种十分生动的女儿态,叫人心疼。李雪芬"咳"了一声,一朵转过身,她的两只眼睛简直让李雪芬喜出望外。一朵的眼睛黑白分明,眼珠子又黑又亮又活,称得上流光溢彩。因为害羞,更因为胆大,她用眯着的眼睛不停地睃李雪芬,乌黑的睫毛一挑一挑的,流荡出一股情脉脉水悠悠的风流态度。"这孩子有二郎神呵护,"李雪芬对自己说,"命中有一碗毡毯上的饭。"根据李雪芬的经验,能把最日常的动态弄成舞台上的做派,才算得上是天生的演员。

现在的一朵已经不再是七年前的那个一朵了。她已经由一个乡下女孩成功地成为李派唱腔的嫡系传人。现在的一朵衣袖与裤脚和她的胳膊腿一样长,紧紧地裹在修长的胳膊腿上。一朵在舞台上是一个幽闭的小姐或凄婉的怨妇,对着远古时代倾吐她的千种眷恋与万般柔情。舞台上的一朵古典极了,缠绵得丝丝入扣,近乎有病。然而,卸妆之后,一朵说变就变。古典美人耸身一摇,立马还原成前卫少女,也许还有一些另类。要是有人告诉你,七年之前一朵还是土基墙边的一棵小豌豆,砍了你你也不信。但是,不管如何,随着一朵在电视屏幕上的频频出镜,一朵已经向大红大紫迈出她的第一步了。依照一般经验,一个年轻而又漂亮的青衣只要在电视上露几次面,一旦得到机会,完全有可能转向影视,在十六集的电视剧中出演同情革命力量的风尘女子,或者到二十二集的连续剧中主演九姨太,与老爷的三公子共同追求个性解放。一朵的好日子不远了,扳着指头都数得过来。

现在是五月里的一天,一朵与她的姐妹们一起在练功房里做体型训练。十几个人都穿着高弹紧身衣,在扇形练功房里对着大镜子吃苦。大约在四点钟左右,唱老旦的刘玉华口渴了,嚷着叫人出去买西瓜。十几个人你推我,我推你,经过一番激烈的手心手背,最后还是轮到了刘玉华。刘玉华其实是故意的,大伙儿都知道刘玉华是一个火热心肠的姑娘。二十分钟过后,刘玉华一手托着一只西瓜回到了练功房,满脸是汗。一进门刘玉华就喊亏了,说海南岛的西瓜贵得要命,实在是亏了。刘玉华就这么一个人,因为付出多了,嘴上就抱怨,其实是撒娇和邀功。放下一只西瓜之后刘玉华似乎突然想起了什么,抱着另一只西瓜哎呀了一声,大声说,你们说那个卖西瓜的女人像谁? 就是老了点,黑一点,皱纹多了点,眼睛浑了点,小了点,说话的神气才像呢,你们没看见那一双眼睛,才像呢! 刘玉华说这话的时候开始用眼睛盯着大镜子里的一朵,大伙儿也就一起看。都明白了。谁都听得出刘玉华说这些话骨子里头是在巴结一朵,一朵和团长的关系大伙儿都有数,有团长撑着,用不了几天她肯定会红上半边天的。一朵正站在练功房的正中央,背对着大伙儿。她在大镜子里头把所有的人都瞄了一遍,最后盯住了刘玉华。一动不动。脸上没有一点表情。一朵突然把擦汗的毛巾丢在了地板上,两只胳膊也抱在了乳房下面,说:"我像卖西瓜的,你像卖什么的?"一朵的口气和她的目光一样,清冽得很,所以格外地冷。刘玉华遭到了当头一棒,愣在那儿。她和一朵在大镜子里头对视了好半天,终于扛不住了,汪开了两眼泪。刘玉华把抱在腹部的西瓜扔在了地板上，掉头就走。西瓜被摔成了三瓣，还在地板上滚了几滚。一朵转过身，又着腰，一晃一晃地走到刘玉华刚才站过的地方，盘着腿坐了下来，拿起西瓜就啃。啃两口就噘起了嘴唇，对着大镜子吐瓜子。大伙儿望着一朵，这个人真的走红了。人一走红脾气当然要跟着长，要不然就是做了名角也不像。大伙儿看着一朵吐瓜子的模样，十分伤感地想起了前辈们常说的一句老话："成名要趁早。"一朵坐在地板上，抬头看了大伙儿一圈，似乎把刚才的事情都忘记了，不解地说："看什么？怎么不吃？人家玉华都买来了。"

　　但是一朵并没有把刘玉华的话忘了。洗过澡之后一朵坐在镜子面前，用手背托住腮，把自己打量了好半天。她倒要到西瓜摊上看一看那个女人，她倒要看看刘玉华到底是怎么作践自己的。不过刘玉华倒是从来不说谎，这一来问题似乎又有些严重了。一朵穿好衣服，随手拿了几个零钱，决定到西瓜摊去看个究竟。一朵出门之后回头张望了一眼，身后没有人。她以一种闲散的步态走向西瓜摊。西瓜摊前只有一个男人，他身后的女人正低着头，嘴里念念有词，在数钱。让一朵心里头"咯噔"一下的事情就在这个时候发生了，女人抬起了头来，她的双眼与一朵的目光正好撞上了。一朵几乎是倒吸了一口气，怔怔地盯着卖西瓜的女人。这个年近四十的乡下女人和自己实在是太像了。尤其是那双眼睛。卖西瓜的女人似乎同样意识到了这一点，先是愣了一下，随后居然咧开了嘴巴，兀自笑了起来。女人说："买一个吧，我便宜一点卖给你。"一朵听了就来气，"便宜一点卖给你"，这话听上去就好像她和一朵真的有什么瓜葛，就好像她长得像一朵她就了不起了，都套上近乎了。最让一朵不能忍受的是，这个卖西瓜的女人和一朵居然是同乡，方圆绝对不超过十里路。她的口音在那儿。一朵转过脸，冰冷冷地丢下一句普通话："谁吃这东西。"

一朵走出去四五步之后又回了一下头，卖西瓜的女人伸长了脖子也在看她，嘴巴张得老大，还笑。她一点都不知道自己张大了嘴巴有多丑。一朵恨不得立即扑上去，把她的两只眼睛抠成两个洞。

这个黄昏成了一朵最沮丧的黄昏。无论一朵怎样努力，卖西瓜的女人总是顽固地把她的模样叠印在一朵的脑海中。一朵挥之不去。它使一朵产生了一种难以忍受的错觉：除了自己之外，这个世界还有另外一个自己。要命的是，另一个自己就在眼前，而真正的自己反倒成了一张画皮。一朵觉得自己被咬了一口，正被人叼着，往外撕，往下扒。一朵感到了疼。疼让人怒。怒叫人恨。

生活其实并没有什么变化，昨天等于今天，今天等于明天。但是，吃了几回西瓜之后，一朵感到姐妹们开始用一种怪异的神态对待自己。她们的神情和以往无异。然而，这显然是装的，唱戏的人谁还不会演戏，要不然她们怎么会和过去一样？一样反而说明了有鬼。在她们从一朵身边走过的时候，她们的神情全都像买了一只西瓜，而买了一只西瓜又有什么必要和过去不一样呢？这就越发有鬼了。一朵连续两天没有出门，她不允许自己再看到那个女人,甚至不允许自己再看到西瓜。然而,人一怕鬼,鬼就会上门。星期三中午一朵刚在食堂里坐稳,远远地看见卖西瓜的女人居然走到剧团的大院来了。她扛着一只装满西瓜的蛇皮袋,跟在一位教员的身后。大约过了三五分钟,让一朵气得发抖的事情再一次发生了。女人送完了西瓜,她在回头的路上故意绕到了食堂的旁边,伸头伸脑的,显然是找什么人的样子。这个不知趣的女人在看见一朵之后竟然停下了脚步,露出满嘴牙,冲着一朵一个劲地笑。她笑得又贴近又友善,不知道里头山有多高水有多深,好像真有多少前因后果似的。一朵突然觉得食堂里头静了下来。她抬起眼,扫了一遍,一下子又与女人对视上了。女人仔细打量着一朵,她的微笑已经不只是贴近和友善了,她那种样子似乎是见到了失散多年的亲妹妹,喜欢得不行,歪着头,脸上挂上了很珍惜的神情,都近乎怜爱了。她们一个在窗外,一个在窗内,尽管没有一句话,可呈现出来的意味却是十分的深长。一朵低下头,此时此刻,她最想做的事情就是站起来,大声地告诉每一个人,她和窗外的女人没有一点关系。但是,否定本来就没有的东西,那就更加此地无银了。一朵的嘴里衔着茼蒿,咽不下去,又吐不出来。所有的人都注意到,一朵的脸开始是红了一下,后来慢慢地变了,都青了。一朵把头侧到一边,只给窗口留下了后脑勺。她青色的脸庞衬托出满眼的泪光,像冰的折射,锐利的闪烁当中有一种坚硬的寒。卖西瓜的女人现在成了一朵附体的魂,一朵她驱之不散。

　　星期五下午四点过后,一朵必须把手机打开。这部手机暗藏了一朵的隐秘生活。手机是张老板送的。其实一朵的一切差不多都是张老板送的,除了她的身体。但严格意义上说,张老板每个星期也就与一朵联系一次,只要张老板不出差,星期五的夜晚张老板总要把一朵接过去,先共进晚餐,后花好月圆。

　　一朵把打开的手机放在枕头的下面,一边等,一边对着镜子开始梳妆。然而,只照了一会儿,一朵的心情竟又乱了。她现在不能照镜子,一照镜子镜子里的女人就开始卖西瓜。这时候一朵听见看大门的老师傅在楼下高声叫喊。老师傅的牙齿已经掉得差不多了,他把了一辈子的大门,而现在,他自己嘴里的大门却敞开了,许多风和极其含混的声音从他的嘴边进进出出。老师傅站在篮球架的旁边大声告诉"小豌豆","黄包大队"有人在门外等她。一朵一听就知道是"疙瘩"又来了。"疙瘩"在防暴大队,和一朵在一次联欢会上见过面。他不知道从哪里打听到了一朵的祖籍,到剧团来认过几次老乡。一朵没理他。一朵连他姓什么都不清楚,就知道他有一脸的疙瘩。一朵正烦,听到"黄包大队"心里头都烦起了许多疙瘩,顺手便把手上的梳子砸在了镜面上,玻璃"咣当"一声,镜子和镜子里的女人当即全碎了。这个猝不及防的场面举动给了一朵一个额外发现:另一个自己即使和自己再像,只要肯下手,破碎并消失的只能是她,不可能是我。一朵的呼吸顿时急促起来,两只乳房一鼓一鼓的,仿佛碰上了一条贪婪而又狠毒的舌尖。一朵推开窗户,看见一个高大的小伙子正在大门外面抬腕看表。一朵顺眼看了一下远处,梧桐树上"正宗海南西瓜"的小红旗清晰可见。老师傅仰着头,高声说:"他在等你,要不要轰他走?"

手机偏偏在这个时候响了。一朵回过头去拿手机,只跨了两步一朵却转过了身来,慌忙对楼下说:"让他等我。"

一朵只做了两个深呼吸便把呼吸调匀了。她趴在床上,对着手机十分慵懒地说:"谁呀?"

手机里说:"你个小树丫,还能是谁。挺尸哪?"

一朵疲惫地嗯了一声。

手机马上心疼起来,说:"怎么弄的?病啦?"

"没有,"一朵叹了一口气,拖着很可怜的声音说,"中午身上那个了,量特别多,困得不得了。——司机什么时候来接我?"

手机那头突然静下来了,不说话。一朵"喂"了一声,那头才懒懒地回话说:"还接你呢,这会儿我在杭州呢。"

一朵显然注意到手机里短暂的停顿了。这个停顿让她难受,但这个停顿又让她有一种说不出的欣喜。一朵也停顿了一会儿,突然大声说:"不理你!这辈子都不想再理你!"

一朵立即把手机关了。她来到窗前,高大的小伙子又在楼下抬腕看表了。

疙瘩坚持要带一朵去吃韩国烧烤,一朵用指头指了指自己的嗓子,疙瘩会心一笑,还是和一朵吃了一顿中餐。一朵发现疙瘩笑起来还是蛮洋气的,就是过于讲究,有些程式化,显然是从电影演员的脸上扒下来的。但是没过多久疙瘩就忘了,恢复到乡下人仓促和不加控制的笑容上去了。人一高兴了就容易忘记别人,全身心地陷入自我。这个结论一朵这几天从反面得到了验证。晚饭过后一朵提出来去喝茶,他们走进了一间情侣包间,在红蜡烛的面前很安静地对坐了下来。整个晚上都是疙瘩带着一朵,其实一朵把持着这个晚上的主导方向。疙瘩开始有点口讷,后来舌头越来越软,话却说得越来越硬。一朵瞪大了眼睛,很亮的眼睛里头有了崇敬,有了蜡烛的柔嫩反光。

一朵没有绕弯子,利用说话之间的某个空隙,一朵正了正上身,说有事请老乡帮忙。疙瘩让她"说"。一朵便说了。她说起了那个卖西瓜的女人。她"不想再看见她"。即使看见,那个女人的脸眼"必须是另外一副样子"。

疙瘩笑了笑,松了一口气。疙瘩说我还以为什么大不了的,说我叫上几个兄弟,两分钟就摆平了。

一朵说什么样的人我找不到,找别人我就不麻烦你。一朵说我不想让别人知道,就你和我。

疙瘩又笑了笑,说好的。说没什么大不了的。

一朵说,我可不想等,等一天老虎的爪子抓一天心。说卖西瓜的都睡在西瓜摊上,就今天晚上。

疙瘩还是笑了笑,说好的。说没什么大不了的。

一朵站起身,绕到疙瘩的面前。两只瞳孔乌溜溜地盯着疙瘩,愣愣地看。她刚刚伸出小拇指准备和疙瘩"勾勾",疙瘩的右手却突然掐在了一朵的左乳上。一朵唬了一个激灵,但没有往后退,两道睫毛疾速垂了下去,弯了两道弧,却把双手反撑到了桌面上。疙瘩已经被自己的孟浪吓呆了,眼神里全是不知所措,像萤火自照那样明灭不定。到底是一朵处惊不乱,经历过短暂的僵持之后,一朵的眼睫突然挑了上去,两只瞳孔再一次乌溜溜地盯着疙瘩,愣愣地看。疙瘩的手指已经傻了,既不敢动,又不敢撤,像五根长短不一的水泥。过了好大一会儿一朵终于抬起了一只手。疙瘩以为一朵会把他的手推开,再不就是挪走。但是没有。一朵勾起了食指,在疙瘩的鼻梁上刮了一下。这个日常性的动作由女人们来做,通常表达一种温馨的羞辱与沁人心脾的责备。疙瘩的手指一下子全活了。

"回头我请你。"一朵说。

一朵说完这句话便抽出了身子,提上包,拉开了包厢的房门。她在离开之前转过头,看见疙瘩的手掌还捂在半空,一脸的不可追忆。疙瘩回味着一朵的话,这句话被一朵说得复杂极了,你再也辨不清里面的意味多么的叫人心跳。一朵的话给疙瘩留下了无限广阔的神秘空间,"回头我请你"这五个字像一些古怪的鸟,无头、无尾,只有翅膀与羽毛,扑棱棱乱拍。

星期六的上午一朵一早就下楼去了。她知道疙瘩一定会来找她,立了战功的男人历来是不好对付的,最聪明的办法只有躲开。躲得了初一,就一定能躲得过十五。男人是个什么玩意一朵算是弄清楚了,靠喂肉去解决他们的饥饿,只能是越喂越饿,你要是真的让他端上一只碗,他的目光便会十分忧郁地打量别的碗了。再说了,一只蛤蟆也完全用不着用天鹅的肉去填它的肚子。这年头的男人和女人,唯一动人的地方只剩下戏台上的西皮与二黄,别的还有什么?

一朵打算到唐素琴那儿把星期六混过去。唐素琴是一朵的小学同学,现在已经是省人民医院的妇科护士了,人说不上好,可也说不上坏,就是没意思。然而,她毕竟是妇科的护士,说不定哪一天就用得上的。

　　一朵出了大门之后直接往左拐。对一朵来说，这是一个特殊的早晨。她一定要从那个空着的西瓜摊前面走一走，看一看。她一定要亲眼看到另一个自己在她的面前是如何消失的。一朵远远地看见西瓜摊的前方聚集了许多人，显然是出过事的样子。这个不寻常的景象是预料之中的，它让一朵踏实了许多。一朵快速走上去，钻进人缝。路面上有一摊血，已经发黑了，呈现出一种骇人而又古怪的局面。一朵看着地上的这摊黑血，松了一口气。她用小拇指把额前的一缕头发捋向了耳后，脸上的表情又安详又傲慢。一朵把她的眼睛从地上抬上来，却意外地看见了卖西瓜的女人，——卖西瓜的女人正站在梧桐树的后面，一边比画一边小声地对人说些什么。她的身上没有异样，神态里头一点劫后余生的紧张与恐怖都看不出。毫无疑问，地上的血和她没有任何关系。一朵吃惊地望着那张脸，恍然若梦。要不是手机在皮包里响了，一朵还真以为自己是在梦中了。

　　"起床了没有？"张老板在手机里头说，听口气他还在床上。

　　一朵有些恍惚，脱口说："没，还没呢。"

　　"昨晚上你喝茶喝得太晚了，这样可不好。"

　　"没，没有。"

　　手机里头张老板摁了一下打火机，接下来又长长地嘘了一口烟。张老板说："我说呢。我手下的人硬说你昨晚和一个傻小子鬼混了。弄得有鼻子有眼。他们说那个傻小子的手不本分，趁人家在马路边上卖西瓜，居然在人家的身上开了两个洞。你说这是什么事？——幸亏不是什么要紧的地方。"

"你在哪儿?"一朵喘着粗气问。

"我还能在哪儿?当然在家。"

"你不是在杭州吗?"

"我在杭州做什么?"张老板拖声拖气地说,"闲着无聊,没事就说说小谎,反正闲着也是闲着。——我看你还是到医院去看看吧。"

一朵的心口紧拧了一下,慌忙说:"我到医院去干吗?我到那儿看谁去?"

"你说看谁?当然是看看你自己。"张老板说,"半个月里头你的月经来了两次,量又那么多。我看你还是去看一看。"

一朵的脑袋一下子全空了,慌得厉害,就好像胸口里头敲响了开场锣鼓,而她偏偏又把唱词给忘了。她站在路边,把手机移到左边的耳朵上来,用右手的食指塞紧右耳,张大了嘴巴刚想解释什么,那边的电话却挂了。一朵张着嘴,茫然四顾,却意外地和卖西瓜的女人又一次对视上了。卖西瓜的女人看着一朵,满眼都是温柔,都像妈妈了。

2000 年第 1 期《收获》

与黄鳝的两次见面

　　我再也没有料到会在南京与黄鳝见面。黄鳝,这个搅乱了我生活的狗屁男人,现在就站在我的面前。这家伙一上来就没有和我握手,而是搂住了我的肩膀,一副情同手足的样子。有一个刹那我几乎怒火中烧了,可是黄鳝的巴掌在我的肩膀上拍了又拍,热情得要命。拍来拍去我居然也伸出了胳膊,在他的肩膀上拍了几下。尽管我的脸上并没有笑容,不过我相信,我们之间已经有了相逢一笑泯恩仇的意思了。我就这么和黄鳝和解了,这个狗杂种,我玩不过他。

　　有关黄鳝的一切传闻都是对的,他的确发了。发了财的男人是看得出来的。黄鳝坚持叫我到他的家去,说什么我也不能。我怕见阿来。阿来与我分手差不多去了我的半条命,今生今世我再也不想见到这个丫头了。阿来是我身上的疤,即使不再疼痛,她也会在我的肌肤上面发出刺眼的光。我对黄鳝拉下脸来,说:"胡说什么呢。"黄鳝懂我的意思,望着我,只是笑。他笑起来的样子真让我想抽他的嘴巴。黄鳝后来说:"我家里没人,我都离了好几个月了。"这一回轮到我望着黄鳝了,黄鳝说:"走吧。我也想回家看看呢。"黄鳝这小子真是个狗屁东西,他以为他和阿来离了,阿来就是我的新娘了。我不能到他的家里去,即使阿来不在,屋子里也有阿来的气味,地板上也有阿来的脚印,茶具上也有阿来的体温,离别情人的气息哪一口不咬人。

我们就近找了一家茶馆,黄鳝坐下来之后就开始吸烟,并不急着和我说话。这小子沉着得很。他在沉默的时候身上有一种难以言说的魅力。黄鳝这小子比过去胖多了,随便往哪儿一坐都是一副懒散的模样,连吸烟的样子都有些懒。黄鳝深深地吸了一大口,兀自说:"唉,又见面了。"

我和黄鳝在大学里踢了四年球。说起足球,我们不能不佩服黄鳝。这小子要速度没速度,要力量没力量,然而,他有一种不可思议的控球能力,即使在防守队员的人堆里头,这家伙都是旁若无人地、慢腾腾地盘带、过人,然后分球。我不行,我只有速度。我只会像狼狗一样飞快地奔跑,等着黄鳝把球分过来,隔三岔五地把球弄到对方的网窝里去。黄鳝这小子在球场真的像黄鳝一样油光水滑,就算你把他捏在手上,他也能从你的手指缝里溜走。你越是用力他溜得越快,要不然大伙儿怎么会叫他黄鳝呢。

我和阿来就是在球场边上认识的。那是三年级下学期的一个下午,那个下午我们和冶金大学正在举行一场很关键的选拔赛。冶金大学那几年一直压着我们,我们一碰上他们就成了孙子。他们热衷于贴身紧逼,出脚又凶又快。黄鳝一碰上他们就不行了,怕得要命。所以教练命令我们死守。教练说,不输即赢,我们比他们多两个净胜球呢,零比零就是我们出线了,但是死守又谈何容易，我们像一群狗，被他们追得直喘气，就差把舌头吐出来了。那一天他们的运气真是差极了，他们就是不能把皮球送到我们的球门里去。遵照教练的部署，我们和他们死磨硬缠，一旦得到球就拼命地往场外踢。我们用这种下流的办法去消耗时间。我们居然成功地守到了最后的几十秒钟。不可思议的事情就在这个时候发生了，我们打了一次反击，在我冲进小禁区的时候，黄鳝胡乱就是一脚射门，球打偏了，击中了我脑袋的左侧，皮球改变方向之后居然弹进了冶金大学的网窝。我的天呐，你说这球是怎么进去的？我的脑袋已经被打蒙了。但是懵懂提醒了我，这球是我捣鼓进去的。我这个臭球篓子居然成了冶金大学的魔鬼终结者。这怎么得了？这怎么得了？我快疯了，张开了双臂就向场边跑。我要拥抱什么人，亲吻什么人，不管是天鹅还是蛤蟆，我一定要拥抱什么人亲吻什么人。我胡乱逮住了一个，一把搂在了怀里，我的双手紧紧地箍着人家的小腰，活蹦乱跳，还在人家的脸蛋上吧唧了一口。直到我的队友们把我团团围住，我才发现我的胸部有点异样。我低下头来，居然是一对直挺挺的乳房。我把这两只可怜的小动物压得那样紧，主人的小脸都已经蜡黄了，对着我直翻白脸。我的脑子里头"轰"地一下。你瞧我弄的，你瞧我这是怎么说的！

这个女生就是阿来。

我和阿来的故事就算开始了。众所周知，一男一女之间的事人们习惯于称为爱情。其实那段日子里我沮丧得厉害，我渴望爱情已经渴望了三年了。爱情是什么，我不知道，但是我有激情和想象力,我用激情和想象力把"爱情"弄得华光四射,类似于高科技时代的电脑画面,还配上了太空音乐。我在失眠的夜晚一个人和自己瞎折腾,爱情被我弄成了哈姆雷特式的自由独白,成了问题,像某些器官一样,一会儿大,一会儿小。但是,在我第一次"真正"拥抱了阿来之后,我才弄明白爱情到底是什么。爱情不是一个人折腾,而是两个人一起折腾。

我的爱情是捡来的,是一次意外。但是,捡来的、意外的爱情才更像爱情,才更加接近我们的预期,更加接近爱情的本质。和所有平庸的爱情一样,我们的爱情是从接吻开始的。我们是多么的贪婪,开始的那些日子我们几乎不说什么,天一黑我们就贴在一起,胡搅蛮缠,像吃果冻布丁一样拼命地吮吸对方。可是爱情毕竟不是一方吃掉一方,我们谁也吃不了谁。所以我们的身上布满了对方的牙印。至此,我对爱情的认识又前进了一大步,爱情不只是一次意外,爱情还是锐利的划痕。

那个星期五的晚上我真是终生难忘,大约在深夜零时,阿来的双手分别握住了我的两只食指,她的头仰了起来,火一样的嘴唇突然变凉了,她把冰凉的嘴唇贴在了我的腮边,喘得厉害,用几乎听不见的声音征求我的意见:"啊?啊?"她把我的手指捏在潮湿的手掌心,用力地握。我懂她的意思了。我意外地发现我的嘴唇突然也凉了。根据运动生理学的基本常识,我推断,既然我们身上的血流量是一个衡数,其他地方充血了,嘴唇上的体温必须会随之下降。

我懂阿来的意思。其实我也想,我比阿来还要想。可那时候我有毛病,尽管没有太空音乐,我还是渴望我们的初次能够接近于当初的想象，带上一点仪式感。我不希望只为了"解决问题"就把我心爱的女人摁在树根上草草了事。这种事我不喜欢睁一只眼闭一只眼。我不喜欢这样，我希望有爱好好做。我不知道我为什么会有这样的毛病，其实不费什么事的，我就弄不懂我为什么把那件事看得如此重大，所以我不停地调息我自己，弄得跟她的父亲似的，我说："忍忍吧，忍忍。还有几天就放假了。"

第二天我们还是老样子。我的理由很简单，既然昨天都挺过来了，今天也一定能挺得过去。反正暑假都已经倒计时了，忍过去一天就是一天。等我到镇江踢完了比赛，我一定去租一间房子，打扫干净，把我们的新房弄成天堂。我无限幸福地等待着这个过程：就像给闹钟拧发条那样，先把自己拧紧了，然后，再咔嚓咔嚓，我只能再一次做起了父亲，拍拍她的屁股蛋，说："再忍几天吧，再忍几天。"阿来在黑暗中看着我，她的目光我看不见，可是，我知道她在看我。我的胸口上全是阿来的鼻息。此时此刻，她的鼻息像一匹母马的吐噜。阿来对着我的胸脯打了七八个吐噜，一句话不说，掉头就走。

我当初怎么就这么没出息的呢，我把爱情弄成了忍受，严格地说，像受虐。太水深火热了。

不幸的事情接着发生了。黄鳝这小子在训练的时候硬要反串一回守门员，为了扑救一个入球，他把脖子弄闪了。这件事对我们的打击太大了。没有黄鳝，我们这支球队还叫什么球队？没有黄鳝坐镇中场，我们这些臭脚又能干什么？比赛迫在眉睫，而黄鳝只能歪着脖子走路，他现在哪里是一条黄鳝，简直是一只瘟鸡！

　　没有黄鳝，我们在镇江把眼睛都输绿了。球队里弥漫出一股子丧气，不过我除外。输球固然令人痛心，但是每输一场日子就过去一天。也就是说，水深火热的日子就减少一天。一正一负，刚好可以相互抵消。打完最后一场比赛之后，我们就要返校了。我的心中突然一阵紧张，乱了套了，整个人都处在一种惶恐而又幸福的颤栗之中。在返回的大巴上，我假装沉浸在输球的氛围中，没有一个人知道我心口的四只轮子是怎么转的。这不是一般的事，这太难了。

　　回校之后我没有见到我的阿来。我到处找她，我把校园里的每一片叶子都翻遍了，就是找不到她。

　　一开学谜底就自动揭开了。阿来这丫头居然跟着黄鳝报到来了。阿来歪着脑袋，一副疲态，一举一动都像刚刚度完蜜月的新娘，满足而又心安理得。我一看黄鳝和阿来的脸色就知道发生了什么。没我什么事了，我歇了。

　　黄鳝现在坐在我的面前，很沉着地喝，很沉着地抽。坐了几分钟之后黄鳝一个人走到门外去了，打了一通手机。回到座位上黄鳝突然笑了，说："还好吧？"这话问得很笼统，我不知道从哪儿说起，我只好笼而统之地回答说："还好。"黄鳝对我的回答似乎特别地满意，点了几下头。从他那种点头的样子来看，他对我的生活终于放心了。后来我们不说话了，黄鳝一副成竹在胸的模样，就好像我的生活全都是他安排好了的。我想利用这个空隙给我的妻子去个电话，但是我不想用黄鳝的手机。我说不好,我就是不想用黄鳝的手机。

我们安安静静地坐着,说一些无聊的话。我想我们两个骨子里都不愿意和对方坐在一起,正因为如此,我们反而没有匆匆分手,只好更无聊、更投入地坐着。我们用心地回避着最想说的话,同时用心地表达我们最不想表达的东西。大约过了二十分钟,两个很漂亮的女人走到我们的座位上来了。什么话也不说,一屁股落了坐,点茶、掏烟、脱外罩。显然,这两个女人是黄鳝刚才用手机叫来的。两个女人的到来恰到好处,黄鳝显得积极一些了,话也多了。他给我介绍这两个女人,他把盘头发的说成他的"三姨太",而把披肩发的那一位称为"六姨太"。两个女人莞尔一笑。黄鳝弹了弹烟灰,对我说:"都是我的女人。"黄鳝真是有派头,他的举手投足之间就把所有的女人纳入了一个大家庭。

喝完茶黄鳝带我去打保龄球。我们一行四人,齐整整地走出了茶馆的门口。黄鳝说:"先出汗,后吃饭。散散步,再出汗。"他说"再出汗"的时候拍了拍我的肩膀,怕我不懂,又拍了一回。我刚一明白过来额头上就差点儿冒汗了。

黄鳝早就不是足球场上的盘带艺术家了,这会儿他是保龄球馆里的乐极高手。他打的是飞碟球,出手的动作潇洒而又休闲,关键是准,只要是黄鳝出手,计分屏上动不动就会跳出夸张的卡通画面。火爆的霹雳昭示着黄鳝的大满贯。

利用擦球的工夫,黄鳝看着两个女人,悄声问我:"挑谁了?喜欢谁?"

我小声说:"是鸡吧?"

黄鳝严肃了,说:"什么话?是女人——都是我的女人。"

我说:"是不是?"

黄鳝说:"你闹死了。"

黄鳝这小子今天真是款待我了。这个夜晚黄鳝带我在南京四处游荡,严格地说,带着我四处花钱。这小子在花钱的时候身上有一种美,有一种与这个世界进行等价交换的宏大气派。他把我带进了一个又一个陌生的天地,他为我推开一道又一道门。我走进了另外一个世界。这个世界其实就在我们的身边,只隔了一道门。但是,门决定了这一个空间与那一个空间,门同样决定了一种生活与另一种生活。我像游走在梦中,眼睛瞪圆了又眯起来,眯起来又瞪圆了,一会儿黑,一会儿亮。短短几个小时我阅遍了人间春色。我早就云山雾罩了。然而,有一件要紧的事我始终没有忘记,等我们玩痛快了,玩累了,静下来之后我得好好安慰安慰黄鳝。离了婚的男人是需要安慰的。虽说离婚的滋味我不懂,但是阿来离开我的滋味我知道。我得好好安慰安慰黄鳝,黄鳝现在的心情只有我一个人懂。

凌晨两点之后我们终于坐下来了。我刚想和黄鳝聊聊,黄鳝这小子却开口说话了。他一开口我就再也插不上话了,黄鳝滔滔不绝。黄鳝有钱了,话也跟着多了。他一手夹着香烟,一手转着酒杯,和我聊起了他的女人们。照道理黄鳝不应该在我的面前谈论这个话题的,黄鳝就是不理这一套。他像伟人一样扳起了他的手指头,如数家珍。黄鳝的气度实在是非凡。可是黄鳝不肯在我的面前提起阿来,就好像世上根本就没有阿来这么一个人。我知道黄鳝回避阿来是故意的,这就是说,阿来一直就像漩涡那样盘旋在我们中间。阿来无所不在。黄鳝不提阿来，只是反复渲染离婚的意义与离婚之后的幸福时光。黄鳝微笑着望着吧台，那里的酒瓶琳琅满目，又亮堂又暧昧。黄鳝很坏地微笑着，说："酒瓶里装满了液体，是肚子把它们酿成了酒。"

开始我还好，安静地听他说。听着听着我就惭愧了，我居然还想安慰黄鳝，我实在是无耻。我慢慢地听黄鳝说，越听越难受。有一刹那我居然无端地愤怒了。我不知道我愤怒什么。我倾听着黄鳝的脱口秀，止不住对他无限羡慕。我知道，其实正是这股羡慕让我愤怒。黄鳝的语气并不炫耀，而是家常的，甚至带着一点疲惫，有一种难于应酬的苦衷似的。好几次我都想叫他闭嘴，可是我想听。我扶着酒瓶，听着听着慢慢地就失神了。我不停地灌，酒被我的肚子"酿成了酒"，它们在折腾。黄鳝说得实在是好，酒在酒瓶里头就不能叫酒，下了肚子才是。黄鳝的这句话称得上世纪经典。我的愤怒慢慢平息了，人却一点一点颓唐下去。但是，酒在我的体内折腾得厉害。我知道我没有醉。老实说，我想醉。我就想醉里挑灯看剑，我就想扎扎实实地折腾那么一回。可我又不能为醉而醉。我暗地里对自己说："兄弟，回家吧，回家折腾吧，回家和你的老婆离婚吧。"我这是在和自己说酒话，然而，我还是被这句话吓了一大跳。空酒瓶在我的手上晃，我不知道是我醉了还是酒瓶醉了。

离开南京之后我的脑子里整天都是黄鳝的语录。现在我只想离婚。具体的原因我说不上来，我就是想离。哪怕仅为了离婚我也得离上一回。我的婚姻其实还是挺不错的。但是，问题在于,除了婚姻我再也没有什么东西可供自己折腾的了。你看看现在的那些女孩子,即使没结过婚,可一上来就先做了寡妇。这很美。这就决定了她们可以沧桑地活在这个世界上。人家那么年轻都能沧桑,凭什么我不能?这不行,我还年轻,我要沧桑。

婚我是一定要离的,我铁了心了。但离婚总得有点借口。做任何事情都得有个借口。这个世界并不复杂,所有的复杂都是借口带来的。为找借口我真是伤透了脑筋。妻子是一个很家常的女人,顾家,安稳,心地善良。我静静地观察了妻子好几天,实在找不到恰当的由头。这可如何是好呢? ——白云奉献给草场,江河奉献给海洋,我拿什么和你离婚,我的爱人?我不停地找,不停地问,不停地想。

我最终还是从大处入手了。在谋划离婚的日子里,我认真地读了几本书。我发现了这样一个基本事实,一个人的内心不管多么渺小,他想达到的目的不管多么自私,为了实现目的,找到一个宏大的理由才是第一要义。宏大的理由一旦得到确立,你想获得的就将不再是一点自私而又可怜的幸福,你毕生的精力只能献给解放全人类的伟大事业。这一来就从根本上解决了又当婊子又立牌坊的基本矛盾。历史就是这么过来的。我茅塞顿开。我合上了书本。没有理论的实践是愚蠢的实践,同样,没有漂亮借口的行为绝对是愚不可及的行为。

我不记得我是怎么和妻子吵起来的了。可以肯定的是,是她挑起了这起事端。那一天的晚饭过后,妻子开始了盘问。她问我"这些日子"怎么了?怎么从南京回来之后一天到晚拉着一张猪肝脸。她的盘问碰到了我的疼处,一个人一旦被人捅到疼处必然会恼羞成怒,恼羞成怒带来的只能是理不直而气壮。妻子的盘问遭到了我的迎头痛击。我正愁没有借口,我正愁没法摊牌呢。既然她要吵,那就吵。

吵了没有几句我就把话题引到我的套路里来了。我是有备而来的,我有我的小九九,所以我渴望战斗。我把当天的晚报拍在桌面上,开始了批判。我批判生活的常态,生活的日常性。我把腐朽的、世俗的、日常的生活骂了个狗血喷头。常态即平庸,我痛恨平庸,兼而声讨历史。我从慈禧太后开始骂起,一直骂到妻子的办公室主任(女)。我大骂人类的丑恶,大骂生活的无聊、不尽兴、不来电,我甚至把胡萝卜、盐、夹克、洗发水、恒顺牌香醋、老生抽酱油一起痛斥了一遍。我口齿清晰,思路敏捷,用一串又一串的排比句和反问句向我所能看到的、所能想到的东西发起了最猛烈的进攻。此时此刻,除了离婚,生活里的一切都是我的敌人。我责问妻子,我向妻子发表生活宣言。我给妻子描述未来生活的基本蓝图,而妨碍这一蓝图的恰巧就是既实婚姻,也就是妻子本身。最后,我反诘说:"我们还有爱情吗?"我宣布:"让没有爱情的生活喝醋去吧!"

我的问号与惊叹号是空对地导弹,从天而降,呼呼生风。妻子毫无防备。我像一个生活的战略家与生活的首席裁判,把结论直截了当地告诉了妻子:"为了生活,我们必须离婚。现在,立即,马上!"妻子简直惊呆了,她噙着泪花,愣愣地盯着我,无限陌生地望着我。我想她已经明白了,她面对的不是我,而是生活,或曰真理。

虽然拖了五个多月,然而,离婚是不可阻挡的。不可阻挡的事情必然和真理、正义联系在一起。五个多月当中妻子被我弄得死去活来,差不多快崩溃了。我离婚了,这句话应当这样说,我胜利了。法院判决之后我并没有得到预期的快乐,相反,我麻木得很。我的身体像一片原始的荒地,空荡荡的,一路延展下去,充满了抽象的光,抽象的风,抽象的雾。我看到了苍茫,我苍茫极了。怎么会是这样的呢?我不允许自己这样,我颓然地坐在法院的大厅,专心致志地给自己酝酿胜利后的喜悦。我把自己弄成了一只彩球,我同时还像一个气功大师,拼命给自己运气。我把自己吹到了临近爆裂的地步,吹到了飘飘欲仙的地步,趁着这股劲头,我给黄鳝去了一个电话,我大声告诉黄鳝,说:"黄鳝,晚上等着我,我来了!"我梦想着能早点和黄鳝呆在一起。我们之间有一种难以言说的东西。和他呆在一起我特别有感觉。

　　在车上我蠢蠢欲动,我焦躁得厉害。我解放了,就是不知道自己到底要干什么。这就是说,生活变宽了,无端端地冒出了复杂的可能性。这种感觉无与伦比。毫无疑问,抹着玫瑰色的口红的夜晚正在南京排着队伍等待我。南京吐着啤酒花。南京眯着一双瞌睡眼,欲开还闭,欲说还休。南京性感极了。我坐在车窗的窗口,窗外的树木、农田沿着我的错觉向该死的过去狼狈逃窜,它们溃不成军。我发现自己年轻了,一点都不像三十好几的人。这只能说,我的青春期又回来了。让青春来得更猛烈些吧!

黄鳝站在湖南路的路口等着我。我没有和他握手,一上去就搂住了他的肩膀,拍了又拍。黄鳝这家伙太沉着了,只是很礼貌地点了点头。我知道我们的心情现在还没有对上号,到了华灯初上的时候,这家伙一定会像一条鱼,把我带到最柔软的漩涡里去的,让温滑的水流划过我们的眼角膜。

　　黄鳝递给我一支烟,自己又点上了一根。他在吐烟的时候把那口气呼得特别地长,看上去都有点像叹息了。黄鳝说:"出差路过的吧?"我说:"没有啊。"我故意把自己弄得很沉着,补充说:"我这一次可是专程来找你的。"黄鳝点了点头,好像在和我谈一笔生意似的。黄鳝说:"我猜你就是专程来找我的。"我当然不好把话挑明了说。我说:"不找你我还找谁?"黄鳝又点头。这家伙老是点头,都不像他了。黄鳝说:"要不,先吃饭?"其实我想先出汗。但是既然黄鳝说先吃饭,我当然不好反对,我假装很平静,说:"那就先吃饭。"

　　黄鳝所谓的吃饭并不是"吃",而是"喝"。黄鳝一杯一杯的,就知道灌。这顿饭吃得很不成功。我说不上来,我就感觉到气氛有点不对劲。黄鳝的话很少,我的话也很少。其实我有很多话想说,这句话这样表达可能更科学一些,我有很强的言说欲望,但到底要说什么,我也说不上来。结果我吃得也很少,顺着黄鳝一杯又一杯地灌。我们一边喝一边叹息。叹息是一个极坏的东西,只要开了头你就止不住。后来我们已经没有什么可供叹息的了,但我们还在叹息。我们唯一的叹息就是叹息本身。这是一件很伤神的事。我发现黄鳝已经很做作了,因为我也很做作了。当一个人发现自己做作的时候,他只能用做作去替代做作。

　　黄鳝不停地向我敬酒，我也只好不停地回敬。两个小时过后，这顿饭进入了它的糟糕结局。黄鳝居然醉了。黄鳝的醉酒意味着这个晚上我将一事无成。好在黄鳝并没有倒下去，相反，他站了起来，说："走。"他在走路的时候歪头歪脑的，踉踉跄跄的。我不知道黄鳝要把我带到哪里去，只好扶着黄鳝上了出租车。黄鳝坐在我的身边，闭着眼睛，脖子已经软了。他的脑袋一会儿挂在左边，晃几下，一会儿又挂在右边，晃几下。黄鳝看上去绝对像一个尸首，但是，黄鳝有一种不可思议的平衡能力，就是倒不下去。他一边闭着眼睛晃悠一边关照司机，向左拐，向右拐，诸如此类。黄鳝真是一个天才，他都醉成这样了，又闭着眼睛，可他依旧保持了如此出色的方位感，对他来说，醉酒反而是一种透彻，一种清晰。这是黄鳝特有的素质。

　　出租车在一幢高层建筑的下面停了下来。我把黄鳝扶出出租车，依照他的指示，又把他扶进了电梯。我不知道黄鳝要把我带到哪里去。有一点我可以肯定，黄鳝要去的地方一定是一个七荤八素的好地方。三菱牌电梯把我们送到了 32 楼，这时候黄鳝的体重已经重得不行了。我就弄不懂酒精这东西怎么会改变一个人的体重的。黄鳝重得几乎不像一个人。黄鳝在一扇门的前面停下了脚步，他从腰间掏出他的钥匙，精确无比地把他的钥匙插进了锁孔。黄鳝闭着眼睛，可是我相信，酒才是这家伙的眼睛。

　　屋子里很黑，黄鳝摸着墙，打开了灯。黄鳝并没有把我带到好地方去,他在烂醉之中居然把我带到了他的家中。一进家门黄鳝就扶着墙面走到卧室里去了。我站在客厅里头,无限茫然。黄鳝的家可以称得上豪宅,又宽敞又气派。但是黄鳝的家中布满了灰尘,弥漫着浓烈的尘土气味。那些尘土既是尘埃落定的结局,却又充满了烟尘抖落的危险性。黄鳝冲进卧室的时候厚厚的灰尘就在他的脚下纷扬起来了,地板上留下了他的一溜儿脚印。

我跟到黄鳝的卧室里去,黄鳝已经倒在床上了。我听到了黄鳝的呕吐声。他的脑袋垂挂在床沿,疯狂地呕吐。我打开灯,卧室里灰尘四起,灰尘把灯光弄成了橙黄色,没头没脑地温馨起来了。黄鳝的卧室里挂着一排相片,都是黄鳝的结婚照。黄鳝按照时间顺序把他的短暂婚姻悬挂在墙壁上,一眼望去,像一列隆隆驶去的火车。火车的车头正是阿来。我又看见我的阿来了,我的阿来穿着白色的婚纱,无限姣好地依偎在黄鳝的胸前。她的目光隐含了这列火车的驶向。这列火车可以命名为婚姻特快,丰富而又多彩,这一点从结婚照的服饰上就可以看出来了,一会儿西式,一会儿中式,一会儿前卫,一会儿古典。而结婚照的背景就更复杂了,从西北荒漠到傣族风情,从天涯海角到北国风光。黄鳝的新娘好像遍布了祖国的长城内外与大江南北。婚姻是黄鳝的展览与收藏。

黄鳝吐干净了,开始喊"水"。他喊"水"的模样使我想起了革命电影上浴血奋战的伤兵。我决定给黄鳝去取水。我知道这个家里是不会有一滴开水的,我顺手打开了冰箱,冰箱里塞着一些东西,但我不知道是什么,因为它们都长白毛了。我只能打开水龙头。水龙头"扑哧扑哧"地排了一阵气,水锈和水便一同冲了出来。开始是黑色的,后来变成了橙红色,再后来变成了深黄,深黄一点一点地变淡,五分钟之后终于是自来水了。我把自来水送到黄鳝的嘴边,黄鳝伸长了脖子,用嘴唇四处找水。因为脖子伸得太长,黄鳝的喝相也就格外贪婪。喝完了水黄鳝的双手开始在空中四处寻找,企图抓住一些什么,却又没有目标。我不知道黄鳝到底要抓什么。他后来抓住了我的手。当他抓住了我的右手之后,我知道黄鳝想抓的东西其实正是一只手。黄鳝把我的右手捂在掌心,像逮着了一件宝贝,用心细致地抚摸。他的十只指头对着我的右手抒起情来了。最后他把我的右手捂在了自己的脸上,闭着眼,表情温存得要命,脑袋还一蹭一蹭的。我知道黄鳝错乱了,没有人知道这会儿他在什么地方和谁温存。黄鳝的嘴巴张开了,他突然拽住了我的食指,软绵绵地,握住了。黄鳝的这个举动激怒了我,我用力抽出了我的食指,顺手给了他一个大嘴巴。黄鳝的脑袋一歪,老实了,睡了。

黄鳝睡了,我不知道我该如何打发今天这个夜。我赤着脚,一个人游荡在客厅。我的脚板底下是地板上的面状粉尘,我踩着这些粉尘,粉尘给了我十分虚妄的企图,我企图亲近一点什么。但是客厅里只有小吧台,小吧台里头只有叫不出名字的酒,那些可爱的、造型出色的酒瓶,它们像人的形体。我坐在了吧台的里侧。吧台上有一只先前留下来的高脚杯,杯子里有几个过滤嘴。这几个过滤嘴最初一定是丢在酒里头的,现在,酒被风干了,过滤嘴同样被风干了。

我想我只能接着喝。其实我不想喝了。但是，当你的身体以酒瓶这种形式出现的时候，除了装酒你还能干什么？我不知道我为什么会笑。事实上，这个夜晚我在喝酒的同时很可能一直在笑。我本人丝毫都没有察觉。天快亮的时候，我意外地看了一眼镜子，我发现镜子里的人在笑，笑得跟一个空酒瓶似的。我为什么会不声不响地微笑一夜？这个问题我至今没有找到答案。这一切可能都不是真的。也许那些酒知道，可那些酒都被我喝进了肚子，后来又被我吐光了。

2000 年第 5 期《时代文学》

地球上的王家庄

　　我还是更喜欢鸭子，它们一共有八十六只。队长把这些鸭子统统交给了我。队长强调说："八十六，你数好了，只许多，不许少。"我没法数。并不是我不识数，如果有时间，我可以从一数到一千。但是我数不清这群鸭子。它们不停地动，没有一只鸭子肯老老实实地待上一分钟。我数过一次，八十六只鸭子被我数到了一百零二。数字是不可靠的。数字是死的，但鸭是活的。所以数字永远大于鸭子。

　　每天天一亮我就要去放鸭子。我把八十六只也可能是一百零二只鸭子赶到河里，再沿河赶到乌金荡。乌金荡是一个好地方，它就在我们村子的最东边，那是一片特别阔大的水面，可是水很浅，水底长满了水韭菜。因为水浅，乌金荡的水面波澜不惊，水韭菜长长的叶子安安静静地竖在那儿，一条一条的，借助于水的浮力亭亭玉立。水下没有风，风不吹，所以草不动。

　　水下的世界是鸭子的天堂。水底下有数不清的草虾、罗汉鱼。那都是一览无遗的。鸭子们一到乌金荡就迫不及待了，它们的屁股对着天，脖子伸得很长，全力以赴，在水的下面狼吞虎咽。为什么鸭子要长一只长长的脖子？原因就在这里。鱼就没

159

有脖子,螃蟹没有,虾也没有。水底下的动物没有一样用得着脖子,张着嘴就可以了。最极端的例子要数河蚌,它们的身体就是一张嘴,上嘴唇、下嘴唇、舌头,没了。水下的世界是一个饭来张口的世界。

乌金荡同样也是我的天堂。我划着一条小舢板,滑行在水面上。水的上面有一个完整的世界。无聊的时候我会像鸭子一样,一个猛子扎到水的下面去,睁开眼睛,在水韭菜的中间鱼翔浅底。那个世界是水做的,空气一样清澈,空气一样透明。我们在空气中呼吸,而那些鱼在水中呼吸,它们吸进去的是水,呼出来的同样是水。不过有一点是不一样的,如果我们哭了,我们的悲伤会变成泪水,顺着我们的面颊向下流淌。可是鱼虾们不一样,它们的泪水是一串又一串的气泡,由下往上,在水平面上变成一个又一个水花。当我停留于水面上的时候,我觉得我飘浮在遥不可及的高空。我是一只光秃秃的鸟,我还是一朵皮包骨头的云。

我已经八周岁了。按理说我不应当在这个时候放鸭子。我应当坐在教室里,听老师们讲刘胡兰的故事,雷锋的故事。可是我不能。我要等到十周岁才能够走进学校。我们公社有规定,孩子们十岁上学,十五岁毕业,一毕业就是一个壮劳力。公社的书记说了,学制"缩短"了,教育"革命"了。革命是不能拖的,要快,最好比铡刀还要快,"咔嚓"一下就见分晓。

但是父亲对黑夜的兴趣越来越浓了。父亲每天都在等待,他在等待天黑。那些日子父亲突然迷上了宇宙了。夜深人静的

时候,他喜欢黑咕隆咚地和那些远方的星星们待在一起。父亲
站在田埂上,一手拿着手电,一手拿着书,那本《宇宙里有些什
么》是他前些日子从县城里带回来的。整个晚上父亲都要仰着
他的脖子,独自面对那些星空。看到要紧的地方,父亲便低下脑
袋,打开手电,翻几页书,父亲的举动充满了神秘性,他的行动使
我相信,宇宙只存在于夜间。天一亮,东方红、太阳升,这时候宇
宙其实就没了,只剩下满世界的猪与猪,狗与狗,人与人。

　　父亲是一个寡言的人。我们很难听到他说起一个完整的句
子。父亲说得最多的只有两句话,"是",或者"不是"。对父亲
来说,他需要回答的其实也只有两个问题,是,或者不是。其余
的时间他都沉默。父亲在沉默的夏夜迷恋上了宇宙,可能也就
是那些星星。星空浩瀚无边,满天的星光却没有能够照亮大地。
它们是银灰色的,熠熠生辉,宇宙却是一片漆黑。我从来不认为
那些星星是有用的。即使有少数的几颗稍微偏红,可我坚持它
们百无一用。宇宙只是太阳,在太阳面前,宇宙永远是附带的,
次要的,黑灯瞎火的。

　　父亲在夜里把眼睛睁得很大,一到了白天,父亲全蔫了。除
了吃饭,他的嘴也永远紧闭着。当然,还有吸烟。父亲吸的是烟
锅。父亲光着背脊蹲在田埂上吸旱烟的时候,看上去完全就是
一个庄稼人了。然而,父亲偶尔也会吸一根纸烟。父亲吸纸烟
的时候十分陌生,反而更像他自己。他端端正正地坐在天井里,
跷着腿,指头又长又白,纸烟被他的指头夹在中间,安安静静地
冒着蓝烟,烟雾散开了,缭绕在他的额头上方。父亲的手真是一
个奇迹,晒不黑,透过皮肤我可以看见天蓝色的血管。父亲全身

的皮肤都是黑糊糊的。然而,他手上的皮肤拒绝了阳光。相同的状况还有他的屁股。在父亲洗澡的时候,他的屁股是那样的醒目,呈现出裤衩的模样,白而发亮,傲岸得很,洋溢出一种冥顽不化的气质。父亲的身上永远有两块异己的部分,手,还有屁股。

父亲的眼睛在大白天里蔫得很,偶尔睁大了,那也是白的多,黑的少。北京的一位女诗人有一首诗,她说:"黑夜给了你一双黑色的眼睛,你却用它来翻白眼。"我觉得女诗人说得好。我有一千个理由相信,她描述的是我的父亲。

父亲是从县城带回了《宇宙里有些什么》,同时还带回了一张《世界地图》。世界地图被父亲贴在堂屋的山墙上。谁也没有料到,这张《世界地图》在王家庄闹起了相当大的动静。大约在吃过晚饭之后,我的家里挤满了人,主要是年轻人,一起看世界来了。人们不说话,我也不说话。但是,这一点都不妨碍我们对这个世界的基本认识:世界是沿着"中国"这个中心辐射开去的,宛如一个面疙瘩,有人用擀面杖把它压扁了,它只能花花绿绿地向四周延伸,由此派生出七个大洲,四个大洋。中国对世界所做出的贡献,《世界地图》上已经是一览无遗。

《世界地图》同时修正了我们关于世界的一个错误看法,关于世界,王家庄的人们一直认为,世界是一个正方形的平面,以王家庄作为中心,朝着东南西北四个方向纵情延伸。现在看起来不对。世界的开阔程度远远超出了我们的预知,也不呈正方,而是椭圆形的。地图上左右两侧的巨大括弧彻底说明了这个问题。

看完了地图我们就一起离开了我们的家。我们来到了大队部的门口，按照年龄段很自然地分成了几个不同的小组。我们开始讨论。概括起来说有这样的几点：第一，世界究竟有多大？到底有几个王家庄大？地图上什么都有，甚至连美帝、苏修都有，为什么反而没有我们王家庄？王家庄所有的人都知道王家庄在哪儿，地图它凭什么忽视了我们？这个问题我们完全有必要向大队的党支部反映一下。第二，这一点是王爱国提出来的，王爱国说，如果我们像挖井那样不停地往下挖，不停地挖，我们会挖到什么地方呢？世界一定有一个基础，这个是肯定的。可它在哪里呢？是什么托起了我们？是什么支撑了我们？如果支撑我们的那个东西没有了，我们会掉到什么地方去？这个问题吸引了所有的人。人们聚拢在一起，显然，开始担忧了。我们不能不对这个问题表示我们深切的关注。当然，答案是没有的。因为没有答案，我们的脸庞才格外地凝重，可以说暮色苍茫。还是王爱国首先打破了沉默，提出了一个更令人害怕的问题。第三，如果我们出门，一直往前走，一定会走到世界的尽头，白天还好，万一是夜里，一脚下去，我们肯定会掉进无底的深渊。那个深渊无疑是一个无底洞，这就是说，我们掉下去之后，既不会被摔死，也不会被淹死，我们只能不停地坠落，一直坠落，永远坠落。王爱国的话深深吸引了我们，我们感受到了恐惧，无边的恐惧，无尽无止的恐惧。因为恐惧，我们紧紧地挨在一起。但是，王爱国的话立即受到了质疑。王爱贫马上说，这是不可能的。王爱贫说，他看地图看得非常仔细，世界的尽头并不是在陆地，只不过是海洋，并没有路，我们是不会走到那里去的。王爱贫补充说,地图上清清楚楚,世界的左边是大西洋,右边也是大西洋,我们怎么能走到大西洋里去呢?王爱贫言之有理。听了他的话我们都松了一口气,同时心存感激。然而,王爱国立即反驳了。王爱国说,假如我们坐的是船呢?王爱国的话又把我们甩进了无底的深渊。形势相当严峻,可以说危在旦夕。是啊,假如我们坐的是船呢。假如我们坐的是船,永远坠落的将不止是我们,还得加上一条小舢板。这个损失将是无法弥补的。我们几个岁数小的一起低下了脑袋。说实话,我们已经不敢再听了。就在这个最紧要的关头,还是王爱贫挺身而出了。王爱贫没有正面反击王爱国,而是直接给了我们一个结论:"这是不可能的!"王爱国说:"为什么不可能?"王爱贫笑了笑,说,如果船掉下去了,"那么请问,满世界的水都淌到了哪里?"

满世界的水都淌到了哪里?

我们看了看身后的鲤鱼河。水依然在河里,并没有插上翅膀,并没有咆哮而去,安静得像口井。我们看到了希望,心安理得。我们坚信,有水在,就有我们在。王爱贫挽救了我们,同时挽救了世界。我们都一起看着王爱贫,心中充满爱戴与崇敬。他为这个世界立下了不朽的功勋。

但是,我还是不放心。或者说,我还是有疑问。在大西洋的边缘,满世界的水怎么就没有淌走呢?究竟是什么力量维护了大西洋?我突然想起了《世界地图》。可以肯定,世界最初的形状一定还是正正方方的,大西洋的边沿原来肯定是直线。地图上的巨大外弧线只能说明一个问题,那是被海水撑的。像一张弓,弯过来了,充满了张力,充满了崩溃的危险性。然而,它终究没有崩溃。这是一种奇异的力量,不可思议的力量,我们不敢承认的力量。然而,是一种存在的力量。

我们完全可以设想,大西洋的边沿一旦决口了,海水会像天上的流星,消失在无边的黑暗中。水都是手拉手的,它们只认识缺口,满世界的水都会被缺口吸光,我们王家庄鲤鱼河的水也会奔涌而去。到那时,神秘的河床无疑会袒露在我们的面前,河床上到处都是水草、鱼虾、蟹、河蚌、黄鳝、船、鸭子,也许我们家的码头上还会出现我去年掉进河里的五分钱的硬币。可是,五分钱能把满世界的水重新买回来吗?用不了两天这个世界就臭气熏天了。我傻在那里,我的心像夏夜里的宇宙,一颗星就是一个窟窿。

我没有回家,直接找到了我的父亲。我要在父亲那里找到安全,找到答案。父亲站在田埂上,一手拿着书,一手拿着手电,仰着头,一心没有二用。满天的星光,交相辉映,全世界只剩下我和我的父亲。我说:"爸爸。"父亲没有理我。过了好半天,父亲说:"我们来看看大熊座。这是摇光,这是开阳,依次是玉衡、天权、天玑、天璇、天枢,北斗七星就是它们。儿子,我们现在沿着天璇和天枢五倍远的距离,喏,这个,最亮的一颗。"父亲一边说一边打开了他手里的手电,夜空立即出现了一根笔直的光柱,银灰色的,消失在遥不可及的宇宙边缘。父亲说:"看见了吗?这就是北斗。"我看不见。我没有耐心关心这个问题。我说:"王家庄到底在哪里?"父亲说:"我们在地球上。地球也是宇宙里的一颗星。"我仰起头,看着夜空。我一定要从宇宙中找到地球,看地球在哪里闪烁。我从父亲的手上接过手电,到处照,到处找。星光灿烂，但没有一处是手电的反光。没有了反光手电也就彻底失去了意义。我急了，说："地球在哪里？"父亲笑了。父亲的笑声里有难得的幸福，像星星的光芒，有一点柔弱，有一点勉强。父亲摸了摸我的头，说："回去睡吧。"我说："地球在哪里？"父亲说："地球是不能用眼睛去找的，要用你的脚。"父亲对着漆黑的四周看了几眼，用手掸了掸身边的萤火虫，犹豫了半天，说："我们不说地球上的事。"我把手电塞到父亲的手上，掉头就走。走到很远的地方，对着父亲的方向我大骂了一声："都说你是神经病！"我坐在小舢板上，八十六只也可能是一百零二只鸭子围绕在我的四周，它们全力以赴地吃，全力以赴地喝。它们完全不能理会我内心的担忧。万里无云，宇宙已经没有了，天上只有一颗太阳。乌金荡的水把天上的阳光反弹回来了，照耀在我的身上。我的身上布满了水锈，水锈是黑色的，闪闪烁烁。然而，这丝毫不能说明我的内心通体透亮。乌金荡里只有我，以及我的八十六只也可能是一百零二只鸭子。我承认我有点恐惧。因为我在水里，我在船上。我非常担心乌金荡的水流动起来，我担心它们向着远方不要命地呼啸。对于水，我是知道的，它们一旦流动起来了，眨眼的工夫就会变成一条滑溜溜的黄鳝，你怎么用力都抓不住它们。最后，你只能看着它们远去，两手空空。

这一切都是《世界地图》闹的。可是我不打算抱怨《世界地图》什么。即使没有那张该死的地图，世界该是什么样一定还是什么样。危险的确是存在的。我甚至恨起了我的父亲，人间的麻烦是如此巨大，你不问不管，你去操宇宙的那份心做什么？

北斗星再亮也只是夜空的一块疤,它永远不可能变成集体的财产,永远不可能变成第八十七只或第一百零三只鸭子。甚至不可能变成第八十七或第一百零三粒芝麻。

然而,危险在任何时候都有诱惑力的。它使我陷入了无休无止的想象。我的思绪沿着乌金荡的水面疯狂地向前逼进,风驰电掣,一直来到了大西洋。大西洋很大,比乌金荡和大纵湖还要大,突然,海水拐了一个九十度的弯,笔直地俯冲下去。这时候你当然渴望变成一只鸟,你沿着大西洋的剖面,也就是世界的边沿垂直而下,你看见了带鱼、梭子蟹、海豚、剑吻鲨、乌贼、海鳗,它们在大西洋的深处很自得地沉浮。它们游弋在世界的边缘,企图冲出来。可是,世界的边沿挡住了它们。冲进来的鱼"当"地一下,被反弹回去了,就像教室里的麻雀被玻璃反弹回去一样。基于此,我发现,世界的边沿一定是被一种类似于玻璃的物质固定住的。这种物质像玻璃一样透明,玻璃一样密不透风。可以肯定,这种物质是冰。是冰挡住了海水的出路。是冰保持了世界的稳固格局。

我拿起竹篙,一把拍在了水面上。水面上"啪"的一声,鸭子们伸长了脖子,拼命地向前逃窜。我要带上我的鸭子,一起到世界的边缘走一走,看一看。

我把鸭子赶出乌金荡,来到了大纵湖。大纵湖一望无际,我坚信,穿过大纵湖,只要再越过太平洋,我就可以抵达大西洋了。

我没有能够穿越大纵湖。事实上,进入大纵湖不久我就彻底迷失了方向。我满怀斗志,满怀激情,就是找不到方向。望着茫茫的湖水,我喘着粗气,斗志与激情一落千丈。

我是第二天上午被两位社员用另外一条小舢板拖回来的。鸭子没有了。这一次不成功的探险损失惨重，它使我们第二生产队永远失去了八十六只也可能是一百零二只鸭子。两位社员没有把我交给我的父亲，直接把我交给了队长。队长伸出一只手，提起我的耳朵，把我拽到了大队部。大队书记在那儿，父亲也在那儿。父亲无比谦卑，正在给所有的人敬烟，给所有的人点烟。父亲一看见我立即走了上来，厉声问："鸭子呢?"我用力睁开眼，说："掉下去了。"父亲看了看队长，又看了看大队支书，大声说："掉到哪里去了?"我说："掉下去了，还在往下掉。"父亲仔细望着我，摸了摸我的脑门。父亲的手很白，冰凉的。父亲捆了我一个大嘴巴。我在倒地的同时就睡着了。听村子里的人说，倒地之后我的父亲还在我的身上踢了一脚，告诉大队支书说我有神经病。后来王家庄的人一直喊我神经病。"神经病"从此成了我的名字。我非常高兴。它至少说明了一点，我八岁的那一年就和我的父亲平起平坐了。

2002 年第 1 期《上海文学》

彩　虹

　　虞积藻贤惠了一辈子,忍让了一辈子,老了老了,来了个老来俏,坏脾气一天天看涨。老铁却反了过来,那么暴躁、那么霸道的一个人,刚到了岁数,面了,没脾气了。老铁动不动就要对虞积藻说:"片子,再撑几年,晚一点死,你这一辈子就全捞回来了。"虞积藻是一个六十一岁的女人,正瘫在床上。年轻的时候,人家还漂亮的时候,老铁粗声恶气地喊人家"老婆子"。到了这一把岁数,老铁改了口,反过来把他的"老婆子"叫成了"片子",有些老不正经了,听上去很难为情。但难为情有时候就是受用,虞积藻躺在床上,心里头像少女一样失去了深浅。

　　老铁和虞积藻都是大学里的老师,属于"高级知识分子",当然了,退了。要说他们这一辈子有什么建树,有什么成就,除了用"桃李满天下"这样的空话去概括一下,别的也说不上什么。但是,有一样是值得自豪的,那就是他们的三个孩子,个个争气,都是读书和考试的高手。该成龙的顺顺当当地成了龙,该成凤的顺顺当当地成了凤,全飞了。大儿子在旧金山,二儿子在温哥华,最小的是一个宝贝女儿,这会儿正在慕尼黑。说起这个宝贝疙瘩,虞积藻可以说是衔在嘴里带大的。这丫头要脑子有脑子,要模样有模样,少有的。虞积藻特地让她跟了自己,姓虞。虞老师一心想把这个小棉袄留在南京,守住自己。可是,就是这样的一个小棉袄,现在也不姓虞了,六年前人家就姓了弗朗茨。

退休之后老铁和虞积藻一直住在高校内,市中心,五楼,各方面都挺方便。老铁比虞积藻年长七岁,一直在等虞积藻退下来。老头子早就发话了,闲下来之后老两口什么也不干,就在校园里走走,走得不耐烦了,就在"地球上走走"。老铁牛啊,底气足,再磅礴的心思也能用十分家常的语气表达出来。"在地球上走走",多么的洒脱,多么的从容,这才叫老夫聊发少年狂。可是,天不遂人愿,虞积藻摔了一跤,腿脚都好好的,却再也站不起来了。老铁从医院一出来斑白的头发就成了雪白的头发,又老了十岁,再也不提地球的事了。当机立断,换房子。

老铁要换房子主要的还是为了片子。片子站不起来了,身子躺在床上,心却野了,一天到晚不肯在楼上待着,叫嚣着要到"地球上去"。毕竟是五楼,老铁这一把年纪了,并不容易。你要是慢了半拍,她就闭起眼睛,捶着床沿发脾气,有时候还出粗口。所以,大部分时候,满园的师生都能看见铁老师顶着一头雪白的头发,笑眯眯地推着轮椅,四处找热闹。这一年的冬天雨雪特别多,老铁的关节不好,不方便了。这一下急坏了虞积藻,大白天躺在床上,睡得太多,夜里睡不着,脾气又上来了,凌晨一点多钟要"操"老铁的"妈"。老铁光知道笑,说:"哪能呢。"虞积藻心愿难遂,便开始叫三个孩子的名字,轮换着来。老铁知道,老太婆这是想孩子了。老铁到底是老铁,骨子里是个浪漫人,总有出奇制胜的地方。他买来了四只石英钟,把时间分别拨到了北京、旧金山、温哥华和慕尼黑，依照地理次序挂在了墙上。小小的卧室弄得跟酒店的大堂似的。可这一来更坏了，夜深人静的，虞积藻盯着那些时钟，动不动就要说"吃午饭了""下班了""又吃午饭了"。她说的当然不是自己，而是时差里的孩子们。老铁有时候想，这个片子，别看她瘫在床上，一颗不老的心可是全球化了呢。这样下去肯定不是事。趁着过春节，老铁拿起了无绳电话，拨通了慕尼黑、旧金山和温哥华。老铁站在阳台上，叉着腰，用洪亮的声音向全世界庄严宣布："都给我回来，给你妈买房子！"

老铁的新房子并不在底楼，更高了。是"罗马假日广场"的第二十九层。儿女们说得对，虽然更高了，可是，只要坐上电梯，顺着电梯直上直下，反而方便了，和底楼一个样。

虞积藻住上了新房，上下楼容易了，如果坐上电动轮椅，一个人都能够逛街。可虞积藻却不怎么想动，一天到晚闷在二十九楼，盯着外孙女的相片，看。一看，再看，三看。外孙女是一个小杂种，好看得不知道怎么夸才好，还能用简单的汉语骂脏话，都会说"妈妈×"了。可爱极了。小东西是个急性子，一急德国话就冲出来了，一梭子一梭子的。虞积藻的英语是好的，德语却不通。情急之下只能用英语和她说话，这一来小东西更急，本来就红的小脸涨得更红，两只肉嘟嘟的小拳头在一头卷发的上空乱舞，简直就是小小的"希特勒"。还流着口水"妈妈×"。虞积藻也急，只能抬起头来，用一双求援的目光去寻找"翻译"——这样的时候虞积藻往往是心力交瘁。这哪里是做外婆啊，她虞积藻简直就是国务院的副总理。

外孙女让虞积藻悲喜交加。她一走，虞积藻安静下来了，静悄悄学起了德语。老铁却有些不知所措。老铁早已经习惯了虞积藻的折腾，她不折腾，老铁反而不自在，丹田里头就失去了动力和活力。房子很高，很大，老铁的不知所措就被放大了，架在了高空，带上了天高云淡的色彩。怎么办呢？老铁就趴在阳台上，打量起脚底下的车水马龙。它们是那样地遥远，可以说深不可测。华灯初上的时候，马路上无比地斑斓，都流光溢彩了。老铁有时候就想，这个世界和他已经没有什么关系了，真的没什么关系了。他唯一能做的事情就是看看，站得高高的，远远的，看看。嗨，束之高阁喽。

老铁站在阳台上，心猿意马，也可以说，天马行空。这样的感觉并不好。但是，进入暑期不久，情形改变了，老铁有了新的发现。由于楼盘是"凸"字形的，借助于这样一种特定的几何关系，老铁站在阳台上就能够看隔壁的窗户了。窗户的背后时常有一个小男孩，趴在玻璃的背后，朝远处看。老铁望着小男孩，有时候会花上很长的时间，但是，很遗憾，小家伙从来都没有看老铁一眼，似乎并没有注意到老铁的存在。也是，一个老头子，有什么好看的呢。小家伙只是用他的舌尖舔玻璃，不停地舔，就好像玻璃不再是玻璃，而是一块永远都不会融化的冰糖，甜得很呢。老铁到底不甘心，有些孩子气了，也伸出舌头舔了一回，寡味得很。有那么一回小男孩似乎朝老铁的这边看过一眼，老铁刚刚想把内心的喜悦搬运到脸上，可还是迟了，小家伙却把脑袋转了过去，目光也挪开了。小男孩有没有看自己，目光有没有和自己对视，老铁一点把握也没有。这么一想老铁就有些怅然若失,好像还伤了自尊,关键是,失去了一次难得的机遇。是什么样的机遇呢?似乎也说不出什么来。老铁咳嗽了一声,在咳嗽的时候老铁故意使了一点力气,声音大了,却连带出一口痰。老铁不想离开,又不好意思在二十九层的高度吐出去,只能含在嘴里。正好虞积藻使唤他,老铁答应了一声,一不留神,滑回到嗓子里了。

夜里头老铁突然想起来了,自己有一架俄罗斯的高倍望远镜,都买了好几年了。那时候老铁一门心思"到地球上走走",该预备的东西早已经齐全了,悲壮得很,是一去不复返的心思,却一直都没用上。估计再也用不上了。一大早老铁就从柜子里把望远镜翻了出来,款款走上了阳台。小男孩却不在。老铁把高倍望远镜架到鼻梁上去,挺起了胸膛,像一个将军。他看到了平时根本就看不见的广告牌,他还看到了平时从来都没有见过的远山。其实这没有什么,那些东西本来就在那儿,可老铁的心胸却突然浩荡起来,像打了一场胜仗,完全是他老铁指挥有方。

打完了胜仗,老铁便低下头,把高倍望远镜对准了马路,马路都漂浮起来了,汽车和路人也漂浮起来了,水涨船高,统统来到了他的面前,这正是老铁喜闻乐见的。出于好奇,老铁把望远镜倒了一个个,地球"咣当"一声,陷下去了,顿时就成了万丈深渊,人都像在波音777的窗口了。望远镜真是一个魔术师,它拨弄着距离,拨弄着远和近,使距离一下子有了弹性,变得虚假起来,却又都是真的。老铁亲眼看见的。老铁再一次把望远镜倒过来,慢慢地扫视。让老铁吓了一大跳的事情就是在这个时候发生了,小男孩突然出现在他的高倍望远镜里,准确地说,出现在他的面前，就在老铁的怀里，伸手可触。老铁无比清晰地看见了小男孩的目光，冷冷的，正盯着自己，在研究。这样的遭遇老铁没有预备。他们就这么相互打量着，谁也没有把目光移开。随着时间的推移，老铁都不知道怎样去结束这个无聊的游戏了。

当天的夜里老铁就有了心思，他担心小男孩把他的举动告诉他的父母。拿望远镜偷偷地窥视一个年轻夫妇的家庭，以他这样的年纪，以他这样的身份，传出去很难听的。说变态都不为过。无论如何不能玩了。高倍望远镜无论如何也不能再玩了。

老铁好几天都没有上阳台。可是，不上阳台，又能站在哪儿呢？老铁到底憋不住，又过去了。小男孩不在。然而，仿佛约好了一样，老铁还没有站稳，小家伙就在窗户的后面出现了。这一次他没有吃冰糖，而是张开嘴，用他的门牙有节奏地磕玻璃，一会儿快，一会儿慢，像打击乐队里的鼓手。就是不看老铁，一眼都不看。这个小家伙，有意思得很呢。老铁当然是有办法的，利用下楼的工夫，顺便从超市里带回来一瓶泡泡液。老铁来到阳台上，拉开玻璃，一阵热浪扑了过来。可老铁顾不得这些了，他顶着炎热的气浪，吹起了肥皂泡。一串又一串的气泡在二十九层的高空飞扬起来。气泡漂亮极了，每一个气泡在午后的阳光里都有自己的彩虹。这是无声的喧嚣，节日一般热烈。小男孩果然转过了脑袋，专心致志地，看着老铁这边。老铁知道小男孩在看自己了，骨子里已经参与到这个游戏中来了，老铁却故意做出一副浑然不觉的样子。老铁很快乐。然而，这样的快乐仅仅维持了不到二十分钟。十来分钟之后，小男孩开始了他冒险的壮举，他拉开窗门，站在了椅子上，对着老铁家的阳台同样吹起了肥皂泡。这太危险,实在是太危险了。老铁的小腿肚子都软了,对着小男孩作出了严厉同时又有力的手势。可小家伙哪里还会搭理他,每当他吹出一大串的泡泡,他都要对着老铁瞅一眼。他的眼神很得意,都挑衅了。老铁赶紧退回到房间,怕了。这个小祖宗,不好惹。

　　老铁决定终止这个小东西的疯狂举动。他来到隔壁,用中指的关节敲了半天,防盗门的门中门终于打开了,也只是一道小小的缝隙。小男孩堵在门缝里,脖子上挂了两把钥匙,两只漆黑的瞳孔十分地机警,盯着老铁。小男孩很小,可样子有些滑稽,头发是三七开的,梳得一丝不苟,白衬衫,吊带裤,像一个小小的大学教授,也可以说,像一个小小的洋场恶少。小男孩十分老气地问:"你是谁?"老铁笑笑,蹲下去,指着自己的一张老脸,说:"我就是隔壁阳台上的老爷爷。"小男孩认出老铁了,说:"你要干什么?"老铁说:"不干什么,你让我进去,我帮你把窗前的椅子挪开——那样不好,太危险了。"小男孩说:"不行。"老铁说:"为什么?""我妈说了,不许给陌生人开门。"小家伙的口头表达相当好,还会说"陌生人",每一句话都说得准确而又完整。老铁的目光越过小男孩的肩膀,随便瞄了一眼,家境不错,相当不错,屋子里的装潢和摆设在这儿呢。老铁说:"你叫什么名字?"小男孩避实就虚,反问了一句:"你叫什么名字?"老铁伸出一只巴掌,一边说话一边在掌心里比划,"我呢,姓铁,钢铁的铁,名字就一个字,树,树林的树。你呢?"小男孩对着老铁招了招手,要过老铁的耳朵,轻声说:"我妈不让我告诉陌生人。""你妈呢?""出去了。"老铁笑笑,说:"那你爸呢?"小男孩说:"也出去了。"老铁说:"你怎么不出去呢?"小男孩看了老铁一眼,说:"我爸说了,我还没到挣钱的时候。"老铁笑出了声来。这孩子逗,智商不低,老铁一下子就喜欢上了。老铁说:"一个人在家干什么? 这你总可以告诉我了吧。"老铁光顾了笑,一点都没有意识到自己的笑容里面充满了巴结和讨好的内容。小男孩很不客气地看了老铁一眼,"咚"地一声,把门中门关死了。小男孩在防盗门的后面大声说:"干什么? 有什么好干的? 生活真没劲!"你听听,都后现代了,还饱经风霜了还。

老铁没有再上阳台。这样的孩子老铁是知道的,人来疯。你越是关注他,他越是来劲,一旦没人理会,他也就泄了气。果真是这样。老铁把自己藏在暗处,只是一会儿,小家伙就从椅子上撤退了,重新拉好了玻璃窗。老铁松了一口气。老铁注意到小家伙又开始用他的小舌头舔玻璃了。他舔得一五一十的,特别地仔细,像一个小动物,同样的一个动作它可以不厌其烦地重复一个上午,一点厌倦的意思都没有。舔完了,终于换花样了,开始磕。老铁也真是无聊透顶,居然在心里头帮他数。不过,这显然不是一个好主意,刚过了四百下,老铁居然把自己的瞌睡给数上来了。老铁揉揉自己的眼睛,对自己说:"你慢慢磕吧,我不陪了,我要迷瞪一会儿了。"

电话来得有些突然,老铁的午觉只睡了一半,电话响了。老铁家的电话不多,大半是国际长途,所以格外地珍贵。老铁下了床,拿起话筒,连着"喂"了好几声,话机里头却没有任何动静。老铁看了一眼虞积藻,虞积藻也正看着他。虞积藻合上手里的德语教材,探过身子,问:"谁呀?"老铁就大声地对着话筒说:

"谁呀?"虞积藻急了,又问:"小棉袄吗?"老铁只能对着话筒再说:"小棉袄吗?"

电话却挂了。这个中午的电话闹鬼了,不停地响,就是没有回音。响到第九遍,电话终于开口了:"猜出来我是谁了吧?"老铁正色说:"你是谁?"电话里说:"把你的泡泡液送给我吧。""你到底是谁?"老铁紧张地问。

"我的声音你都听不出来?"电话奶声奶气地说,"我就在你家旁边。"

老铁的眼皮翻了半天,听出来了。其实老铁早就听出来了,只是不敢相信。他迅速地瞄了一眼虞积藻,虞积藻的整个身子都已经侧过来了,显然,老铁的脸色和他说话的语气让她十分地不安。她抢着要接电话。老铁摆了摆手,示意她不要添乱。老铁小声说:"你怎么知道这个号码的?"

"我打电话给 114 问罗马假日广场铁树家的电话号码,114告诉我二十二号服务员为您服务,请记录 64679521,64679521。"

这孩子聪明,非常聪明。老铁故意拉下脸,说:"你想干什么?"

"我的泡泡液用光了,你把你的送给我。"

"你不让我进你的家门。"

"你从门口递给我。"

老铁认真地说:"那不行。"

"那我到你们家去拿好不好呀?"

老铁咬住了下嘴唇,思忖了片刻,故作无奈,说:"好吧。"

老铁挂了电话,突然有些振奋,搓起了手。反复地搓手。搬过来这么长时间了,家里还没有来过客人呢。老铁搓着手,自己差不多都成为孩子了。

　　老铁只是搓手,愣神了,站在茶几的旁边,满脸的含英咀华,越嚼越香的样子,心里头说,这孩子有意思。老铁一点都没有注意到虞积藻的目光有多冷。老铁一抬头,远远地看见了虞积藻,她的目光冰冷而又愤怒。"老毛病又犯了!"虞积藻说。老铁仔细研究了虞积藻的表情,看明白了,同时也就听明白了,她所说的"老毛病"指的是老铁年轻时候的事,那时候老铁搞过一次婚外情,两个人闹了好大的一阵子。"哪里去了。"老铁轻描淡写地说。虞积藻要起床,却起不来,脸已经憋得发紫。老铁走上去,打算扶她,虞积藻一把推开了。老铁的脸面上有些挂不住,慢悠悠地说:"哪能呢,怎么往那上头想。"虞积藻气急败坏,一巴掌拍在了茶几上,茶几上的不锈钢勺子都跳了起来。虞积藻大声吼道:"别以为家里头穷就朴素,别以为上了岁数你就不花心!"老铁捋了捋雪白的头发,笑眯眯地"嗨"了一声,说:"哪能呢。"

　　小男孩敲门来了。老铁弓了身子,十分正规地和他握过手,却没有松开,一直拉到虞积藻的床前。虞积藻打量了小男孩一眼,没见过,问:"这是谁家的小绅士?"老铁对隔壁努努嘴,大声地说:"我刚认识的好朋友。"小男孩站在床前,瞪大了眼睛四处张望,最后,两只眼睛却盯上了虞积藻的电动轮椅。他爬上去,拧了一下把手,居然动起来了。小男孩来了兴致,驾驶着电动轮椅在虞积藻的房间里开了一圈,附带试了几下刹车,又摁了几下喇叭,结论出来了,老气横秋地说:"我爸爸的汽车比你的好。"虞积藻看了老铁一眼,笑了,十分开心地笑了。虞积藻摸了摸小男孩的头,说:"上学了没有?"小男孩摇摇脑袋,说:"没有。过了暑假我就要上学了。"不过小男孩十分炫耀地补充了一句,"我已经说英语了。"虞积藻故意瞪大了眼睛,说:"我也会说英语,你能不能说给我听听?"小男孩挺起肚子,一口气,把二十六个英文字母全背诵出来了。虞积藻刚刚要鼓掌,小家伙已经把学术问题引向了深入。他伸出了他的食指,十分严肃地指出:"我告诉你们,如果是汉语拼音,就不能这样读,要读成 aoeiuübpmfdtnlgkhjqxzcszhchshr。"这孩子有意思了。虞积藻痛痛快快地换了一口气,痛痛快快地呼了出去,无声地笑了,满脸的皱纹像一朵砰然绽放的菊花,全部挂在了脸上。她的眼泪都出来了。虞积藻给小男孩鼓了掌,老铁同样也给小男孩鼓了掌。虽然躺在床上,可虞积藻觉得自己的两条腿已经站立起来了。虞积藻一把把小男孩搂了过来,抱在了怀里,怀里实实在在的。实实在在的。兴许是搂得太过突然,太过用力,小男孩有些不适应,便把虞积藻推开了。虞积藻并没有生气,她歪在床上,用两只胳膊支撑住自己,望着他。这个小家伙真是个小太阳,他一来,屋子里顿时就亮堂了,虎虎有了生气。虞积藻手忙脚乱了起来,她要找吃的,她要找玩的,她要把这个小家伙留在这里,她要看着他,她要听见他说话。

小男孩仰起头,对老铁说:"你把泡泡液给我。"

老铁擦干净眼角的泪,想起来了,人家是来玩泡泡液的。老铁收敛了笑容,说:"我不给你。二十九楼,太危险,太危险了。"

虞积藻说:"什么泡泡液? 给他呀,你还不快给孩子。"

老铁走到虞积藻的面前,耳语了几句,虞积藻听明白了。虞积藻却来了劲头,让老铁扶她。她要到轮椅上去,她要到地球上去。她要看老伴和小家伙一起吹泡泡液,她要看泡泡们像气球一样飞上天,像鸽子一样飞上天。虞积藻兴高采烈地来到了客厅,大声宣布:"我们到广场上去吹泡泡。"

小男孩的小脸蛋阴沉下来了,有些无精打采,说:"爸爸不在家,我不下楼。爸爸说,外面危险。"

老铁说:"外面有什么危险?"

小男孩说:"爸爸说了,外面危险。"

老铁打起了手势,还想再说什么,虞积藻立即用眼睛示意老铁,老铁只好把手放下了。老铁说:"那我们吃西瓜。"

小男孩说:"没意思。"

老铁说:"吃冰激凌。"

小男孩显然受到了打击,脸上彻底不高兴了,说:"就知道吃。没意思。"

隔壁的门铃声就是这个时候响起来的,"叮咚"一声,在二十九楼的过道里无限地悠扬。二十九楼,实在是太遥远,太安静了。小男孩站起身,说:"家庭老师来了,我要上英语课。"

老铁和虞积藻被丢在了家里,屋子里顿时安静下来。其实平日里一直都是这样安静的,可是,这会儿的安静特别了,反而像一次意外。虞积藻只好望着老铁,是那种没话找话的样子。但到底要说什么,也没有想好。虞积藻讪讪地说:"我答应过女儿,不对你发脾气的。"听上去好像是为刚才的事情作检讨似的。

老铁捋一捋雪白的头发,说:"要发。不发脾气怎么行,要发。"

虞积藻笑了,说:"我们下楼去,吹泡泡。"

老铁看了一眼窗外,说:"这会儿太阳毒,傍晚吧。"

虞积藻说:"你又不听话了是不是? 不听话,是不是?"

老铁笑起来。老铁笑起来十分地迷人。有点坏,有点帅,有点老不正经。有点像父亲,还有点像儿子。老铁很撒娇地说:"哪能呢,哪能不听片子的话。"

老铁检查好钥匙,拿过泡泡液,推起了虞积藻。还没有出门,电话又响了。老铁刚想去接,虞积藻却把她的电动轮椅倒了过去。老铁只好站在门口,在那里等。虞积藻拿起电话,似乎只听了一两句话,电话的那头就挂了。虞积藻放下耳机,却没有架到话机上去,反而搂在了怀里。她看了一眼老铁,目光却从老铁的脸上挪开了,转移到卧室里去,转移到墙上,最后,盯住了那一排石英钟。一个劲地看。老铁说:"谁呀?"

虞积藻说:"小绅士。"

"说什么了?"

"他说,我们家的时间坏了。"

相爱的日子

　　嗨,原来是老乡,还是大学的校友,居然不认识。像模像样地握过手,交换过手机的号码,他们就开始寒暄了。也就是三四分钟,两个人却再也没什么好说的了,那就再分开吧。主要还是她不自在。她今天把自己拾掇得不错,又朴素又得体,可到底不自在。这样的酒会实在是太铺张、太奢靡了,弄得她总是像在做梦。其实她是个灰姑娘,蹭饭来的。朋友说得也没错,蹭饭是假,蹭机会是真,蹭着蹭着,遇上一个伯乐,或逮着一个大款,都是说不定的。这年头缺的可不就是机会么。朋友们早就说了,像"我们这个年纪"的女孩子,最要紧的其实就是两件事:第一,抛头;第二,露面——机会又不是安装了 GPS 的远程导弹,哪能瞄准你的天灵盖,千万别把自己弄成本·拉登。

　　可饭也不好蹭哪,和做贼也没什么两样。这年头的人其实已经分出等级了,三五个一群,五六个一堆,他们在一起说说笑笑,哪一堆也没有她的份。硬凑是凑不上去的。偶尔也有人和她打个照面,都是统一的、礼貌而有分寸的微笑。她只能仓促地微笑,但她的微笑永远都慢了半拍,刚刚笑起来,人家已擦肩而过了。这一来她的微笑就失去了对象,十分空洞地挂在脸上,一时半会儿还拿不下来。这感觉不好,很不好。她只好端着酒杯,茫然地微笑,心里头说,我日你爸爸的!

手机却响了。只响了两下,她就把手机送到耳边去了。没有找到工作或生活还没有着落的年轻人都有一个共同的特征,接手机特别地快。手机的铃声就是他们的命——这里头有一个不易察觉的幻觉,就好像每一个电话都隐藏着天大的机遇,不容疏忽,一疏忽就耽搁了。"喂——"她说,手机却没有回音。她欠下身,又追问了一遍:"——喂?"

手机慢腾腾地说:"是我。"

"你是谁呀?"

手机里的声音更慢了,说:"——贵人多忘事。连我都不认识了。抬起头,对,向左看,对,卫生间的门口。离你八九米的样子。"她看见了,是他。几分钟之前刚认识的,她的校友兼老乡。这会儿她的校友兼老乡正歪在卫生间的门口,低着头,一手端着酒杯,一手拿着手机,挺幸福的,看上去像是和心上人调情,是情到深处的样子。

"羡慕你呀,"他说,"毕业还不到一年半,你就混到这家公司里来了。有一句话是怎么说的? 金领丽人,对,说的就是你了。"

她笑起来,奋拉下眼皮,对着手机说:"你进公司早,还要老兄多关照呢。"

手机笑了,说:"我是来蹭饭的。你要多关照小弟才是。"

她一手握住手机,另一只手抱在了胸前,这是她最喜欢的动作,或者说造型,小臂托在双乳的下面,使她看上去又丰满、又姚哒,是"丽人"的模样。她对手机说:"我也是来蹭饭的。"

两个人都不说话了,差不多在同时抬起了脑袋,对视了,隔着八九米的样子。他们的目光穿过了一大堆高级的或幸运的脑袋,彼此都在打量对方,开心了。他们不再寂寞,似乎也恢复自信。他微笑着低下头,看着自己的脚尖,有闲情了,说:"酒挺好的,是吧?"

她把目光放到窗外去,说:"我哪里懂酒,挑好看的喝呗。"

"怎么能挑好看的喝呢。"他的口气显然是过来人了,托大了,慢悠悠地关照说,"什么颜色都得尝一尝。尝遍了,再盯着一个牌子喝。放开来,啊,放开来。有大哥呢。"随即他又补充了一句,"手机就别挂了,听见没有?"

"为什么?"

"和大哥聊聊天嘛。"

"为什么不能挂?"

"傻呀。"他说,"挂了机你和谁说话?谁会理你呀,多伤自尊哪——就这么打着,这才能挽救我们俩的虚荣心,我们也在日理万机呢。你知道什么叫日理万机?记住了,就是有人陪你说废话。"

她歪着脑袋,在听。换了一杯酒,款款地往远处去。满脸是含蓄的、忙里偷闲的微笑。她现在的微笑有对象了,不在这里,在千里之外。酒会的光线多好,音乐多好,酒当然就更好了,可她就是不能安心地喝,也没法和别人打招呼。忙啊。她不停地点头,偶尔抿一口,脸上的笑容抒情了。她坚信自己的微笑千娇百媚。日你爸爸的。

"谢谢你呀大哥。"

"哪儿的话,我要谢谢你!"

"还是走吧,冒牌货。"她开开心心地说。

"不能走。"他说,"多好的酒,又不花钱。"

三个小时之后,他们醒来了,酒也醒了。他们做了爱,然后小睡了一会儿。他的被窝和身体都有一股气味,混杂在酒精和精液的气息里。说不上好,也说不上不好,是可以接受的那一类。显然,无论是被窝还是身体,他都不常洗。但是,他的体温却动人,热烈,蓬勃,近乎烫,有强烈的散发性。因为有了体温的烘托,这气味又有了好的那一面。她抱紧了他,贴在了他的后背上,做了一个很深的深呼吸。

他就是在这个时候醒来的,一醒来就转过了身,看着她,愣了一下。也就是目光愣了一下,在黑暗当中其实是不容易被察觉的,可还是没能逃出她的眼睛。"认错人了吧?"她笑着说。他笑笑,老老实实地说:"认错人了。"

"有女朋友么?"她问。

"没有。"他说。

"有过?"

"当然有过。你呢?"

她想了想,说:"被人甩过一次,甩了别人两次。另外还有几次小打小闹。你呢?"

他坐起来,披好衣服,叹了一口气,说:"说它干什么。都是无疾而终。"

两个人就这么闲聊着,他已经把灯打开了。日光灯的灯光颤了两下,一下子把他的卧室全照亮了。说卧室其实并不准确——他的衣物、箱子、书籍、碗筷和电脑都在里面。他的电脑真脏啊,比那只烟缸也好不到哪里去。她眯上眼睛,粗粗地估算了一下,她的"家"比这里要多出两三个平方。等她可以睁开眼的时候,她确信了,不是两三个平方,而是四个平方。大学四年她选修过这个,她的眼光早已经和图纸一样精确了。

　　他突然就觉得有些饿,在酒会上光顾了喝了,还没吃呢。他套上棉毛衫,说:"出去吃点东西吧,我请客。"她没有说"好",也没有说"不好",却把棉被拉紧了,掖在了下巴的底下,"再待一会儿吧。"她说,"再做一次吧。"

　　夜间十一点多钟,天寒地冻,马路上的行人和车辆都少了,显得格外地寥落。却开阔了,灯火也异样地明亮。两侧的路灯拉出了浩荡的透视,华美而又漫长,一直到天边的样子。出租车的速度奇快,"呼"地一下就从身边窜过去了。

　　他们在路边的大排档里坐了下来。是她的提议,她说她"喜欢大排档"。他当然是知道的,无非是想替他省一点。他们坐在靠近火炉的地方,要了两碗炒面,两条烤鱼,还有两碗西红柿蛋汤。虽说靠近火炉,可到底还是冷,被窝里的那点热乎气这一刻早就散光了。他把大衣的领口立起来,两只手也抄到了袖管里,对着炉膛里的炉火发愣。汤上来了,在她喝汤的时候,他第一次认真地打量了她,她脸上的红晕早已经褪尽了,一脸的寒意,有些黄,眼窝子的四周也有些青。说不上好看,是那种极为广泛的长相。但是,在她做爱的过程中,她瘦小而强劲的腰肢实在是诱人。她的腰肢哪里有那么大的浮力呢。

一阵冬天的风刮过来了。大排档的"墙"其实就是一张塑料薄膜,这会儿被冬天的风吹弯了,涨起来了,像气球的一个侧面。头顶上的灯泡也跟着晃动,他们的身影就在地面上一左一右地摇摆起来,像床上,激烈而又纠缠。他望着地上的影子,想起了和她见面之后的细节种种,突然就来了一阵亲昵,想把她搂过来,好好地裹在大衣的里面。这里头还有歉意,再怎么说他也不该在"这样的时候"把她请到这样的地方来的。下次吧,下一次一定要把她请到一个像样的地方去,最起码,四周有真正的墙。

她的双手端着汤碗,很投入,咽下了最后的一大口,上气不接下气了,感叹说:"——好喝啊!"

他从袖管里抽出胳膊,用他的手抚住她的腮。她的腮在他的掌心里蹭了一下,替他完成了这个绵软的抚摸。"今天好开心哪!"她说。

"是啊,"他说,"今天好开心哪。"他的大拇指滑过了她的眼角。"开心"这个东西真鬼,走的时候说走就走,来的时候却也慷慨,说来就来。

大排档的老板兼厨师似乎得到了渲染,也很开心,他用通红的火钳点了一根烟,正和他的女帮手耳语什么,很可能是调笑,女帮手的神情在那儿呢。看起来也是一个乡下姑娘,炉膛里的火苗在她开阔的脸庞上直跳。除了他们这"两对"男女,大排档里就再也没有别的人了。天寒地冻。趁着高兴,他和大排档的老板说话了:"这么晚了,又没人,怎么还不下班哪?"

"怎么会没人呢,"老板说,"出租车的二驾就要吃饭了,还有最后一拨生意呢。"

"晚饭"过后他们顶住了寒风,在深夜的马路上又走了一段,也就是四五十米的样子。在一盏路灯的下面,他用大衣把她裹住了,然后,顺势靠在了电线杆子上。他贴紧她,同时也吻了她。这个吻很好,有炒面、烤鱼和西红柿蛋汤的味道。都是免费的。他放开她的两片嘴唇,说:"——好吃啊!"

她笑了,突然就有些不好意思,把她的脑袋埋在他的胸前,埋了好半天。她拽紧了他的衣领,抬起头来,说:"真好。都像恋爱了。"

又是一阵风。他的眼睛只好眯起来。等那阵风过去了,他的眼睛腾出来了,也笑了,"可不是么,"他说,"都像恋爱了。"

她回吻了他。他拍拍她的屁股蛋子,说:"回去吧,我就不送了,我也该上班了。"

他的"班"在户部街菜场。在没有找到对口的、正式的工作之前,他一直在户部街菜场做接货。所谓"接货",说白了也就是搬运,把瓜、果、蔬菜、鱼、肉、禽、蛋从大卡车上搬下来,过了磅,再分门别类,送到不同的摊位上去。这些事以往都是摊主们自己做的,可是——外人往往就不知道了——那些灰头土脸的摊主们其实是有钱人,哪有有钱人还做力气活的。摊主们不做,好,他的机会可就来了。他把他的想法和几个摊主说了,还让他们摸了摸他的肌肉。几个摊主一碰头,行。工钱本来也不高,摊开来一算,十分地划得来,每一家也就是三个瓜两个枣。

接货的劳动量并不大,难就难在时段上。在下半夜。只能是下半夜。第一,大白天卡车进不了城;第二,蔬菜娇气,不能"隔天",一"隔天"品相就不对了。品相是蔬菜的命根子,价码全在这上头。关于蔬菜的品相,摊主胡大哥有过十分精辟的论述,胡大哥说,蔬菜就是"小姐",好价钱也就是二十郎当岁,一旦蔫下来,皮塌塌、皱巴巴的,价格就别想上得去!

撇开"小姐"不说,比较下来,他最喜欢"接"的还就是蔬菜。不油,不腻,"接"完了,冲冲手,天一亮就可以上床了。最怕的是该死的禽蛋,不管是鸡蛋、鸭蛋还是鹌鹑蛋,手一滑,哗啦一下,一个都别想捡得起来。只要"哗啦"一次,他一个月的汗水就不再是汗,而是尿。尿就不值钱啦。

刚开始接货的时候他有些别扭,似乎很委屈。现在却又好了,挺喜欢的。体力活他不怕,夜里头耗一耗也好。一身的蛮力气绷在身上做什么呢,每天起床的时候裤裆里的小弟弟没头没脑地架在那里,还做出瞄准的样子,又没有目标。现在好多了,小弟弟是懂道理的,凌晨基本上已经不闹了。

可话又说回来了,他到底还是不喜欢,主要是不安全。为了糊口,在户部街菜场临时过渡一下当然没问题,可总不能"接"一辈子"小姐"吧。也二十四岁的人了,总要讨老婆,总要有家吧。一想起这个他的心里总有一股说不上来的落寞,也有些自怜的成分。特别怕看货架。晨曦里的货架琳琅满目,排满了韭菜、芹菜、莴苣、大椒、蒜头、牛肉、羊肉、凤翅、鸭爪、猪腰子,还有溜光滚圆的禽蛋。这些都不属于他。并不是他买不起,是"买菜"这样的一种最日常的生活方式不属于他。他就渴望能有这样的一天,是一个星期天的早晨,很家常的日子,他一觉醒来了,拉着"她"的手,在户部街菜场的货架前走走停停,然后,和"她"一起挑挑拣拣。哪怕是一块豆腐,哪怕是一把菠菜——能过上那样的日子多好啊。会有的吧。总会有的吧。

作为一个"接货",他在下班的时候从来都不看货架,天一亮,掉头就走,回到"家",倒头就睡。

户部街菜场离他的住处有一段距离。他打算在附近租房子的,由于地段的关系,价格却贵了将近一倍。城里的生计不容易。他不是没有动过回老家的念头,但是,不能够,回不去的。不是脸面上的问题,当初他要是考不上大学反而好了,该成家成家,该打工打工——现在呢,他在老家连巴掌大的土地都没有,又没有本钱,怎么能立得住脚呢? 能做的只能是外出打工。与其回去,再出来,还不如就呆在城里了。唉,他人生的步调乱了,赶不上城里的趟,也赶不上乡下的趟。当年的中学同学都为人父、为人母了,他一个光棍,回家过年的能力都没有,一声"叔叔"一百块,两声"舅舅"两百块,他还值钱了。他怎么就"成龙"了呢? 他怎么就考上大学了呢? 一个人不能有才到这种地步!

到底年轻,火力旺,和她分手才两三天,他的身体作怪了,闹了。"想"她,"想"她瘦小而强劲的腰,"想"她坚忍不拔的浮力。可是,她还肯不肯呢? 那一天可是喝了一肚子的酒的——他一点把握也没有了。试试吧,那就试一试吧。他一手拿起手机,另一只手却插进了裤兜,摁住了自己。她没有接。手机最后

190

说:"对不起,对方的手机无人接听。"

他合上手机,羞愧难当。这样的事原本就不可以一而再、再而三的。他站在街头,望着冬日里的夕阳,生自己的气,有股子说不出口的懊恼,还有那么一点凄惶。他就那么站着,一手捏着手机,一手握住自己。不过他到底没有能够逃脱肉体的蛊惑,又一次把手机拨过去了。这一回却通了,喜出望外。

"谁呀?"她说。

"是我。"他说。

"你是谁呀?"她说。她的气息听上去非常虚,嗓音也格外地沙哑,像在千里之外。

他的心口一沉。问题不在于她的气息虚不虚,问题是,她真的没有听出他的声音。不像是装出来的。

"贵人多忘事啊。"他说,故意把声调拔得高高的。这一高其实就是满不在乎的样子了。"是我——,同学,还有老乡,你大哥嘛!"他自己也听出来了,他的腔调油滑了。这样的时候只有油滑才能保全他弱不禁风的体面。这个电话他说什么也不该打的。

手机里没声音了。很长很长的一段沉默。他尴尬死了,恨不得把手机扔出去,从南京一直扔回到他的老家。这个电话说什么也不该打的。

出人意料的事情就在这时发生了。在一大段的沉默过后,手机里突然传来了她的哭泣,准确地说,是啜泣,她喊了一声"哥",说:"来看看我吧。"

他把手机一直摁在耳边,直到走进地下室,直到推开她的房门。就在他们四目相对的时候,他们的手机依然摁在耳边,已经发烫了。可她的额头比手机还要烫。她正在发高烧,两只瞳孔烧得晶亮晶亮的,烧得又好看、又可怜。

"起来呀,"他大声说,"我带你到医院去。"

她刚才还哭的,他一来似乎又好了,脸上都有笑容了。"不用,"她沙哑着嗓子说,"死不了。"

他望着她枕头上的脑袋,孤零零的,比起那一天来眼窝子已经凹进去一大块了。她一定是熬得太久了,要不然不会是这种样子。他想起了上个月他熬在床上那几天,突然就是一阵酸楚。"——你就一直躺在这儿?"他说,明知故问了。

"是啊,没躺在金陵饭店。"她还说笑呢。

"赶紧去医院哪——"

"不用。"

"去啊!"

"死不了!"她终于还是冲他发脾气了。到底上过一次床,又太孤寂,她无缘无故地就拿他当了亲人,是"一家子"才有的口气,"唠叨死了你!"

"——还是去吧……"

"死不了。"她说,"再挺两天就过去了——去医院干吗?一趟就是四五百。"

他想说"我替你出"的,咽下去了。他们这些人都有一个共同的毛病,在钱这个问题上有病态的自尊,弄不好都能反目。他赔上笑,说:"去吧,我请客。"

"我不要你请我生病。"她闭上眼睛,转过了身去,"我死不了。我再有两天就好了。"

他不再坚持,手脚却麻利了,先烧水,然后,料理她的房间。不知道她平日里是怎样的,这会儿她的房间已经不能算是房间了,满地都是擦鼻子的卫生纸、纸杯、板蓝根的包装袋、香蕉皮、袜子,还有两条皱巴巴的内裤。他一边收拾一边抱怨,哪里还像个女孩子,怎么嫁得出去,谁会要你?谁把你娶回去谁他妈的傻×!

抱怨完了,他也打扫完了。打扫完了,水也就开了。他给她倒了一杯开水,告诉她"烫",下楼去了。他买来了感冒药、体温表、酒精、药棉、面包、快餐面、卷筒纸、水果,还有一盒德芙巧克力。他把买来的东西从塑料口袋里掏出来,齐齐整整地码在桌面上都妥当了,他坐在了她的床边,把她半搂在怀里,拿起杯子给她喂药,同时也喂了不少的开水。在她喝饱了的时候,她拧起了眉头,脑袋侧过去了。他就开始喂面包。他把面包撕成一片一片的,往她的嘴里塞。吃饱了,她再一次拧起了眉头,脑袋又侧过去了。他就又塞了一只梨。也没有找到水果刀,他就用牙齿围绕着梨的表面乱啃了一通。

"昨天为什么不给我打电话?"她说,"前天为什么不给我打电话?"喝饱了,吃足了,她的精神头回来了。

这怎么回答呢,不好回答了。他就不搭理她了,脱了鞋,在床的另外一头钻进了被窝。他们就这样捂在被窝里,看着,也没有话。她突然把身子往里挪了挪,掀起了被窝的一个角,她说:"过来吧,躺到我身边来。"他笑笑,说:"还是躺在这边好。躺在你那儿容易想歪了——你生病呢。"

"哥,你就不知道你的脚有多臭吗?"她踹了他一脚,"你的脚臭死啦!"

大约到初夏,他和她的关系相对稳定了,所谓的稳定,也就是有了一种不再更改的节奏。他们一个星期见一次,一次做两回爱。通常都是她过来。每一次他的表现都堪称完美,有两次她甚至都给他打过一百分。他们俩都喜欢在事后给对方打分,这也是后戏的一个重要部分。前戏是没有的,也用不着,从打完电话到她赶过来,这里头总需要几十分钟。这几十分钟是迫不及待的,可以说火急火燎。他们的前戏就是他们的等待和想象,等待与想象都火急火燎。

没有前戏,后戏反过来就格外重要,要不然,干什么呢?除非接着再做。从体力上说,双方都没有问题,但每一次都是她控制住了,"下次吧,夜里头你还有夜班呢"。他们的后戏没有别的,就是相互打分,两次加起来,再除以二。他们就把除以二的结果刻在墙面上,墙面写满了阿拉伯数字,没有人知道那是怎样的一笔糊涂账。

打了一些日子,他不打了。在打分这个问题上男人总是吃亏的,男人却有他的硬指标。其实,正是因为这一点,她坚持要打。她说了,在数字化的时代里,感受是不算数的,一切都要靠数字来说话。

数字的残酷性终于在那一个午后体现出来了,相当残酷。原是他和她约好了,下午一点钟在鼓楼广场见面,说有好消息要告诉她。没想到一见面他就蔫了,怎么问他都不说一句话。回到"家",他还是不说,干什么呢,还是做吧。第一次他就失败了。她只好耐着性子,等他。第二次他失败得更快。她笑死了,对他说:"——零加零除以二还是零哦!"她特地从他的抽屉里找出了一把圆规,一定要替他把这个什么也不是的圆圈给他完完整整地画在墙壁上。她一点也没有留意这一刻他的脸色有多阴沉,他从她的手里抢过圆规,"呼噜"一下就扔出了窗外,他的脸铁青,气氛顿时就不对了。

因为他的动作太猛,她的手被圆规划破了,血口子不算深,但到底有三厘米长,吓人了。这么长的日子以来,撇开性,他们其实是像兄妹一样相处的,她在私下里已经把他看作哥哥了。他这样翻脸不认人,她的脸上怎么挂得住。她捂着伤口,血已经出来了,疼得厉害。这时候要哄的当然是她。可她究竟是知道的,一定是她的玩笑伤了他男人的自尊,反过来哄着他了。没想到他还不领情了,一巴掌就把她推开了,血都溅在了墙上。这一推真的伤了她的心,你是做哥哥的,妹妹都这样让着你、哄着你了,你还想怎么样吧你!

她再也顾不得伤口了,拿起衣服就穿。她要走,再也不想见到你。都零分了,你还发脾气!

她的走终于使他冷静下来了,从她的身后一把抱住了她。他拿起了她的手,他望着她的血,突然就流下了眼泪。他把她的手握在掌心里,用他的舌头一遍又一遍地舔。他的表情无比地沮丧,似乎是出血的样子。她的心软了,反过来还是心疼他,喊了他一声"哥"。他最终是用他的蹩脚的领带帮她裹住伤口的,然后就把她的手捂在了脸上。他在她的掌心里说:"我是不是真的没用?我是不是天生就是一个零分的货?"

"玩笑嘛,你怎么能拿这个当真呢。我们又不是第一次。"

"我是个没用的东西。"他口气坚决地说,"我天生就是一个零分的货。"

"你好的。"她说,"你知道的,我喜欢你在床上的。"

他笑了,眼泪却一下子奔涌起来。"我当然知道。我也就是这点能耐了。"他说,"我一点自信心也没有了,我都快扛不住了。"

她明白了。她其实早就明白了,只是不好问罢了。他一大早就出去面试,"试"是"试"过了,"面子"却没有留得下来。

"你呀,你这就不如我了。"她哄着他,"我面试了多少回了?你瞧,我的脸面越'拭'越光亮。"

"不是面试不面试的问题!"他激动起来了,"她怎么能那样看我?那个女老板,她怎么能那样看我?就好像我是一堆屎!一泡尿!一个屁!"

她抱住了他。她知道了。她是知道的。为了留在南京,从大三到现在,她遇见过数不清的眼睛。对他们这些人来说,这个世上什么东西最恐怖?什么东西最无情?眼睛。有些人的眼睛能扒皮,有些人的眼睛会射精。会射精的眼睛实在是太可怕了,一不小心,它就弄得你一身、一脸,擦换都来不及。目光里头的诸种滋味,不是当事人是不能懂得的。

她把他拉到床上去,趴在了他的背脊上,安慰他。她抚摸他的胸,吻他的头发,她把他的脑袋拨过来,突然笑了,笑得格外地邪。她盯住他的眼睛,无比俏丽地说:"我就是那个老板,你就是一摊屎! 你能拿我怎么样? 嗯? 你能拿我怎么样?"他满腹的哀伤与绝望就是在这个时候决堤的,成了跋扈的性。他一把就把她反摁在床上,她尖叫一声,无与伦比的快感传遍了每一根头发。她喊了,奋不顾身。她终于知道了,他是如此这般地棒。

"轻松啊,"她躺在了床上,四仰八叉。她用手抚摸着自己的腹部,叹息说,"这会儿我什么压力也没有了,真轻松啊——你呢?"

"是啊,"他望着头上的楼板,喘息说,"我也轻松多了。"

"相信我,哥,"她说,"只要能轻松下来,日子就好打发了——我们怎么都能扛得过去!"

就这样了。除去她"不方便的日子",他们一个星期见一次,一次做两回。他们没有同居,但是,两个人却是越来越亲了,偶尔还说说家乡话什么的。他倒是动过一次念头的,想让她搬过来住,这对她的开销绝对是个不小的补助。不过,话到了嘴边他还是没敢说出来。她的开销是压下来了,他的开销可要往上升,一天有三顿饭呢。他能不能顶得住? 万一扛不下来,再让人家搬出去,两个人就再也没法处了。还是不动了吧,还是老样子的好。

可他越来越替她担忧了,她一个人怎么弄呢。还是住在一起好,一起买买菜,做爱也方便。性真是一个十分奇怪的东西,它是什么样的一种药,怎么就叫人那么轻松的呢。还有一点也是十分奇怪的,做得多了,人就变黏乎了,特别亲,就想好好地对待她。可到底怎么一个"对待"才算好,又说不上来了。不过,他的这么一点小小的心思在做爱的时候还是体现出来了。最初的时候,刚开始的时候,他是有私心的,一心只想着解决自己的"问题"。现在不同了,他更像一个哥哥,要体贴得多。他对自己尽可能地控制,好让她更快乐一些。她好了,他也就好了。他就希望她能够早一点好起来。

秋凉下来之后她回了一趟老家。他其实是想和她一起回去的,一想,不成了。离开户部街菜场两个星期,这个岗位是不可能等他的。多少比他壮实的人在盯着他的位置呢。他也就没有客套,只是在临走的时候给她买了几个水果,"路上吃吧。就这么啃,都洗过了。"

都说"小别胜新婚"。新婚的滋味是怎样的,他们不知道,然而,"小别"是怎样的胜境,他和她一起领略了。其实也就隔了两个星期,可这一隔,不一般了。他在呼风,她能唤雨。好死了。这一次她却没有给他打分,她露出了她骄横的、野蛮的和不管不顾的那一面,反反复复地要。后来还是他讨饶了,可怜兮兮说:"不能了。还有夜班呢。"

"不管。你是哥,你就得对我好一点。"

那就再好一点吧。他们是下午上床的,到深夜十点她还没有起床的意思。到后来,他实在也"好"不出什么来了,她就光着身子,躺在他光溜溜的怀里,不停地说啊说,还用胳膊反过来地勾住他的脖子。两个人无限地欣喜、无限地缠绵了。她突然

"哦"了一声,想起什么来了,弓着腰拽过上衣,从上衣的口袋里面掏出了她的手机。她握住手机,说:"哥,商量个事好不好?"他的双手托住了她的乳房,下巴搁在她的肩膀上,脑袋一抬,说:"说吧。"她从手机里调出一张相片,是一个男人,说:"这个人姓赵,单身,年收入大概在十六万左右。"她噼里啪啦摁了几下键钮,又调出了一张相片,却是另外一个男人,说:"这个呢,姓郝,离过一次,有一个七岁的女儿,年收入在三十万左右,有房,有车。"介绍完了,她把手机放在自己的大腿上,握住了他的手,她把她的五只手指全都嵌在了他的指缝里,慢慢地摩挲,"我就想和你商量商量——你说,哪一个好呢?"

他把手机拿过来,反复地比较,反复地看,最终说:"还是姓郝的吧。"她想了想,说:"其实我也是这么想的。"他说:"还是收入多一些稳当。"她说:"其实我也是这么想的。"商量的进程是如此地简单,结论马上就出来了。她就特别定心、特别疲惫地躺在了他的怀里,手牵着手,一遍又一遍地摩挲。后来她说:"哥,给我穿衣裳好不好嘛。"撒娇了。他就光着屁股给她穿好了衣裳,还替她把衣裤上的褶皱都拽了一遍。他想送送她,她说,还是别送了吧,还是赶紧地吃点东西去吧。她说,还有夜班呢。

他就没送。她走之后他便坐在了床上,点了一根烟,附带把她掉在床上的头发捡起来。这个疯丫头,做爱的时候就喜欢晃脑袋,床单上全是她的头发。他一根一根地拣,也没地方放,只好绕在了左手食指的指尖上。抽完烟,掐了烟头,他就给自己穿。衣服穿好了,他也该下楼吃饭去了。走到过道的时候他突然就觉得左手的食指有点疼,一看,嗨,全是头发。他就把头发撸了下来,用打火机点着了。人去楼空,可空气里全是她。她真香啊。

2007 年第 5 期《人民文学》

家　事

一大早,老婆就给老公发了一条短信。短信说,老公,儿子似乎不太好,你能不能抽空和他谈谈?

老公回话了,口气似乎是无动于衷的:还是你谈吧,你是当妈的嘛。

老公乔韦是一个高中一年级的学生,他的老婆小艾则是他的同班。说起来他们做夫妻的时间倒也不长,也就是十来天。这件事复杂了,一直可以追溯到高中一年级的上学期。用乔韦的话来说,在一个"静中有动"的时刻,乔韦就被小艾"点"着了——拼了命地追。可是小艾的那一头一点意思也没有,"怎么敢消费你的感情呢?"小艾如斯说。为了"可怜的"(乔韦语)小艾,乔韦一脚就把油门踩到了底,飙上了。乔韦郑重地告诫小艾,"你这种可怜的女人没有我可不行!"他是动了真心了,这一点小艾也不是看不出来,为了追她,乔韦的GDP已经从年级第九下滑到一百开外了,恐怖啊。面对这么一种惨烈而又悲壮的景象,小艾哪里还好意思对乔韦说"一点儿也不爱你",说不出口了。买卖不成情义在嘛。可是,态度却愈加坚定,死死咬住了

"不想在中学阶段恋爱"这句话不放。经历了一个水深火热的冬季,乔韦单边主义的爱情已经到了疯魔的边缘,眼见得就扛不住了。两个星期前,就在宁海路和颐和路的路口,乔韦一把揪住了小艾的手腕,什么也不说,眼睛闭上了,嘴巴却张了开来,不停地喘息。小艾不动。等乔韦睁开了眼睛,小艾采用了张爱玲女士的办法,微笑着,摇头,再摇头。乔韦气急败坏,命令说:"那你也不许和别人恋爱!"不讲理了。小艾"不想在中学阶段恋爱",其实倒不是搪塞的话,是真的。小艾痛快地答应了,前提是乔韦你首先把自己打理好,把你的 GDP 拉上来,要不然,"如此重大的历史责任,我这样美丽瘦小的弱女子如何能承担得起。"小艾的话都说到这一步了,可以说声情并茂,乔韦还能怎么着? 这不是一百三十七的智商能够解决得了的。乔韦在马路边上坐了下来,叹了一口气,说:"老婆啊,你怎么就不能和我恋爱的呢?"这个小泼皮,求爱不成,反倒把小艾叫做"老婆"了,哪有这样的。小艾的脑细胞噼里啪啦一阵撞击,明白了,反而放心了。乔韦说这话的意思无非是两点,A:给自己找个台阶,不再在"恋爱"这个问题上纠缠她,都是"老婆"了嘛。B:心毕竟没死透,怕她和别人好,抢先"注册"了再说——只要"注册"了,别人就再也没法下手了。小艾笑笑,默认了"老婆"这么一个光荣的称号。学校里的"夫妻"多呢,也不多他们这一家子。只要能把眼前的这一阵扛过去,老婆就老婆呗,老公就老公呗,打扫卫生的时候还多一个蓝领呢。小艾拍拍乔韦的膝盖,真心诚意地说:"难得我老公是个明白的人。"小艾这么一夸,乔韦更绝望了,他抱住了自己的脑袋,埋到两只膝盖的中央,好半天都没有抬起头来。只能这样了。可是,分手的时候乔韦还是提出了一个特别的要求,他拉着小艾的手,要求"吻别"。这一回小艾一点儿也不像张爱玲了,她推出自己的另一只巴掌,拦在中间,大声说:"你见过你妈和你爸接吻没有? ——乔韦,你要说实话!不说实话咱们就离婚!"乔韦拼了命地眨巴眼睛,诚实地说:"那倒是没有。"小艾说:"还是啊。"当然,小艾最后还是奖励了他一个拥抱,朴素而又漫长。乔韦的表现很不错,虽说力量大了一些,收得紧了一些,但到底是规定动作,脸部和唇部都没有任何不良的倾向。在这一点上小艾对乔韦的评价一直都是比较高的。乔韦在骨子里很绅士。绅士总是不喜欢离婚的。

　　只做"夫妻",不谈恋爱,小艾和乔韦的关系相对来说反而简单了,只不过在"单位"里头改变了称呼而已。看起来这个小小的改变对乔韦来说还真的是个安慰,不少坏小子都冲着小艾喊"嫂子"了。小艾抿着嘴,笑纳了。小艾是有分寸的,拿捏得相当好,在神态和举止上断不至于让"同事们"误解。"夫妻"和"夫妻"是不一样的。这里头的区分,怎么说呢,嗨,除了老师,谁还看不出来呀。哪对"夫妻"呈阴性,哪对"夫妻"呈阳性,目光里头的 PH 值就不一样。能一样吗?小艾和乔韦一直保持着革命伴侣的本色,无非就是利用"下班的工夫"在颐和路上走走,顶多也就是在宁海路上吃一顿肯德基。名分罢了。作为老公,乔韦的这个单是要埋的。乔韦很豪阔,笑起来爽歪歪。但是,私下里,乔韦对"夫妻生活"的本质算是看透了,往简单里说,也就是埋个单。悲哀啊,苍凉啊。这就是婚姻吗?这就是了。——过吧。

可婚姻也不像乔韦所感叹的那样简单。家家都有一本难念的经。事情的复杂性就在于,做了夫妻乔韦才知道,他和小艾的婚姻里头还夹着另外的一个男人。

——小艾有儿子。田满。高一(九)班那个著名的大个子。身高足足有一米九九。田满做小艾的儿子已经有些日子了,比乔韦"静中有动"的时候还要早。事情不是发生在别的地方,就在宁海路上的那家肯德基。

小艾和田满其实是邂逅,田满端着他的大盘子,晃晃悠悠,晃晃悠悠,最后坐到小艾的对面来了。小艾叼着鸡翅,仰起头,吃惊地说:"这不是田满吗?"田满顶着他标志性的鸡窝头,凉飕飕的,绷着脸。田满说:"你怎么认识我?"小艾说:"谁还不认识田满哪,咱们的 11 号嘛。"11 号是田满在篮球场上的号码,也是 YAO(姚明)在休斯顿火箭队的号码,它象征着双份的独一无二。田满面无表情,坐下来,两条巨大的长腿分得很开,像泰坦尼克号的船头。田满傲滋滋地说:"——你是谁?"小艾的下巴朝着他们学校的方向送了送,说:"十七班的。"田满说:"难怪呢。"听田满这么一说,小艾很自豪,十七班是高中一年级的龙凤班,教育部门不让办的。心照不宣吧。这会儿小艾就觉得"十七班"是她的脸上的一颗美人痣,足可以画龙点睛了。小艾咄咄逼人了,说:"难怪什么?"田满歪着嘴,冰冷地说:"你很蔻。""蔻"是一个十分鬼魅的概念,没有解。如果一定要解释,坊间是这样定义的:它比漂亮艳丽,比艳丽端庄,比端庄性感,比性感智慧,比智慧凌厉,总之,是高中女人(女生)的至尊荣誉。

小艾说:"扮相倒酷,其实是马屁精。"

田满的脸顿时红了。这是他没有预备的。嘴巴动了动,想说什么,没跟得上来。小艾再也没有料到大明星也会窘迫成这样,多好玩哦。大明星害起羞来真的是很感动人的。小艾这才注意起田满的眼睛来,眼眶的四周全是毛,很长,很乌,很密,还挑,有那么一点儿姑娘气,当然,绝不是娘娘腔——这里头有质的区分。目光潮湿,明亮,却茫然,像一匹小马驹子。小艾已经有数了,他的巨大是假的,他的巍峨是假的,骨子里是菜鸟。他能考到这所中学里来,不是因为考分,而是因为个子。智商不高,胆子小,羞怯,除了在篮球场上逞能,下了场就没用了,还喜欢装,故意把自己搞得晶晶亮、透心凉。这个人多好玩哦,这个人多可爱哦。小艾喜欢死了。当然,不是那种。田满这种人怎么说也不是她小艾的款。可小艾也不打算放弃,上身凑过去了,小声说:"商量个事。"田满放下手里的汉堡,舔了舔中指,舔了舔食指,吮了吮大拇指。他把上身靠在靠背上,抱起双臂,做出一副电视剧里的"男一号"最常见的甩样,说:"说。"

小艾眯起了眼睛,有点儿勾人了,说:"做我儿子吧。"

田满的大拇指还含在嘴里,不动了。肯德基里的空气寂静下来。一开口小艾就知道自己过分了,再怎么说她小艾也不配拥有这么一个顶天立地的儿子嘛,还是大明星呢。可话已经说出来了,橡皮也擦不掉。那就等着人家狂殴呗。活该了。小艾只好端起可乐,叼着吸管,咬住了,慢慢地吸。田满的脸又红了,也叼住了吸管,用他潮湿的、明亮的、同时也是羞怯的目光盯着小艾,轻声说:"这我要想想。"

小艾顿时就松了一口气，不敢动。田满放下可乐，说："我在班里头有两个哥哥，四个弟弟。七班有两个姐姐。十二班有三个妹妹。十五班还有一个舅舅。舅妈是两个，大舅妈在高二（六），小舅妈在高一（十）。"

"单位"里的人事复杂，小艾是知道的，然而，复杂到田满这样的地步，还是少有。这种复杂的局面是从什么时候开始的呢，小艾不知道，想来已经有些日子了。小艾就知道一进入这所最著名的中学，他们这群小公鸡和小母鸡就不行了，表面上安安静静的，私底下癫癫得很，迅速开始了"新生活运动"。什么叫"新生活运动"呢？往简单里说，就是"恢复人际"。——既然未来的人生注定了清汤寡水，那么，现在就必须让它七荤八素。他们结成了兄弟，姐妹，兄妹，姐弟。他们得联盟，必须进行兄弟、姐妹的大串联。这还不够，接下来又添上了夫妻，姑嫂，叔嫂，连襟，妯娌和子舅等诸多复杂的关系。举一个例子，一个小男生，只要他愿意，平白无故的，他在校园里就有了哥哥、弟弟、嫂子、弟媳、姐姐、妹妹、姐夫、妹婿、老婆、儿子、女儿、儿媳、女婿、伯伯、叔叔、姑姑、婶婶、舅舅、舅妈、姨母、姨夫、丈母娘、丈母爹、小姨子和舅老爷。这是奇迹。温馨哪，迷人哪。乱了套了。嗨，乱吧。

田满望着小艾，打定主意了，神态庄重起来。田满说："你首先要保证，你只能有我一个儿子。"

这一回轮到小艾愣住了。她在愣住了的同时如释重负。然而，有一点小艾又弄不明白了，他田满正忙于"新生活运动"，吼巴巴地在"单位"里结识了那么多的兄弟、姐妹，怎么事到了临头,他反过来又要当"独子"了。

小艾说:"那当然。基本国策嘛。"

深夜零点,小艾意外地收到了一封短信,田满发来的。短信说:"妈,我休息了,你也早点睡。儿子。"这孩子,这就孝顺了。小艾合上物理课本,在夜深人静的时分端详起田满的短信,想笑。不过小艾立即就摩拳擦掌,进入角色了。顺手摁了一行:"乖,好好睡,做个好梦。妈。"打好了,小艾凝视着"妈"这个字,多少有点儿不好意思。还是不发了吧。就这么犹豫着,手指头却已经摁下去了。小艾还没有来得及后悔,儿子的短信又来了,十分露骨、十分直白的就是两个字:

"吻你。"

小艾望着彩屏,不高兴了。决定给田满一点儿颜色看看。小艾在彩屏上写道:"我对你可是一腔的母～爱哦",后面是九个惊叹号,一排,是皇家的仪仗,也是不可僭越的栅栏。

出乎小艾的意料,田满的回答很乖。田满说:"谢谢妈。"

小艾原打算再补回去一句的,却不知道如何下手了。她再也没有想到九尺身高的田满居然会是这么一个缠绵的东西。可这件事到底是她挑起来的,也不好过分。看起来她这个妈是当定了。她就把两个人的短信翻过来看,一遍又一遍的,心里头有点怪怪的了。有些难为情,有些恼,有些感动,也生气,还温馨。不知道怎么说才好。

田满的扣篮是整个篮球场上最为壮丽的动态,小艾想到了一个词,叫"呼啸"。田满每一次扣篮都是呼啸着把篮球灌进篮筐的。他能生风。必须承认,一踏上球场,害羞的菜鸟无坚不摧。这是田满最为迷人的地方,这同样也是小艾作为一个母亲最为自豪的地方。其实小艾并没有认认真真地看过校篮球队打球,但是,现在不一样了,儿子在篮球馆里一柱擎天,她不能不过来看看。看起来喜欢儿子的女生还真是不少,只要田满一得分,丫头们就尖叫,夸张极了。小艾看出来了,她们如此尖叫,目的只有一个,就是想让儿子注意她。儿子一定是听到了,却听而不闻。他谁也不看。在球场上,儿子的骄傲与酷已经到了惊风雨、泣鬼神的地步,绝对是巨星的风采。这就对了嘛,可不能让这些疯丫头鬼迷了心窍。小艾的心里涌上了说不出来的满足和骄傲,故意眯起了眼睛。沿着电视剧的思路,小艾想象着自己有了很深的鱼尾纹,想象着自己穿着小开领的春秋衫,顶着苍苍的白发,剪得短短的,齐耳,想象着自己一个人把田满拉扯到这么大,不容易了。突然有些心酸,更多的当然还是自得。悲喜交加的感觉原来不错,像酸奶,酸而甜。难怪电视一到这个时候音乐就起来了。音乐是势利的,它就会钻空子,然后,推波助澜。

小艾没有尖叫。她不能尖叫,得有当妈的样子。小艾站得远远的,眯着眼睛,不停地捋头发,尽情享受着一个孤寡的(为什么是孤寡的呢? 小艾自己也很诧异)中年妇女对待独子的款款深情。你们就叫吧,叫得再响也轮不到你做我的儿媳妇,咱们家田满可看不上你们这些疯丫头。

"妈,我休息了,你也早点儿睡。儿子。"

"乖,好好睡。做个好梦。妈。"

"吻你。"

"我也吻你。"

"谢谢妈。"

每天深夜的零点,在一个日子结束的时分,在另外一个日子开始的时分,这五条短信一定会飞扬在城市的夜空。在时光的边缘,它们绕过了摩天大楼、行道树,它们绕过了孤寂的、同时又还是斑斓的灯火,最终,成了母与子虚拟的拥抱。它们是重复的,家常了。却更是仪式。这仪式是张开的臂膀,一头是昨天,一头是今天;一头是儿子,一头是母亲。绝密。

小艾当然不可能把她和田满的事告诉乔韦。然而,小艾忽略了一点,一个人如果患上了单相思,他的鼻子就拥有上天入地的敏锐,这是任何高科技都不能破解的伟大秘籍。就在宁海路和颐和路的交界处,乔韦把他的自行车架在了路口,他的表情用四个字就可以概括了,面无人色。原来嫉妒是可以改变一个人的长相的,乔韦今天的长相就很成问题,很愚昧。他很狰狞。

小艾刚到,乔韦就把小艾堵住了。小艾架好自行车,还没有来得及说话,就看见乔韦突然弓了腰,用链条锁把两辆自行车的后轮捆在了一起。乔韦很激动。他的手指与胳膊特别地激动。链条被他套了一圈又一圈,最后,套牢了。

两个人都是绝顶聪明的,一起望着自行车,心知肚明了。

这时候走过来一个交通警,他绕过了自行车,歪着脑袋问乔韦:"这个好玩吗? 这样有用吗?"

小艾抱起了胳膊,拉下脸来。"关你什么事！你们家夫妻不吵架?"

交通警望望他俩,又望望自行车,想笑,却绷住了,十分诚恳地告诉小艾:"吵。可我们不在大街上吵。"

"那你们在哪里吵?"

"我们只在家里吵。"

"这个我会。"小艾伸出一只手,说:"给我钥匙。——我们现在就到你们家吵去。"

交通警知道了,撞上祖宗了。她是姑奶奶。交通警到底没绷住,笑了,替他们把绑在一起的自行车挪到一边,行了一个军礼,说:"差不多就行了哈,咱们家夫妻吵架也就两三分钟。快点吵,哈！马上就高峰了。"

下午第二节课的课后,小艾收到了田满的短信,他想在放学之后"和妈妈一起共进早餐"。你瞧这孩子,什么事都粗枝大叶,"晚饭"硬是给他打成"早餐"了,将来高考的时候怎么得了哦。愁人哪。见面之后要好好说说他。说归说,吃饭的事小艾一口回绝了。小艾是一个把金钱看得比鲜血还要瑰丽的女人,她是当妈的,和儿子吃饭总不能 Go dutch（AA 制）吧,只能放血。放血的事小艾不做。打死也不做。

不过小艾最终还是去了。说起来极不体面,是被两个小女生骗过去的。她们假装在放学的路上巧遇小艾,然后就"久仰久仰"了。"久仰"过了就是"崇敬","崇敬"完了就想"请她吃顿饭",主要是想"亲耳聆听"一下她的"教诲"。小艾喜滋滋的,十分矜持地来到肯德基,田满已经安安稳稳地等在那里了。小艾一到,两个小喽啰把小艾丢在田满的面前,走人。小艾气疯了,非常非常地生气。这么一个小小的伎俩她都没有识破,利令智昏哪!就为了一点可怜的虚荣,当然,还有一份可怜的汉堡,丢人了。但是,再丢人小艾也不能批评自己,她厉声责问田满,为什么要采用这种"下三烂的手段"?!田满什么也不说,却从口袋里掏出一样东西,放在了桌面上。他用他的长胳膊一直推到小艾的面前,是一张面值一百元的移动电话充值卡。田满小声说:"这是儿子孝敬妈的。"小艾拿起充值卡,刮出密码,噼里啪啦就往手机上摁。手机最后说:"你已成功充值一百元!"小艾的脸上立即荡漾起了春天的风,她把脑袋伸到田满的跟前,慈祥了,妩媚了,问:"想吃什么呢儿子,妈给你买。"

"我又有了一个妹妹。"田满小声说。

噢——,又有妹妹了。春风还在小艾的脸上,却已经不再荡漾。他又有了一个妹妹了,他这样的"哥哥"一辈子也缺不了"妹妹"的。不过小艾还是从田满的脸上看出来了,这个"妹妹"不同寻常,绝对不是通常意义上的"妹妹"。小艾突然就感到自己有些不自然,虽说是"当妈的",小艾自己也知道,她吃醋了。也许还有些后悔。当初如果不给他"当妈",田满会不会追自己呢?难说了。如果追了,拒绝他是一定的。可是,拒绝是一个问题,没能拒绝成却是一个更加严峻的问题。

小艾还没有练就"脸不变色"的功夫,干脆就把脸上的春风赶走了。小艾板起面孔,问:"叫什么?"

"Monika。"

——Monika。到底是大明星，"找妹妹"也要走国际化的道路。"恭喜你了。"

田满想说什么，小艾哪里还有听的心思，掉头就走。排队的时候小艾回头瞄了一眼田满，田满托住了下巴，失落得很，一脸的忧郁。看起来十有八九是单相思了。小艾想，不知道 Monika 是怎样的人物，能让田满失魂落魄到这样的地步，不是一般的蔻。

吃薯条的时候田满又把话题引到"妹妹"那儿去了。他一边蘸着番茄酱，一边慢悠悠地说："我妹妹——"小艾立即用她的巴掌把田满的话打断了。小艾说："田满，不说这个好不好？妈不想听这些事。"

田满就不说了。"闷"在了那里。小艾承认，田满忧戚的面容实在是动人的，叫人心疼。小艾伸出手去抚摸的心思都有了。

"Monika——"

"田满！不听话是不是？"

乔韦就在这个时候闯进来了，一进来就坐在了小艾的身边。是剑胆琴心的架势。田满丢下薯条，吮过指头，刹那之间就恢复了大明星的本色。田满慢悠悠地合上眼皮，再一次打开的时候附带扫了一趟乔韦。那神情不屑了。田满问小艾："谁呀？"

小艾的心情已经糟透了，乔韦这么一搅，气就更不打一处来。小艾没好气地说：

"你爹。"

田满右边的嘴角缓缓地吊上去了。他的不屑很歪。田满说："我和我妈吃饭，没你的事，给我马上走人。"

乔韦是"爹",理直而又气壮。乔韦说:"我和我老婆说话,没你的事,你给我马上走人。"

田满站起来了。乔韦也站起来了。

小艾也只好站起来。小艾说:"你们打吧。什么时候打好了什么时候出来。"

也就是两三分钟,田满和乔韦出来了。他们是一起走出来的,肩并着肩。小艾坐在肯德基门前的台阶上,这刻儿已是说不出的沮丧。她不想再听到任何动静,已经用 MP3 把耳朵塞紧了。张韶涵《隐形的翅膀》还没有听完,田满已经坐在她的左侧,而乔韦也坐在了她的右侧。小艾拔出耳机,说:"怎么不打呢?多威风哪刚才。"

"不存在。"乔韦说,"我是你老公,他是你儿子。"

田满说:"我们已经是兄弟了。"

两个男人夹着一个女人,就在肯德基的门前的阶梯上并排坐着了,一侧是夫妻,一侧是母子,两头还夹着一对兄弟。谁也不说一句话。无论如何,今天的局面混乱了,有一种理不出头绪的苍茫。田满,小艾,还有乔韦,三个人各是各的心思,傻坐着,一起望着马路的对面。马路的对面是一块工地,是一幢尚未竣工的摩天楼。虽未竣工,却已经拔地而起了。脚手架把摩天楼捆得结结实实的,无数把焊枪正在焊接,一串一串的焊花从黄昏的顶端飞流直下。焊花稍纵即逝,却又前赴后继,照亮了摩天大楼的内部,拥挤、错综,说到底又还是空洞的景象。像迷宫。

当天夜里小艾的手机再也没有收到田满的短信。小艾措手不及,可以说猝不及防。小艾的手机一直就放在枕头的旁边,在等。可是,直到凌晨两点,枕头也没有颤动一下。小艾只好翻个身,又睡了。其实在上床之前小艾想把短信发过去的,都打好了,想了想,没发。他又有妹妹了,还要她这个老娘做什么?说小艾有多么伤心倒也不至于,但小艾的寥落和寡欢还是显而易见的了,一连串的梦也都是恍恍惚惚的,就好像昨天一直都没有过去,而今天也一直还没有开始。可是,天亮了。小艾醒来之后从枕头的下面掏出手机,手机空空荡荡。天亮了,像说破了的谎。

小艾一厢情愿地认为,田满在"三八"妇女节的这天会和她联系。就算他恋爱了,对老妈的这点孝心他应该有。但是,直到放学回家,手机也没有出现任何有价值的消息——看起来她和田满的事就这样了。"三八"节是所有高中女人最为重大的节日,不少女人都能在这一天收到男士们的献花。说到底献花和"三八"没有一点儿关系,它是情人节的延续,也可以说是情人节的一个变种。一个高中女人如果在情人节的这一天收到鲜花,它的动静太大,老师们,尤其是家长们,少不了会有一番问。"三八"节就不同了,手捧着鲜花回家,父亲问:"哪来的?"答:"男生送的!"问:"送花做什么?"答:"——嗨,'三八'节嘛!"做父亲的这时候就释然了:"你看看现在的孩子!"完了。还有一点也格外重要,情人节送花会把事态弄得过于死板,它的主题思想或段落大意太明确、太直露了,反而会叫人犹豫:送不送呢?人家要不要呢?这些都是问题。选择"三八"节这一天向妇女们出手,来来往往都大大方方。

小艾的"三八"节平淡无奇,就这么过去了。依照小艾的眼光看来,"三八"节是他和田满最后的期限,如果过去了,那就一定过去了。吃晚饭的时候小艾和她的父母坐在一张饭桌上,突然想起了田满,一家子三口顿时就成了茫茫人海。Monika 厉害,厉害啊!

过去吧,就让它过去吧,小艾对自己说。对高中的女人们来说,日子是空的,说到底也还是实的,每一个小时都有它匹配的学科。课堂,课堂,课堂。作业,作业,作业。考试,考试,考试。儿子,再见了。但是,一到深夜,在一个日子结束的"那个"时刻,在另外一个日子开始的"那个"时分,小艾还是清清楚楚地看见了时光的裂痕。这裂痕有的时候比手机宽一点,有的时候比手机窄一点,需要"咔嚓"一下才能过得去。不过,说过去也就过去了。儿子,妈其实是喜欢你的。乖,睡吧。做个好梦。Over。

后来的日子里小艾只在上学的路上见过一次田满,一大早,田满和篮球队的队员正在田径场上跑圈。小艾犹豫再三,还是立住了,远远的,站了十几秒钟。田满的样子很不好,耷拉着脑袋,垂头丧气的样子,晃晃悠悠地落在队伍的最后。小艾意外地发现,在田满晃悠的时候,他漫长的身躯是那样的空洞,只有两条没有内容的衣袖,还有两条没有内容的裤管。就在跑道拐弯的地方,田满意外地抬起头来,他们相遇了。相隔了起码有一百米的距离。他们彼此都看不见对方的眼睛,但是,一定是看见了,田满在弯道上转过来的脑袋说明了这个问题。田满并没有挥手,小艾也就没有挥手。到了弯道与直道的连接处,田满的脖子已经转到了极限,只好回过头去了。田满这一次的回头给小艾留下了极其难忘的印象,是一去不复返的样子,更是难舍难分的样子。小艾记住了他的这个回头,他的看不见的目光比他的身躯还要空洞。孩子瘦了。即使相隔了一百米,小艾也能看见田满的眼窝瘦成了两个黑色的窟窿。再不是失恋了吧。不会吧。小艾望着田满远去的背影,涨满了风。小艾牵挂了。小艾捋了捋头发,早晨的空气又冷又潮。儿行千里母担忧啊。

　　小艾掏出了手机,想给他发个短信,问问。想了想,最终还是她的骄傲占据了上风。却把她的短信发到乔韦的那边去了:老公,儿子似乎不太好,你能不能抽空和他谈谈?

　　就在进教室的时候,乔韦的回话来了:还是你谈吧,你是当妈的嘛。

　　小艾走到座位上去,把门外的冷空气全带进来了。她关上手机,附带看了一眼乔韦。乔韦在眨眼睛,在背单词。小艾的这一眼被不少小叔子看在了眼里。小叔子们知道了,女人在离婚之前的目光原来是这样的。只有乔韦还蒙在鼓里。你还眨什么眼睛噢,你还背什么单词噢,嫂子马上就要回到人民的怀抱啦!

　　田满的出现相当突兀,是四月的第一个星期三。夜间零点十七分,小艾已经上床了,手机突然蠕动起来,吓了小艾一大跳。小艾一摁键,"咣当"一声就是一封短信,是一道行动指令:"嘘——走到窗前,把脑袋伸出来,朝楼下看。"

　　小艾走到窗前,伸出了脑袋,一看,路灯下面孤零零的就是一个鸡窝头。那不是田满又是谁呢。田满并没有抬头,似乎还在写信。田满最终举起了手机,使用遥控器一样,对准小艾家的窗户把他的短信发出去了。小艾一看,很撒娇的三个字:妈,过来。

小艾喜出望外,蹑手蹑脚的,下楼了,一直走到路灯的底下。田满的上身就靠在了路灯的杆子上,两只手都放在身后。他望着小艾,在笑。小艾背着手,也笑。也许是因为路灯的关系,田满的脸色糟糕得很,近乎土灰,人也分外的疲惫,的确是瘦了。小艾猜出来了,她的乖儿子十有八九被 Monika 甩了,深更半夜的,一定是到老妈这里寻求安慰来了。好吧,那就安慰安慰吧,孩子没爹了,怎么说也得有个妈。不过田满的心情似乎还不错,变戏法似的,手一抬,突然从背后抽出了一束花,有点儿蔫,一直递到了小艾的跟前。小艾笑笑,犹豫了片刻,接过来了。放在鼻子的下面,清一色是康乃馨。

"你怎么知道我住在这儿?"小艾问。

"我昨天就派人跟踪了。"

小艾叹了一口气,唉,这孩子,改不了他的"下三烂"。

"近来好不好?"小艾问。

"好。"

"Monika 呢?"小艾问,"你的,Monika 妹妹,好不好?"

"好。"田满说。田满这个晚上真是变戏法来了,手一抬,居然又掏出一张相片来了,是一个婴儿,混血,额头鼓到了不可思议的地步。

"谁呀这是?"小艾不解地问。

"Monika。我妈刚生的,才四十来天。"

"——你妈在哪儿?"

田满用脚后跟点了点地面,说:"那边。"世界"哗啦"一下辽阔了,循环往复,无边无垠。田满犹豫了片刻,说,"我四岁的时候她就跟过去了。"

小艾望着田满,知道了。"是这样。"小艾自言自语说,"原来是这样。"小艾望着手里的康乃馨,不停地点头,不知道说什么好了。小艾说——"花很好。妈喜欢。"

小艾就是在说完"妈喜欢"之后被田满揽入怀中的,很猛,十分地莽撞。小艾一点儿准备都没有。小艾一个踉跄,已经被田满的胸膛裹住了。田满埋下脑袋,把他的鼻尖埋在小艾的头发窝里,狗一样,不停地嗅。田满的举动太冒失了,小艾想把他推开。但是,小艾没有。就在田满对着小艾的头发做深呼吸的时候,小艾心窝子里头晃动了一下,软了,是疼,反过来就把田满抱住了,搂紧了。小艾的心中涌上来一股浩大的愿望,就想把儿子的脑袋搂在自己的怀里,就想让自己的胸脯好好地贴住自己的孩子。可田满实在是太高了,他该死的脑袋遥不可及。

深夜的拥抱无比地漫长,直到小艾的后背被一只手揪住了。小艾的身体最终是从田满的身上被撕开的。是小艾的父亲。小艾不敢相信父亲能有这样惊人的力气,她的身体几乎是被父亲"提"到了楼上。"谢树达,你放开我!"小艾在楼道里尖声喊道,"谢树达,你放不放开我?!"小艾的尖叫在寂静的夜间吓人了,"——他是我儿子! ——我是他妈!"

睡　觉

马路上两个相向而行的陌生人会是什么关系呢？没关系，这就是所谓的"路人"。但是，"路人"的手上各自牵了一条狗，情形就会有所改变。小美牵的是一条泰迪，迎面小伙子的身前却是一条体态巨大的阿拉斯加。两条狗见面了。这是两条都市里的狗，比都市里的人还要孤寂。可狗毕竟不是人，人越孤寂越冷，狗越孤寂却越热。两条狗一见面就亲，用牙齿亲，用爪子亲，"张牙舞爪"说的就是这么回事。小美和小伙子只好停下来，点了一下头，无聊地望着狗亲热。小美到底是护犊子的，她的手很警惕，一旦她的小宝贝受到了大家伙的攻击，手一收，泰迪马上就能回到她的怀抱。

小美的泰迪是一条小型犬，它的体重也许连阿拉斯加的八分之一都不到。可八分之一的体重一点也没有妨碍泰迪的热情，它是公的，阿拉斯加却是母的，泰迪用它无与伦比的嗅觉把阿拉斯加验证了一遍，知道该做什么了——人一样站了起来，扑到了阿拉斯加的后身。

小美没有收手。这就是公狗的好。其实这样的事情是经常发生的，小美一般都不干涉。泰迪才十个月，十个月的孩子又能做什么？身子摇晃几下,意思过了也就罢了。但这一次不一样。这一次的态势极为严重,泰迪来真的了,它动了家伙。小美还是第一次养狗,关于狗,她委实没有什么经验。她早就应当注意到泰迪最近的一些变化的,就说撒尿吧,泰迪以往都是蹲着,很含蓄的样子,很高贵的样子。现在不同了,它一定要找到树根或墙脚,跷起一条腿,撒开来,然后,身子一歪,"嗞——",完了。十足的一个小无赖。

阿拉斯加到底是大型犬,很有大型犬的派头。它知道泰迪在忙活什么,却懒得搭理它。阿拉斯加甚至回过了头来,若无其事地望着泰迪。泰迪却不管不顾,一头热,十分热烈地制造节奏,屁股还做出了全力以赴的模样——对于养狗的人来说,这其实是一个最为普通的场景。然而,小美却是第一次看见,不忍目睹了,只想调过头去就走。但调过头去就走似乎更能说明一些问题,也不妥当,小美只好立在那里,满脸都涨得通红,不知所措了。小伙子干干净净的,他很斯文,他的胳膊一直平举在那里,并没有收手,小美也就没有收手,也把自己的一条胳膊平举在那里。两个人商量好了一样,既像若无其事,也像包庇纵容,都像成心的了。地面上的场景越来越火爆,小美实在装不下去了,脸很涨,似乎比平时扩大了一圈。她低下头,想训斥,又不知道该说什么,只好模模糊糊地说:"不好这样子的!"小美说:"不好这样子!"

小伙子却宽慰她,说:"没事的,反正也够不着。"这是一句大实话。但大实话就是这样,它的内部时常隐含了十分不堪的内容。小美的脸上突然又是一阵涨,当即弓下腰,一把抱起泰

220

迪,搂在了怀里。

小美的离开显然有些仓促,她沿着小伙子的来路匆匆而去。路人就必须是这样,相向而行,然后,背道而驰。

十五个月前,小美嫁到了东郊,一直定居在东郊的皇家别墅苑。小美的婚礼极其简单,比通常的婚礼却浪漫和别致许多倍。先生把小美带到了南京,花了大半天的时间一起游玩了台城和中山陵。大约在下午的四点钟,他们回到了金陵饭店。先生变戏法似的,突然给了小美一朵玫瑰。先生说,嫁给我,好吗?小美愣了一下,再也没有想到先生肯用"嫁"这个词。好在小美知道"嫁"是怎么一回事,她站在原地,开始解,所有的衣物都掉在了地毯上。小美的头发挂下来了,两只胳膊也挂下来了。作为女人,从头发到脚指头,她一样也不缺。小美说,我都带来了,你娶走吧。先生没有把小美拉上床,却把小美拉进了卫生间。他打开了香槟。香槟的泡沫跟射精似的,蓬勃而又无所顾忌。喝过交杯,先生又送了小美一件结婚的礼物,是香奈尔。小美就穿着香奈尔和先生走向婚床了。这个婚礼是多么的特别,简短而又浪漫,真的是出奇制胜。不过,事后想起来,小美其实就是被一朵玫瑰、一杯香槟和一瓶香水娶走的。还是便宜了。小美在心里头笑笑,男人哪,不想浪费就肯定浪漫。

不过先生倒不是一个吝啬的人。除了婚礼,先生的手面还算大方。一句话,在金钱方面,先生从来没有亏待过小美。先生有家,在浙江,有生意,也在浙江,去年年底才把生意拓展到南京来的。"生意到了南京,在南京就必须有个家。"先生是这样说的,也是这样做的,他就用一朵玫瑰、一杯香槟和一件香奈尔把小美给娶回来了。

上床之前还发生了一件事,小美突然哭了。她光着,先生也光着,先生就这样把小美搂在了怀里。小美说:"往后我怎么称呼先生呢?"先生吻着小美的腮,脱口说:"就叫我先生。"先生这个词好,好就好在暧昧,既可以当丈夫用,也可以当男人用,还可以当嫖客用,复杂了。小美的下巴架在"先生"的肩膀上,决定哭一会儿,眼泪一直滚到先生的锁骨上。先生托住小美的下巴,眼睛眯起来,脑袋拉得远远的,盯着小美看。还没等先生开口,小美却先笑了,她用腮部蹭了蹭先生的下巴,轻声说:"先生你再惯我一会儿吧。"先生比小美大二十岁,这是他应该做的,也是小美应该得到的。

有一件事小美一直瞒着先生,在认识先生之前,小美在外面做过的,也就是五六个月。小美做得并不好,一直都没什么生意。小美自己也不知道为什么,说出来都有点滑稽——小美能够接受的只有回头客,这生意还怎么做呢?妈咪是一个比小美小十七个月的女孩子,和小美的关系始终都不错。妈咪说:"你呀,你连牌坊的钱都挣不回来。"小美只有苦笑。生人也不是不可以,可以的,她就是觉得生人脏,还疼。说到底小美这样的女孩子是不适合捧这么一只饭碗的。

小美下决心"不做",固然是遇上了先生,另一个秘密也不能不说。就在最后的一个月,她接待了一个很特别的小伙子。之所以很特别,一是他的年纪,肯定是学生,不是大三就是大四;

二是他的长相,小伙子实在是太干净、太斯文了,极度地害羞。小美一眼就看出来了,是个菜鸟,不是头一遭就是第二回。小美觉得见过这个人的,却想不起来,也没工夫去想了。那个夜晚真的很动人,小伙子搂着小美,是柔软和卑微的样子,他的脸庞一直埋在小美的乳沟里,反反复复地说:"你答应我吧,你答应我吧。"这有什么答应不答应的,小美必须要答应。可小伙子什么也不干,光流泪,眼泪和鼻涕都沾在小美的乳房上,只是重复那两句废话。小美知道了,这是一个受了伤的家伙,他要的不是小美的硬件,而是小美的系统。小美很奇怪,她的乳房一直是有洁癖,向来都容不下半点黏稠的东西,小美就是不觉得他的眼泪和鼻涕脏。小美就搂着他的脑袋,哄他,她一口又一口地、一遍又一遍地说:"我答应你。"小美说:"我答应的。"

除了流泪,除了"你答应我吧",除了"我答应你",这个晚上小美几乎没有付出体力,他们什么也没做。这笔买卖太划算了。可是,从后来的情况来看,似乎也不划算。小伙子在离开之前要了小美的手机号,小美给了他。他捧起小美的脸,脸上的神情严肃得吓人了,是至真与至诚。小伙子说:"答应我,等着我,我明天就给你打电话。"

小美怎么可能等待他的电话呢?笑话。但是,小伙子留下了一样东西,那就是小伙子的神情,那神情是严肃的,庄重的,至真,至诚,吓人了。小美自己也不愿意承认,一闲下来她就不由自主地追忆那张脸,她怀念的居然是他的严肃,还有他的庄重,搞笑了。小美其实还是等他的电话。小美当然什么也没有等到。小美就觉得自己一不小心"怀"上了,不是肚子怀上了,是心怀上了。她还能做什么？只能等。等待是天底下最折磨人的一件事，小美摊上了。小美就点起薄荷烟，眯起眼睛，一个人笑，笑得坏坏的，很会心的样子，很淫邪的样子，很无所畏惧的样子，敢死。说到底又没有什么东西需要她去死。这就很无聊了，还无趣，很像薄荷。小美从来没有把这个故事说给任何一个姐妹听，连妈咪都没有。小美的心就这么怀上了，连堕胎的医院都没有找到。

嫁到东郊不久小美就知道了，她"嫁"过来这笔买卖又亏了，亏大发了，难怪先生在金钱问题上没有和她计较。先生娶她是为了生儿子的。先生在南京和波士顿受过良好的教育，在求婚这个环节上，先生很波士顿；一旦过上了日子，他浙江农民的天性就暴露出来了——钱越多，越渴望有儿子。先生在浙江有三个女儿，他的太太却说什么都不肯再生了。不生就不生，太太不生，他生，反正是一样的。

先生不好色。他在"外面"从不招惹女人。作为这个方面的行家，小美有数。先生还是一个精确的人，一个月来一次，每一次都能赶上小美"最危险"的日子。小美知道了，先生在意的不是和小美做爱，而是和小美交配。

小美却不想怀。她在皇家别墅苑见过大量的、"那样的"小男孩，他们聪明、漂亮。他们的目光快乐而又清澈。不过小美是知道的，总有那么一天，他们的目光会忧郁起来、暗淡下去。一想起这个小美就有些不寒而栗。

小美也不能不为自己想。一旦怀上了，她的出路无非就是两条：一、拿着钱走人；二、先做奶妈，拿着更多的钱走人——她小美又能走到哪里去？无论她走到昆明还是长春，约翰内斯堡还是布宜诺斯艾利斯，她的身后永远会有一双聪明而又漂亮的眼睛，然后，这双眼忧郁起来了，暗淡下去了。那目光将是她的魂，一回头就看不见了。

也许还有第三条路，这第三条路可就愈发凶险了，她小美凭什么一下子就能怀上儿子？完全可能是一个女儿，这就是为什么先生和她的契约不是一年，而是三年。奥妙就在这里。

小美是谁？怎么能受人家的摆布？小美有这样一种能力：她能把每一次交配都上升到做爱。为了蛊惑先生，小美在床上施展了她的全部才华，比她"卖"的时候更像"卖"。书到用时方恨少啊。她的体态是痴狂的，她的呻吟乃至尖叫也是痴狂的，很专业。她是多么的需要他，已经爱上他了。先生很满足。满足也没有什么不对，满足给了先生奇异的直觉：这一次"一定是儿子"。

为了给先生生一个"最健康""最聪明"的"儿子"，小美补钙，补锌，补铁。她还要补维生素 A、B、C。当着先生的面，小美在早饭之前就要拿出药物来，吃花生米一样，一吞就是一大把。聪明的人时常是愚蠢的，在南京和波士顿受过良好教育的先生怎么也想不到，维生素里头夹杂着避孕药。小美一直在避孕。一夫当关，万夫莫开。小美的小药丸能把先生的千军万马杀他个片甲不留。

"我是个坏女人。"卧在先生的身边，小美这样想，"我是对不起先生的。"

先生就是先生。先生有先生的生意,先生有先生的家。事实上,先生给小美的时间极其有限,每个月也就是四十八小时。四十八个小时之后,先生就要拖着他的拉杆箱出发了,这一来小美在东郊的家就有点像飞机场,一个月只有一个往返的航班。先生每一次降落小美都是高兴的,说到底,她也要;一起飞小美就只剩下一样东西了,二十八天或二十九天的时间。二十八天或二十九天的时间是一根非常非常大的骨头,光溜溜的,白花花的。小美像一只蚂蚁,爬上去,再爬下来,缠绕了。一般来说,蚂蚁是不会像狗那样趴下来休息的。小美都能听见蚂蚁浩浩荡荡的呼吸。

白天还好,比较下来,黑夜就不那么好办。黑夜有一种功能,它能放大所有的坏东西。到处都是独守空房的女人,到处都是死一般的沉寂。皇家别墅苑,名副其实了,果然是皇家的派头,一大群嫔妃,却永远也见不着"皇帝"。偶尔有一两声犬吠,很远,没有呼应,仿佛扑空了的坠落,像荒郊的寥落,也像野外的静谧。史前的气息无边无沿。

都说这是一个喧闹的世界,纷繁,浮华,红尘滚滚,烈火烹油。小美一个人端坐在子夜时分,她看到的只是豪华的枯寂。

小美突然就想到了狗。无论如何,她需要身体的陪伴。狗有一个不容忽视的特征,它有身体,它附带还有体温。泰迪的智商极高,在所有的犬类中泰迪的智商排行第三;泰迪不仅有出众的智商,它还有温暖的情商,它黏人,它极度在意主人对它的态度,它要抱,它要摸,如果可能,它还要与主人同枕共眠。一旦你忽略了它,它的心思就会像它的体毛那样软绵绵地卷曲起来。泰迪干得最出色的工作就是和你相依为命。

就是泰迪了,就是它了。小美把她的申请报告发送到先生的手机上。先生叫她"听话","别闹",他在谈"正事"呢。小美不听,她就是不听话,就是要闹。小美平均五分钟就要给先生发一条短信,所选用的称呼分外妖娆:一会儿是老板,一会儿是老公,一会儿是爸爸。小美的最后一条短信是这样撒娇的:

爸爸:

　　我是你的儿子泰迪,我要妈妈。

永远爱你的儿子

先生到底没有拗得过小美,他在高雄开心地苦笑,那是中年男人最开心的苦笑,终于还是妥协了。他在高雄打开了电脑,决定在网上定购。但小美是有要求的,要"儿子",不要"女儿"。小美早就铁了心了,只要是性命,小美就只会选择男的、公的、雄的,坚决不碰女的、母的、雌的。

泰迪进了家门才六七个月,先生突然不来了。小美的日子过得本来就浑浑噩噩的,对日子也没有什么概念。小美粗粗估算了一下,先生的确"有些日子"没在皇家别墅苑露面了。先生不来,小美也和他"闹",但这个"闹"并不是真的"闹",它属于生意经,不是让先生生气,而是让先生高兴。说到底,先生真的不来小美其实也无所谓的,她的手上有先生给她的中国工商银行的银联卡。银联卡就在她的手上，号码是370246016704596。在数字化时代，这是一组普通的、却又是神秘的数字。对小美来说，它近乎神圣。它就是小美，它也是先生。它是生活的一个终极与另一个终极，在这个终极和那个终极之间，生活呈现了它的全部——生活就是先生在某个时刻某个地点把一个数字打进这个数字，然后，小美在另一个时刻另一个地点把那个数字从这个数字里掏出来。这就是所谓的"数字化生存"，生活最核心的机密全部在这里。

意外到底还是发生了，它发生在银联卡的内部，换句话说，是数字。小美在ATM的显示屏上意外地发现了一件事，先生打过来的款项竟然不足以往的二分之一。小美在ATM的面前愣住了，脑子里布满了泰迪的体毛，浓密、幽暗、卷曲。没有一根能拉得直。

小美至今没有完成先生的预定目标，对先生这种目标明确的男人来说，他的这一举动一点也不突兀。既然小美没有给他回报，先生就没有必要在她的身上持续投资。他会转投小三，再不就转投小四。他这样富有而又倜傥的男人又何必担心投资的项目呢。这年头有多少美女在等待投资。小美拿着她的银联卡，银联卡微烫，突然颤抖了。事实上，银联卡没有抖，是小美的手抖了。

小美低下头，迅速离开了ATM。她的身后还有一串美女，她们正在排队。由于ATM正对着皇家别墅苑的大门口，到这里排队的清一色的都是女性，年轻，漂亮，时尚。她们彼此几乎不说话,说什么呢?什么都不用说的。无论她们的面孔和身段有多么大的区别,无论她们已经做了母亲还是没有做母亲,她们彼此都是透明的——每个人的腋下都夹着相同的剧本,一样的舞台,一样的导演,演员不同,如斯而已。

"当初要是怀一个就好了。"小美这样想。像她们这样的女人,有了孩子还是不一样,孩子是可以利用的。说到底她还是被自己的小聪明害了。一旦有了孩子,先生断不至于去投资小三、小四和小五的。

小美还没有来得及离开,爆炸性的场面出现了,队伍里突然响起了一个女人的尖叫。严格地说,是叫骂:"我操你妈,什么意思——你说!"手机时代就是可爱,一个女人可以站在大街上对着空气骂街,没有人认为她是疯子。

叫骂的女人是"傻叉",小美认识她。"傻叉"是整个皇家别墅苑里最漂亮、最招摇的一个女人。她有一个标志,进进出出都开着她的红色保时捷,高贵得很,嚣张得很。她偏偏就忘了,以她的年纪,以她的长相和打扮,她最不能开的恰恰就是保时捷,那等于向全世界宣告了她的真实身份——你还高贵什么、嚣张什么?小美在肚子里一直叫她"傻叉"。这一刻"傻叉"正站在ATM的面前,既不取,也不存,更不走,旁若无人。和小美一样,她的手上捏着一张颤抖的银联卡。口红在翻飞,"傻叉"对着她的手机十分艳丽地大声喊道:"凭什么只给这么一点点?你让我怎么活?"

"傻叉"对着手机仅仅安静了几秒钟,几秒钟之后,她再一次爆发了:"什么他妈的金融危机,关我屁事!让你快活的时候我有没有给你打对折？少啰嗦，打钱来！"

小美一开始其实并没有听懂，后来，突然就懂了，这一懂附带着就把自己的处境弄明白了。金融危机，她在 CCTV 上看过一期专题报道，名字像阿汤主演的大片：华尔街风暴。小美没往心里去罢了。华尔街，它太遥远了，太缥缈了，近乎虚幻。小美怎么会把华尔街和南京的东郊联系起来呢？又怎么能把它和自己联系起来呢？那不是疯了么。风暴来了，就在南京，就在东郊，直逼小美的手指缝，砭人肌骨。小美一个激灵，这个激灵给小美带了一个触及灵魂的认识，她原来一直都生活在"这个世界"上。这是一个多么浅显的常识，几近深刻。她的肌肤感受到了常识的入木三分。

小美猜想先生不会真的在意这么几个钱。先生和所有做大事的人一样，他们只是讲原则。既然他的贸易要削减，他就必须在每一个细节上都要做削减。小美也是他的贸易，没有理由不做调整。先生没去投资小三、小四和小五，小美已经幸运了。回到家，小美做了几下深呼吸，拨通了先生的电话。小美没有谈钱的事，她不可能在这三年里头把一辈子的钱都挣回来，这是明摆着的事情。小美反过来只是想关心他一下，无论如何，先生对自己还是不错的，他不欠自己，要说欠，小美欠先生的可能还要更多一些。在和先生的关系里头，她小美毕竟暗藏着损招。小美和先生也没有聊得太多，只是问了问他的身体，她告诉先生，太累了就回来一趟，"我陪你散散心"。说这话小美是真心的，一出口，小美突然意识到心里头摇晃了一下，似乎有点动情了。小美就咬住了上嘴唇,吮了两下,随后就挂了。挂了也就挂了,遛狗去。泰迪的运气不错,嗨,还遇上了阿拉斯加。

　　小美并没有沮丧,相反,她的生活热情十分怪异地高涨起来了。小美把自己的生活费用做了一番精简,能省的全部省去——泰迪那一头却加大了投入。再穷也不能穷孩子。

　　大学时代小美的专业是幼儿教育,以专业的眼光来看,她现在的"职业"和幼儿教育显然是不对口了。不对口又有什么关系? 生活里头哪里有那么多的对口? 她培养和教育泰迪的热情反正是上来了,迅猛,古怪,偏执。她是母亲。

　　小美给泰迪做了一次美容,除了头顶,泰迪的体毛被剃了个精光。小美亲手为泰迪做了一只蝴蝶结,戴在了泰迪的脖子上。现在,泰迪几乎就是一个小小的绅士了。光有绅士的仪表是不够的,小美要从习惯和举止上训练它。她教它握手,作揖,还有鞠躬。她一定要让她的泰迪彬彬有礼。为了激励它,小美买了最好的法国食品,无盐香肠,牛肉干,鸡肉块和羊肉条,同时还补钙,补维生素、发毛剂。小美每天要在泰迪的身上花上七八个小时,寓教于乐,奖惩分明。小美一再告诫自己:狗不教,母之过,教不严,师之惰。再穷也不能穷教育。

　　小美很享受自己的激情。她改变了她和泰迪的关系,她认定了一件事,泰迪和她不是狗与主人,是孤儿与寡母。很悲凉、很顽强、有尊严。她为此而感动。寂寞与清贫像两只翅膀,每天都带着她在悲剧氛围里飞翔——再舒适的物质生活也比不上内心的戏剧性。

小美在泰迪的身上付出了她全部的爱,从最终的结果来看,小美的教育成效并不大。泰迪很不争气,它的心思越走越远了。不知道从什么时候开始,它的心纠缠到一条不知道姓名的母狗上去了。那条妖荡的、不知姓名的母狗在草地上留下了一泡尿,它是荡妇。泰迪一下楼就要扑到那泡尿的旧址上去,用心地嗅。嗅完了,它就四处看。草地上空空荡荡,泰迪就茫然四顾,它遥望的眼神孤独而又忧伤。泰迪就四处散发它的名片,也就是小便,结果极不理想,它一直没有机会遇上那条妖荡的、不知道姓名的荡妇。它的爱情既没有开始也没有终结,仅仅是一种没头没脑的守望。

　　夜里头不能遛狗,小美就检讨自己短暂的人生。小美的一切其实都挺好。她所过的并不是自己"想过"的日子,说白了,也不是自己"不想过"的日子。一句话,小美现在所过的是自己"可以过"的日子。人生其实就是这样的。

　　有没有遗憾呢?有。说出来都没人信,小美到现在都没有谈过恋爱,一次都没有。小美想起来了,她"似乎是"谈过的——可是,那算不算恋爱呢?小美却没有把握。小美的"疑似恋爱"发生在大学三年级的那个暑假,作为教育系的优等生,小美参加了校团委举办的社会实践。社会实践的内容是暴走井冈山。小美记得的,她每天都在爬山,每天都在走路,累得魂都出了窍。

　　小美的"疑似恋爱"发生在最后一个夜晚,经过四个半小时的急行军,整个团队已经溃不成军了,每个人都昏头昏脑。他们来到了一间大教室。大教室里很暗,地上铺满了草,草上拼放着马赛克一样的草席。一进教室,所有的人都把自己撂在了草席上。带队老师用他的胳膊撑住门框,严肃地指出,这是一堂必修课,今晚我们就睡在地上。

带队老师的动员显然是多余了,谁还在乎睡在哪儿?能把身子骨放平就行了。几乎就在躺下的同时,小美已经睡着了。在小美的记忆里,那是她有生以来最为深沉的一觉,和死了一模一样。这个深沉的、和死了一模一样的睡眠一直持续到第二天的天亮。天刚亮小美就醒来了,浑身都是疼。她望着窗前的微光,一点也想不起来自己是在什么地方了。她把头抬起来,吃惊地发现自己的身边黑压压的都是人,横七竖八,男男女女,像一屋子的尸首。这一来小美就想起来了。几乎就在想起来的同时,小美意外地发现他居然就睡在自己的头顶,脑袋对着脑袋,差不多就是另一种形式的同床共枕了。他非常安静,还在睡。天哪,天哪! 他可真是——怎么说呢,只能用最通俗的说法了——每一个女同学心目中的白马王子,小美怎么能有这样的好运,居然能和他同枕共眠了一个整夜。

他连睡相都是那么俊美,干干净净,有些斯文。小美就趴在草席上,端详他,看着他轻微的、有节奏的呼吸。小美调理好自己的气息,慢慢地,他们的呼吸同步了;慢慢地,他们的呼吸又不同步了。小美年轻的心突然就是一阵轻浮,悄悄抽出一根稻草,戳到他的鼻子上去了。虽说轻浮,小美自己是知道的,她并不轻浮,她的举动带有青梅竹马的性质。他的鼻翼动了动,终于醒来了,一睁开眼就吓了一大跳,一个女孩的脸正罩在自己的脸上。

他就目瞪口呆。他目瞪口呆的样子太可爱,小美就张大了嘴巴,大笑,却没有声息,他愣了一会儿,也笑,一样没有声息。这一切就发生在凌晨,新鲜、清冽、安静、美好。一尘不染、无声无息。

笑完了,他翻了一个身,继续睡。小美也躺下了,继续睡。她没有睡着,身子蜷起来了,突然就很珍惜自己,还有别的。也有些后悔——昨天一夜她要是没有昏睡就好了,那可是一整夜的体会啊,同床共枕,相安无事,多好啊。

女孩子真是不可理喻,到了刷牙的时候,小美知道了,自己恋爱了。不要提牙膏的滋味有多好了,仿佛没有韧性的口香糖,几乎可以咀嚼。开学后的第一个星期五,小美开始了她的追求。他很礼貌地谢绝了。话说得极其温和,意思却无比坚决:这是不可能的。小美的"恋爱"到此为止。

两年之后小美曾给他发过一封电子邮件,他已经在市政府,听说发型变了,现在是三七分。小美怕他忘了,特地在附件里捎上了一张黄洋界的相片。她用极度克制的口吻问:"老同学,没把我忘了吧?"其实,小美也没有别的意思,无非就是叙叙旧。她就是珍惜。

他是这样回答小美的,语气斯文,干干净净:"没有忘,你是一个好同志。"

小美即刻就把这封邮件永远删除了。想了想,关了机。又想了想,把电源都拔了。

遛狗的人就是这样,一旦认识了,想躲都躲不掉。下午三四点钟的样子,小美在一块巨大的草地上和"阿拉斯加"又一次遇上了。这是他们第几次见面了？小美想了想，该有三四次了吧。泰迪和阿拉斯加已经亲热上了，因为有了前几次的经验，小美似乎并不那么窘迫了。嗨，狗就是狗，它们爱干什么就干什么吧。

这块草地有它的特点，不只是大，远处还长着一圈高大茂密的树，像浓密的壁垒，郁郁葱葱的，郁郁葱葱的上面就是蓝天和白云——到底是南京的东郊，还是不一样，连植物都有气息，是皇家园林的气派，兼加民国首都的遗韵。开阔的草地一碧如洗，却没人。小美想了想，今天是星期一，难怪了。小美天天在东郊，即便如此，她在草地上还是做了一次很深的深呼吸，禁不住在心底赞叹，好天气啊，金子一般。

泰迪的匆忙是一如既往的，小美和小伙子却开始了他们的闲聊。他们聊的是星相、血型，当然还有美食，很八卦了。到后来小美很自然地问了小伙子一些私人性质的问题，这一来小美就知道了，小伙子就是南京人，刚刚大学毕业，一时没有着落，还漂着呢。就这么东南西北游荡了一大圈，小美有些累，在草地上坐下了，小伙子也坐下了。小美用两条胳膊支撑住自己，仰起头，看天上的太阳，还有云。太阳已经很柔和了，适合于长时间的打量。云很美，是做爱之后的面色。草地到底是草地，和别处不同，站在上面不觉得什么，一旦坐下来，它温热的气息就上来了，人就轻，还很慵懒。小美闭上了眼睛，似乎是想了一些什么，想了好长的时间。小美突然睁开眼，回过头来，对小伙子说："我请你睡觉吧。"小伙子斯斯文文的，愣了一下，脸上的颜色似乎有些变化。小美笑起来，说："不要误会，是睡'素觉'，就在这儿——你睡在我的顶头，怎么样？"小伙子明白了，是不情愿的样子。小美一心要做成这笔买卖,果断地伸出一只手,张开了她的手指,给小伙子看。只是一个"素觉",几乎就是一个天价了。小伙子看了看小美的五根手指头,又看了看小美的脸,终于说:"脑袋对着脑袋是吧?"躺下了,小美也躺下了。躺在草地上真是太舒服了,草地被晒了一天,绵软和蓬松不说,还有一股子蓬勃的气味。天是被子,地是床,是年轻的豪迈。为了配合这种舒适,小美睡得极端正,脚尖呈倒八字,两只手交叉着放在腹部,远远地看过去,小美就是一具年轻而又光荣的尸体。

　　小美没有想到自己居然就睡着了。大概七八分钟的样子。睁开眼,小美顿时就感到了一阵神清气爽,是神、清、气、爽啊,太轻松、太满足了,暖洋洋的,还痒戳戳的。小美从来没有体会过这样的一种大舒坦和大自在,这里头那种说不出来的宁静、美好与生动。小美很想再一次重温一下"睡着了"的好感受,怎么也想不起来了。唉,好睡眠就是这样,你无法享受它的进程。小美翻了一个身,这一翻就把她吓了一大跳,身边还躺着个小伙子呢。他的睡相是那样的英俊,干干净净,斯斯文文的。小美挪动了一下身子,她的脸几乎就把小伙子的脸给罩住了。小美说:"我请你接吻吧。"小伙子的嘴角动了动,显然,他并没有睡着,他在装睡。小伙子并没有立即表态,小美就再一次躺下了。小美躺下之后小伙子却翻了个身,他的脸和小美的脸挨得非常近,他们相互看,有了亲吻的迹象。这时候小美的余光看到了一样东西,是小伙子的一只手,它张开了,一共有五个手指头。

2009 年第 10 期《人民文学》

1975年的春节

　　我们乡下人把腊月底的暴风叫做黑风,它很硬、很猛、很冷,棍子一样顶在我们的胸口。怎么说我们的运气好的呢,就在腊月二十二的中午,黑风由强渐弱,到了傍晚,居然平息了,半空中飞舞的稻草、棉絮、鸡毛、枯树叶也全部回落到了地上。我们村一下子就安静了。

　　这安静是假象。我们村还是喧闹,——县宣传大队的大帆船已经靠泊在了我们村的石码头啦。还没有进腊月,大帆船要来的消息就在我们村传开了,人们一直不相信,——四年前它来过一次。刚刚过去了四年,大帆船怎么可能再一次光临我们村呢? 就在两天前,消息得到了最后的证实,大帆船会来,一定会来。没想到黑风却抢先一步,它在宣传队之前敲起了锣鼓。大帆船它还来得了么?

　　人们的担忧是有道理的。这就要说到我们村的地理位置了。我们村坐落在中堡湖的正北,它的南面就是烟波浩渺的中堡湖。这刻儿大帆船在哪里呢? 柳家庄,该死的柳家庄偏偏就在中堡湖的正南。黑风是北风,这一点树枝可以作证,波浪也可以作证,大帆船纵然有天大的本领,它的风帆也不可能逆风破浪。

　　我们没有想到的是，人定胜天。公社派来了机板船。大帆船摇身一变，成了一条拖挂，就在腊月二十二的一大早，它被机板船活生生地拖到了我们村。大帆船到底来了，全村的人都挤到了湖边。——大帆船还是那样，一点都没有变。我们村的人对大帆船的记忆是深刻的，就在四年前，在一场美轮美奂的演出之后，它扯起了风帆，只给了我们村留下了一个背。巨大的风帆被北风撑得鼓鼓的，最终成了浩渺烟波里的一块补丁，准确地说，不是补丁，是膏药。四年来，这块膏药一直贴在我们村的心坎上，既不能消炎，也没有化淤。

　　我们同样没有想到的是，在人定胜天之后，天还遂了人愿。演出之前，黑风停息了。有没有黑风看演出的感受是完全不一样的——，演员们必须背对着风，要不然，演员们说什么、唱什么，你连一个字都别想听清楚。看演员张嘴巴有什么好看的呢，谁的脸上还没有一个热气腾腾的大黑洞呢？演员背对风，观众就只能迎着风，这一来看演出就遭罪了，黑风有巴掌，有指甲，抽在人的脸上虎虎生威。这哪里还是看演出，简直就是找抽。乡下人怕的不是冷，是风，一斤风等于七斤冷呐。

　　因为腊月二十二日的演出，我们村的年三十实际上提前了。黑风平息之后，村子里万籁俱寂，这正是一个好背景。锣鼓被敲响了，说起鼓，就不能不说牛皮。牛皮真是一个十分奇妙的东西，当它长在牛身上的时候，你就是把牛屎敲出来它也发不出那样愤激的声音，可是，牛皮一旦变成鼓，它的动静雄壮了，可以排山，可以倒海，它的余音就是浩浩荡荡，仿佛涵盖了千军万马，真是"鼓"舞人心哪。在鼓声的催促和感召下,我们村的人特别想战斗,做烈士也就是想死的心都有。除了没有敌人,我们什么都准备好了。——女声小合唱上来了,男声小合唱上来了,接下来,是男女对唱、数快板、对口词、三句半。意思其实只有一个,我们不缺敌人,我们缺的是发现。所以,我们不能麻痹。我们还是要战斗。要战斗就会有牺牲,一句话,我们都不能怕死。过春节其实是有忌讳的,最大的忌讳就是死。可我们不忌讳。虽说离真正的春节还有七八天,然而,我们已经度过了一个纯洁的、革命的和敢死的春节。我们是认真的。

上了年纪的人都知道,黑风往往只是一个前奏,也是预兆。在风平浪静之后,接下来一定会降温,迎接我们的必将是肃杀而又透彻的酷寒。腊月二十三,这个本该祭灶和掸尘的日子,我们村的人发现,所有的水在一夜之间全都握起了拳头,它们结成了冰。最为壮观的要数中堡湖的湖面了,它一下子就失去了烟波浩渺和波光粼粼的妩媚,成了一块辽阔而平整的冰。经过一夜的积淀,空气清冽了,一粒纤尘都没有。天空清朗,艳阳当照。在碧蓝的晴空下面,巨大的冰块蓝幽幽的,而太阳又使它发出了坚硬刺目的光芒。一切都是死的,连太阳的反光都充满了蛮荒和史前的气息。

宣传大队的大帆船没有走。它走不了啦。它被冰卡住了,连一艘大帆船本该拥有的摇晃都没有,仿佛矗立在冰面上的木质建筑。这样的结局我们村的人没有想到,也没敢想。雨留不住人,风也留不住人,冰一留就留下了。

我们村的人振奋了，其实也被吓着了。——这样的局面意味着什么呢？意味着解冻之前我们村在春节期间天天都可以看大戏。事实上我们高兴得还是太早了，除了二十二夜的那场演出，宣传大队再也没有登过一次台。演员们的心已经散了，他们眺望着坚硬的湖面，瞳孔里全是冰的反光。因为回不了家，他们忧心忡忡，他们的面庞沮丧而又绝望。大帆船里没有动静，偶尔会传出吊嗓子的声音，也就是一两下，由于突兀，短促，听上去就不像是吊嗓子了，像吼叫，也像号丧。

　　午饭过后大帆船里突然走出来一个人，是一个女人。她像变戏法似的，自己把自己变出来了。大帆船昨天一早就抵达了我们村，谁也没有见过这个女人，甚至连昨天晚上的演出她都没有露过面。她是从哪里冒出来的呢？女人来到船头，立住脚，眯起眼睛，朝冰面上望了望，随后就走上了跳板。伴随着跳板的弹性，她的身体开始颠簸。因为步履缓慢，她的步调和跳板的弹性衔接上了，——这哪里还是上岸，这简直就是下凡。一般说来，下凡的人通身都会洋溢着两种混合的气息，一是高贵，二是倒霉。她看上去很高贵，她看起来也倒霉。但是，无论是高贵还是倒霉，只要一露面，这个女人必定给人以高调出场的意味。旁若无人。她的手上提了一张椅子，她在岸边徐步走来。她往前每走一步身边的孩子就往后退一步。

　　女人就把椅子搁在了地上，笃笃定定地坐了上去。她已经晒起了太阳。为了让自己更享受一点，她跷起了二郎腿，附带着把军大衣的下摆盖在了膝盖上。然后，开始点烟。当她夹着香烟的时候，她的食指和中指绷得笔直，而她的手腕是那样的绵软，一翘，和胳膊就构成了九十度的关系，烟头正好对准了自己的肩膀。她这香烟抽的，飞扬了。她不看任何人，只对着冰面打量。因为眼角是眯着的，眼角就有了一些细碎的皱纹，三十出头了吧。但她的神情却和宣传大队的其他人不同，她的脸上没有沮丧，也没有绝望，无所谓的样子。她只是消受她的香烟，还有阳光。

吸了四五口，或许是过了烟瘾了，女人突然动了凡心，关注起身边的孩子来了。她把清澈的目光从远处的冰面上收了回来，开始端详孩子们的脸。她的脖子和脑袋都没有动，只是缓慢地挪动她的眼珠子。动一下，停一下，一格一格的。女人的眼睛突然在她左侧小女孩的脸上停住了，这一停就是好长的时间。小女孩叫阿花，六岁，我们村民办教师吴大眼的女儿。阿花被女人盯着，有些胆怯。女人把烟头在椅子上摁了两下，装进军大衣的口袋，伸出胳膊，一把抓住了阿花的手腕，一直拽到两条腿的中间。女人用她的两条大腿夹住阿花，把她的两只中指伸得直直的，顶在了阿花的太阳穴上，一左一右地看。最终，打定主意了。她从军大衣的口袋里掏出了几只圆圆的小盒子，还有笔，开始在阿花的脸上画，每一个手指都非常快。我们村的人不知道湖边发生了什么，但是，我们村的人有一个特点，不愿意落下任何事情。这一来围观的人多了。里三层、外三层，人们亲眼目睹了一个奇迹，——民办教师吴大眼六岁的女儿被大帆船上的陌生女人变了戏法，变漂亮了，成了另外一个女孩子。她眨眼的时候居然有声音，啪嗒啪嗒的。阿花怎么会这么漂亮的呢？她瞒过了所有的人，她的爸爸和妈妈都给她瞒过去了。

但是，女人就是不满意。她在修正，这里添一点，那里减一点。还时不时把阿花拽到自己的嘴边，用她的舌尖舔去那些不满意的部分。在阿花的脸上，女人拿自己的舌头当作了抹布。这个出格的举动让阿花很别扭，阿花极度地不自在。在围观的人堆里，阿花开始挣扎，眼眶里都有了泪光。因为挣不脱，阿花对着女人的脸庞突然吐了一口。唾沫挂在了女人的眉梢上，阿花就这么逃脱了。女人望着阿花的背影，一点也没有生气，既不惊慌，也不失措，抿着嘴，只是微笑。一边笑一边把脖子上红色的围巾取下来，很安详地在那里擦。她的模样使我们村的人相信，她早就习惯别人对着她的脸庞吐唾沫了，如果你愿意，你完全可以把她好看的脸庞当作一个微笑的痰盂。

实际上这个女人的微笑并没有持续太久，她的身上冒起了青烟。青烟越来越浓，最终蹿出了火苗。青烟其实已经冒了一阵子了，没有人往心里去罢了。真到了起火的时候，人们这才想起来，是她的烟头让她自己失火了。女人显然也意识到了这一点，这个发现让她开心，她不再是微笑，都笑得咧开嘴巴。这一笑坏了，我们村的人看到了她的牙，她的每一颗牙齿上都布满了焦黄的烟垢。她不再是下凡的仙女。她开始灭火，她的巴掌镇定地、缓慢地拍向军大衣的口袋，仿佛掸去身上的灰尘。我们村的人知道了，即使她的整个身躯都被熊熊大火裹住了，她的手脚也不会忙乱，着了就着了呗，死得不挺暖和的。

冰冻三尺，非一日之寒。这句话也可以反过来说，冷的日子久了，冰块将会抵达令人震惊的厚度。也就是几天的工夫，中堡湖里的冰块结实了,像浮力饱满的石头。

中堡湖热闹起来。湖面不再是湖面,它成了狂欢的广场。我们村的大人和孩子差不多全都集中到了冰面上,甚至连一些上了岁数的人都凑起了热闹。在冰面上行走是一件令人愉快的事,它给人一种错觉,每个人都觉得自己是水上漂。聪明一点的人甚至产生了这样的想法,——冰冻是好事,它能将世界串联起来,因为冰,世界将四通八达。的确,冰应当得到推广和普及,人类最理想的世界就是到处结满了冰。

大白天永远是平庸的。到了夜里头,中堡湖的湖面上迎来了壮丽非凡的气象。无论1975年的年底是多么地贫穷,家境富裕的人家毕竟还有。家境富裕有一个重要标志,那就是家里有手电筒。冰封的日子里所有的手电筒都一起出动了,不只是我们村,沿岸王家庄、张家庄、柳家庄、高家庄、徐家庄、李家庄的手电筒一起汇集在了冰面的四周,手电筒的光是白色的,冰是白色的,而夜晚却一片漆黑,这是一部活生生的黑白电影,光柱把黑夜捅烂了,到处都是白色的窟窿。我们的世界绚烂了,凄凉了;也繁华,也萧索,非常像战乱。

大勇和大智是一对孪生兄弟,他们家没有手电,他们没有资格走进黑白电影。差不多就在最后一个手电筒撤退之后,兄弟俩提着他们的马灯,悄悄出现在了中堡湖的冰面上。他们是来钓鱼的。北方的冰期长,所以,北方人很早就掌握了冰窟窿里钓鱼的技术,这样原始的技术南方人反而不知道。但大智是知道的。大智读书。书上说,冰底下缺氧,哪里有窟窿哪里就有氧气,哪里有氧气哪里就有鱼。

书上的话是不是真的，大智其实也没有把握。可大智没有选择。眼见得就是大年三十了，他们家连一块鱼鳞都还没有看到。大年三十的餐桌上可以没有猪肉，可以没有豆腐，却不能没有鱼。有鱼就是"有余"，它是好彩口，暗含着祝福与希望。无论日子有多穷，在大年三十的晚上"有余"一下，放在哪里都是一件好事情。

　　大勇带了一只斧头，还有一把凿子，跟在大智的屁股后头往湖中心走。离开岸才八九十步，大勇胆怯了，毕竟是黑夜里的冰面上。大勇说："别走了吧，就在这里凿。"一斧头下去，大勇的手滑了，斧头贴着冰面滑向了远方。冰实在是一个美妙的东西，它发出来的声音玲珑而又悠扬，反而把大勇吓了一大跳。大勇这个人就这样，所有好看、好听、好玩的东西都能把他吓一跳，有时候连好吃的东西都会把他吓着了。他在吃豆腐的时候就有这毛病，眼睛老是发直。好在他一年也吃不了几回。如果每天都吃，每天都是春节，大勇这孩子一定会得羊角风的。

　　大勇凿出来的第一个窟窿足足有一口锅那么大。大智说："费那么大劲，你凿那么大做什么？一半就足够了。"大勇压低了声音说："窟窿大，鱼就大。"

　　但是，问题又来了。钓鱼的绳子拴在哪里呢？大勇提起马灯照了照，冰面上居然没有一棵树。大勇苦恼了。大智把绳子放在水里蘸了蘸，随手丢在了冰面上。大勇说："得拴在什么地方。"大智说："拴上了，水把它拴在冰上呢。"

　　大勇一口气开了十一个窟窿，就在打算歇口气的光景，大勇不动了。大勇直起身子，拽了拽大智的胳膊。大智回过头，突然看到了一样东西，一个猩红色的亮点。似乎很近，似乎又很远，一点把握都没有。也就是闪了那么一下，猩红色的亮点却又没了。冰面上黑咕隆咚，天空中黑咕隆咚。马灯就在大勇的脚边，但是，它的灯光只够在冰面上划一个圆圈，这就是说，马灯照亮的只能是自己，而不是远方和别人，这就让人心里头没底了。兄弟俩在这个时刻多么希望自己能有一把手电，他们对视了一眼，说时迟，那时快，猩红色的亮点再一次闪光了，这一次红得格外艳。大智本想走上去看看的，被大勇一把拽住了，大勇说："还是走吧。"

饥不择食，贫不择妻。比这更严重的就是慌不择路。就因为短暂的慌张，大勇和大智在冰面上迷路了。头上是黑漆漆的天，脚下是白花花的冰，他们彻底失去了参照。亏了年轻，亏了昨晚上吃得足，他们总算没有被冻僵。天亮之后，他们依靠大帆船的桅杆找到了村庄，他们其实并没有走多远。他们自以为走遍了千山万水，其实，他们只是在家门口溜达了一夜。迷路的人往往就是这样，他们在前进，本能却让他们选择盘旋，等他们明白了过来，唯一的安慰就是尽力了，他们业已抵达起点，并有效地消耗了全部的能量。——好在昨天夜里的垂钓有了收获，十一只鱼钩居然钓着了九条鱼，三条鳞鱼，四条鲫鱼，一条草鱼，一条鲤鱼。这是振奋人心的。等他们收好鱼，半个太阳也出来了。这是一次神奇的日出，足以让大勇目瞪口呆——半个太阳摇摇晃晃，光芒无比鲜嫩，它们涂抹在冰面上，巨大的冰面一片酡红，整个世界一片酡红。分外妖娆。

就在这样的妖娆里，大智有了意外的发现，一把椅子孤零零地摆放在中堡湖的湖面上,它的背正对着大帆船。就在平整而又光滑的酡红里,这把椅子突兀了,散发出非人间的气息。大智估算了一下,椅子离冰窟窿的距离大概也就是四五十米。大智滑过去——,这是一把普通的椅子,左侧的冰面上丢了五六颗烟头,已经冻住了。这一看大智就全明白了,操他妈的,全是那个满嘴烟牙的女人做的鬼,她真是一个二百五,好好的大帆船她不呆,神神叨叨地来到冰天雪地里抽什么烟!要不是她的嘴里冒出鬼火,他和大勇也不至于有这一夜。——亏了没有下雪,要不然,他们弟兄俩真的就成了冻死鬼了。

女人再一次在大伙儿面前出现的时候已经是大年初一的上午了,依照惯例,村子里响起了爆竹的爆炸声。孩子永远是最聪明的,他们来到了湖面,他们把爆竹横在了冰面上,"嘣"地一声,爆竹贴着冰面滑行而去,然后,"啪"的一声,在很远的地方炸开了。大年初一真是一个晴朗的好日子,天气晴朗得不知道怎么夸才好。只是一顿饭的工夫,湖边的冰面上就面目全非了,黑色的爆炸点、红色的纸屑散落得到处都是。这正是春节的气象,像战后。芬芳的硝烟。血色的碎纸片。喜庆。苍凉。冰的坚硬反光。

大帆船的内部突然想起了一阵锣鼓,开始还有板眼,能听得出彼此的协作,也就是一会儿,锣、鼓、钵、镲相互间就失去了配合,成了声音与声音之间的混斗,——这哪里还是敲锣打鼓呢,听上去怒气冲冲。

女人就在这片杂乱的锣鼓声里走出了船舱。我们村的人终于知道了，这个女人的活动是被严格控制的，尤其是白天。她的双脚永远有一条看不见的镣铐。她之所以看上去那样"有派头"，是因为她虽然"想改"，但她"从小练的就是这个"，实在"改不掉"。和上一次不一样，这一次出舱她倒是没有拿腔拿调，从她行走的样子来看，她仿佛是有目的的，完成什么任务一样。她的身上还是那件军大衣，右侧的口袋边却有一个洞，周边都是烧焦的痕迹。脖子上是红围巾，左手则提着一张椅子。她把椅子放下来，对着冰面上的孩子们拍了拍巴掌，示意她们立队。她的举动意义不明，没有人知道她要干什么。但是，这个女人很快就让我们村的女孩子们知道她的意思了，她已经开始给第一个女孩子化妆了。周遭的女孩子们刚一明白就围了上来，她们很自觉地在女人的椅子面前站好了队，神色庄严，表情严肃，一点也不再害羞。第一个化好妆的女孩上岸了，她其实是显摆去的。一个女孩子的显摆往往具有不可思议的辐射力，它是最有效、最直接、最深入的宣传。我们村所有的女孩子、部分大姑娘、少许已婚妇女在第一时间得到了这个震撼人心的消息，她们没有犹豫，她们就是想揭开生命里最大的秘密——我会漂亮到何等地步。她们来到女人的面前，队伍越拉越长。

　　——这个大年初一独特了，我们村无限地妖魅。化了妆的女孩子们以一种史无前例的妩媚穿梭在巷口与巷口之间，她们像天外的来客，千树万树梨花开。她们是她们，但她们不再是她们，只有她们自己相信，这才是真正的她们。即便洗一次脸就足以让她们的生活回到从前，但是，那又怎么样呢，镜子与水缸会记得这一切。

民办教师吴大眼的女儿阿花到底还是出现了。她在大年初一的上午穿上了新褂子,虽然裤子和鞋子都是旧的,洗得却相当干净了。她其实不敢来,但是,在她得到消息之后,她小小的心坎里萌发了阻挡不住的愿望。她想再化一次妆。这个小小的愿望是一片小绿芽,却足以掀翻头顶上的石头。她来到了中堡湖,夹在人缝里,头都没敢抬。她在等,她的心思复杂了,主要是矛盾。阿花害怕那个女人,然而,阿花又必须走近那个女人。

女人其实已经看见阿花了,却装着没有看见。她甚至都没有看阿花一眼。她在忙。一张又一张俏丽的面孔在她的面前诞生了,消失了,又诞生了,又消失了。她的手是那样地利索,在我们村的女孩子看来,她的手鬼魅莫测,不只是扭转乾坤,还可以改天换地。阿花望着她的手,紧张得都想哭。

再有两个人就该轮到阿花了。女人长叹了一口气,丢下了手里的化妆盒。她点上一支烟,随后就把她的眼睛闭上了。她就那么闭着她的眼睛,睡觉那样,一口一口吸着手里的香烟。四五口之后,她把烟掐了,睁开了眼睛。眼睛一睁开她的目光就跳过了面前的两个女孩,直接找到了阿花,她在微笑。她的巴掌伸向了阿花,四只手指并拢起来,在往上翘。

阿花没敢动。女人就探过上身,拽住了阿花的袖口。阿花知道还没有轮到自己,不肯,屁股不停地往后拱。但是她忘了,她的脚下是冰。随着女人的拉扯,阿花一点一点滑过来了,她到底被女人拉到了面前。阿花前面的两个女孩显然没有料到这样的情形,她们很失望,嘟哝说:"该是我们了。"

女人没有听见。她耳中无人,她目中无人。到了这会儿我们村的人才知道,这个女人在大年初一的上午所做的一切都是假的,目的只有一个,把阿花招惹过来。女人把阿花夹紧之后就敞开了军大衣的衣襟,一下子就把阿花裹在怀里。她闭上了眼睛,上身开始摇晃。当她再一次睁开眼睛的时候,她的嘴巴对准了阿花的左耳。她的嘴唇在动。她在轻声地对耳朵说些什么。显然,她的号召没有得到阿花的响应,她就不停地重复。阿花又一次在她的怀里反抗了。阿花的反抗顿时就让女人失去了耐心,女人的嗓门突然大了,几乎就是尖叫。我们村的人都听见了,她对阿花说的是"叫!叫我妈妈"!

阿花显然被吓着了,这一次她没有吐唾沫,阿花对准女人的脖子就是一口,还好,没有出血。阿花又一次成功地逃脱了。和上一回不一样,阿花的这一口似乎让女人受到了沉重的一击,她高挑的眼角似乎掉落下来了。这个细微的变化使她的高贵只剩下百分之十,而倒霉的迹象在顷刻间就上升到了百分之九十。女人显然是不甘心的,她站了起来,一个滑步就追上阿花。她像老鹰捉鸡那样张开了翅膀,她拦在阿花的前头,终止了阿花上岸的企图。她的脸上已经恢复了笑容,很巴结的样子,露出了不该有的贱像。

但阿花坚持不让她再碰自己,她只能往湖中心的方向后退。我们村的人看着一大一小的两个女人在冰面上滑向了远处。女人终于再一次滑到了阿花的前面,她回过头来,开始给阿花做各式各样的表演。女人脱下了她的军大衣,红围巾也撂在了冰面上。她先是在冰面上打了几个滚，然后再爬起来，冲着阿花做了许许多多的鬼脸。女人终于在冰面上开始她的表演了，她跷起了一条腿，绷得笔直的，立在冰面上的那条腿同样绷得笔直的，在她张开胳膊之后，她的身体就与冰面平行了，她像一只没有来历的燕子，在飞，冰就是它辽阔的天空。

两个人的嬉戏持续了相当长的一段时间，看起来她们还说了一些什么。女人到底有她的办法，就在刀锋一样的反光里，大女人和小女人之间的隔阂似乎消融了。阿花看起来已经被大女人说动了。人们看见大女人从军大衣的口袋里摸出了小盒子，弓下腰，对着小女人伸出了她的双臂。她在等。她要让阿花亲自走进她的怀抱。阿花还是怯生生的，但是，终于往女人的身边慢慢地挪动了。女人似乎特别享受这样的过程，她没有接住阿花，为了延长这个开心的时刻，她故意避让了，在向后滑。

阿花最终并没有抵达女人的怀抱。也就是一眨眼，女人在冰面上消失了。这个女人真的会变戏法，她能把自己变出来，她也能将自己变没了。再一个眨眼，我们村的人明白过来了，女人掉进了冰窟窿。我们村的人蜂拥上去。冰是透明的，我们村的人看见女人的身体横在了水里，正在冰的下面剧烈地翻卷。湖水有它的浮力，想把她托上来，但是，在冰的底下，湖水的浮力似乎也无能为力。我们村的人只能看，无从下手。我们村的人看见女人的身体慢慢地翻了过来，她的眼睛在和阿花对视；她的嘴巴在动，迅速地一张一合。从她张嘴的幅度来看，不可能在对阿花耳语。她应该在尖叫。可是，她在说什么呢？又过了一会儿，女人的脸贴到冰面的背部了，冰把女人的眼睛放大到了惊心动魄的地步。随后,女人的头发漂浮了起来,软绵绵的,看上去却更像竖在她的头顶。

2010 年第 1 期《文艺风赏》

大雨如注

一

　　丫头不像她的母亲,也不像她的父亲,她怎么就那么好看呢!大院里粗俗一点的玩笑是这么开的:"大姚,不是你的种啊。"大姚并不生气,粗俗的背后是赞美,大姚哪里能听不出来?他的回答很平静:"转基因了嘛。"

　　大姚是一位管道工,因为是师范大学的管道工,他在措辞的时候就难免有些讲究。大姚很在意说话——教授他见得多了,管道工他见得更多,这年头一个管道工和一个教授能有什么区别呢?似乎也没有。但区别一定是有的,在嘴巴上。不同的嘴说不同的话,不同的手必然拿不同的钱。舌头是软玩意儿,却是硬实力。

　　大姚和他的父亲一样,是一个有脑子的人。作为父亲,他希望别人夸他的女儿漂亮,可也不希望别人仅仅停留在"漂亮"上。大姚说:"一般般。主要还是气质好。"大姚的低调其实张狂。他铆足了力气把别人的赞美往更高的层面上引。所以说,两种人的话不能听：做母亲的夸儿子；做父亲的夸女儿。都是脸面上淡定、骨子里极不冷静的货。大姚夸自己的女儿"气质好"倒也没有过，姚子涵四岁那一年就被母亲韩月娇带出去上"班"了。第一个班就是舞蹈班，是民族舞。舞蹈这东西可奇怪了，它会长在一个孩子的骨头缝里，能把人"撑"起来。什么叫"撑"起来呢？这个也说不好，可你只要看一眼就知道了，姚子涵的腰部、背部和脖子有一条隐性的中轴，任何时候都立在那儿。

　　姚子涵的身上还有许多看不见的东西——她下过四年围棋，有段位。写一手明媚的欧体。素描造型准确。会剪纸。"奥数"竞赛得过市级二等奖。擅长演讲与主持。能编程。古筝独奏上过省台的春晚。英语还特别棒，美国腔。姚子涵念"water"的时候从来不说"喔特"，而是蛙音十足的"瓦特儿"。姚子涵这样的复合型人才哪里还是"棋琴书画"能够概括得了的呢？最能体现姚子涵实力的还要数学业：她的成绩始终稳定在班级前三、年级前十。这是骇人听闻的。附属中学初中部二年级的同学早就不把姚子涵当人看了，他们不嫉妒，相反，他们怀揣着敬仰，一律把姚子涵同学叫作"画皮"。可"画皮"决不2B，站有站相，坐有坐姿，亭亭玉立，是文艺青年的范儿。教导主任什么样的孩子没见过？不要说"画皮"，"人妖"和"魔兽"他都见过。但是，公正地说，无论是"人妖"还是"魔兽"，发展得都不如"画皮"这般全面与均衡。教导主任在图书馆的拐角处拦住"画皮"，神态像"画皮"的粉，问："你哪里有那么多时间和精力呢？"偶像就是偶像，回答得很平常："女人嘛，就应该对自己狠一点。"

姚子涵对自己非常狠,从懂事的那一天起,几乎没有浪费过一天的光阴。和所有的孩子一样,这个狠一开始也是给父母逼出来的。可是,话要分两头说,这年头哪有不狠的父母?都狠,随便拉出来一个都可以胜任副处以上的典狱长。结果呢?绝大部分孩子不行,逼急了能冲着家长抄家伙。姚子涵却不一样,她的耐受力就像被鲁迅的铁掌挤干了的那块海绵,再一挤,还能出水。大姚在家长会上曾这样控诉说:"我们也经常提醒姚子涵注意休息,她不肯啊!"——这还有什么可说的。

二

米歇尔很守时。上午十点半,她准时出现在了大姚家的客厅里。大姚和米歇尔的相识很有趣,他们是在图书馆的女卫生间里认识的。大姚正在女卫生间里换水龙头,米歇尔叼着香烟,一头闯了进来,还没来得及点火,突然发现女卫生间里站着一个大个子的男人。米歇尔吓了一大跳,慌忙说了一声"堆(对)不起",退出去了。只过了几秒钟,米歇尔晃悠悠地折回来了。她用左肩倚住门框,右手夹着香烟,扛到肩膀上去了,很挑衅地说:"甩(帅)哥,想吃豆腐吧?"嗨,这个洋妞,连"吃豆腐"她都会说了。大姚说:"我不在卫生间吃东西,也不在卫生间抽烟。"大姚说话的同时指了指身上的天蓝色工作服,附带着用扳手敲了一通水管,误会就这么消除了。米歇尔有些不好意思,她把香烟卷在掌心,说:"本宫错了。"大姚笑笑,看出来了,是个美国妞,很健康,特自信,二十出头的样子,是个长不大的、爱显摆的活宝。

大姚说:"知错能改,还是好同志。"

人和人就是这样的,一旦认识了,就会不停地见面。大姚和米歇尔在"卫生间事件"之后起码见过四五次,每一次米歇尔都兴高采烈,大声地把大姚叫作"甩(帅)哥",大姚则竖起大拇指,回答她"好同志"。

暑假之前大姚在一家煎饼铺子的旁边又和米歇尔遇上了。大姚握住手闸,一只脚撑在地上,把她挡住,直截了当,问她暑假里头有什么打算。米歇尔告诉大姚,她会一直留在南京,去昆剧院做义工。大姚对昆剧没兴趣,说:"我想和你谈笔生意。"米歇尔吊起眉梢,把大拇指、中指和食指撮在一起,捻了几下——"你是说,沈(生)意?"

大姚说:"是啊,生意。"

米歇尔说:"我没做过沈(生)意了。"

大姚想笑,外国人就这样,说什么都喜欢加个"了"。大姚没有笑,说:"很简单的生意。我想请你陪一个人说话。"

米歇尔不明白,不过马上就明白了——有人想练习英语口语,想来是这么回事。

"和谁?"米歇尔问。

"一位公主。"大姚说。

美国佬真够呛,他们从来都不能把问题存放在脑袋里,慢慢盘,细细算,非得堆在脸上。经过嘴角和眉梢的一番运算,米歇尔知道"公主"是什么意思了。她刻意用生硬的"鬼子汉语"告诉大姚:"我的明白,皇上!"

不过,米歇尔即刻把她的双臂抱在乳房的下面,盯着大姚,下巴慢慢地挪到目光相反的方向。她刻意做出风尘气,调皮着,"我很贵了,你的明白?"

大姚哪能不知道价格,他压了压价码,说:"一小时八十。"

米歇尔说:"一百二。"

"一百。"大姚意味深长地说,"人民币很值钱的——成交?"

米歇尔当然知道了,这年头人民币很值钱的了,一小时一百了,说说话了,很好的价格了,米歇尔满脸都是牙花:"为什么不呢?"

客厅里的米歇尔依旧是一副快乐的样子,有些兴奋,不停地搓手,她的动态使她看上去相当"大",客厅一下子就小了。大姚十分正式地让她和公主见了面。公主在小学毕业的那个暑假接受过很好的礼仪训练,她的举止相当好,得体,高贵,只是面无表情,仿佛被米歇尔"挤"了一下。大姚注意到了,女儿的脸上历来没有表情,她的脸和内心没关系,永远是那种"还行"的样子。高贵而又肃穆的公主把米歇尔请进了自己的闺房,大姚替她们掩上门,却留了一道门缝。他想听。听不懂才更要听。对一个做父亲的来说,还有什么比听不懂女儿说话更有成就感的呢?大姚津津有味的,世界又大又奇妙。

大姚忙里偷闲,对着老婆努努嘴,韩月娇会意了。这个师范大学的花匠套上袖套,当即包起了饺子。昨天晚上这对夫妇就商量好了,他们要请美国姑娘"吃一顿"。大姚和他的老子一样,精明,从来不做亏本的买卖。他的小算盘是这么盘算的:他们请米歇尔做家教的时间是一个小时,可是,如果能把米歇尔留下来吃一顿饺子,女儿练习口语的时间实际上就成了两小时。

大姚早就琢磨女儿的口语了。女儿的英语超级棒,大考和小考的成绩在那儿呢,错不了。可是,就在去年,吃午饭的时候,大姚无意之中瞥了一眼电视,是一档中学生的英语竞赛节目。看着看着,大姚恍然大悟了——姚子涵所谓的"英语好",充其量也只是落实在"手上",远远没有抵达"舌头",换句话说,还不是"硬实力"。大姚和韩月娇一起盯住了电视机。这一看不要紧,一看,大姚和韩月娇都上瘾了。作为资深的电视观众,大姚、韩月娇和全国人民一样,都喜欢一件事,这件事叫"PK"。这是一个"PK"的年头,唱歌要"PK",跳舞要"PK",弹琴要"PK",演讲要"PK",连相亲都要"PK",说英语当然也要"PK"。就在少儿英语终极"PK"的当天,大姚诞生了"好孩子"的新标准和新要求,简单地说:一、能上电视;二、经得起"PK"。这句话还可以说得更加明朗一点:经历过"PK"能"活到最后"的孩子才是真正的好孩子,倒下去的最多只能算个"烈士"。入夜之后大姚和韩月娇开始了他们的策划,他们是这样分析的:由于他们的疏忽,姚子涵在小学阶段并没有选修口语班,如果以初中生的身份贸然参加竞赛,"海选"能否通过都是一个问题。但是没关系。只要姚子涵在初中阶段开始强化,三年之后,或四年之后,作为一个高中生,姚子涵一样可以在电视机里酝酿悲情,她会答谢她的父母的。一想起姚子涵"答谢父母"这个动人的环节,韩月娇的心突然碎了,泪水在眼眶里头直打圈——她和孩子多不容易啊,都不容易,实在是不容易。

　　几乎就在米歇尔走出姚子涵房门的同时,韩月娇的饺子已经端上饭桌了。韩月娇从来没有和国际友人打过交道,似乎有些不好意思。不好意思有时候反而就是莽撞，她对米歇尔说："吃！饺子！"大姚注意到了，米歇尔望着热气腾腾的饺子，吃惊的程度一点也不亚于女厕所的那一次，脸都涨红了。米歇尔张开她的长胳膊，说："这怎么好意思了！"听到米歇尔这么一说，大姚当即就成外交部的发言人了，中国人民的文化立场他必须阐述。大姚用近乎肃穆的口吻告诉米歇尔："中国人向来都是好客的。"

"党（当）然，"米歇尔说，"党（当）然。"米歇尔似乎也肃穆了，她重申，"党（当）然。"米歇尔却为难了。她有约。她在犹豫。米歇尔最终没能斗得过饺子上空的热气，她掏出手机，对朋友说，她要和三个中国人开一个"小会"了，她要"晚一会儿才能到"了。嗨，这个美国妞，也会撒谎了，连撒谎的方式都带上了地道的中国腔。

这顿饺子吃得却不愉快。关键的一点在于，事态并没有朝着大姚预定的方向发展。就在宴会正式开始之前，米歇尔发表了一大堆的客套话，当然，用的是汉语。大姚便看了女儿一眼，其实是使眼色了。姚子涵是冰雪聪明的，哪里能不明白父亲的意思。她立即用英语把米歇尔的话题接了过来。米歇尔却冲着姚子涵妩媚地笑了，她建议姚子涵"使用汉语"。她强调说，在"自己的家里"使用外语对父母亲来说是"不礼貌的"。当然，米歇尔也没有忘记谦虚："我也很想向你学习罕（汉）语了。"

这可是大姚始料未及的。米歇尔陪姚子涵说英语，大姚付了钱的。现在倒好，姚子涵陪米歇尔说汉语，不只是免费，还要贴出去一顿饺子。这是什么事？

韩月娇迅速地瞥了丈夫一眼。大姚看见了。这一眼自然有它的内容。责备倒也说不上,但是,失望不可避免——大姚算计到自己的头上来了。

米歇尔一离开大姚就发飙了。他想骂娘,可是,在女儿的面前,大姚也骂不出来,沉默寡言的女儿在任何时候都对大姚有威慑力。这让他很憋屈。憋屈来憋屈去,大姚的痛苦被放大了。大姚毕竟在高等学府工作了十多年,早就学会从宏观视角看待自己的痛苦了。大姚很沉痛,对姚子涵说:"弱国无外交——为什么吃亏的总是我们?"

韩月娇只能冲着剩余的几个饺子发愣。热腾腾的气流已经没有了,饺子像尸体,很难看。姚子涵却转过身,捣鼓她的电脑和电视机去了。也就是两三分钟,电视屏幕上突然出现了姚子涵与米歇尔的对话场面,既可以快进,也可以快退,还可以重播——刻苦好学的姚子涵同学已经把她和米歇尔的会话全部录了下来,任何时候都可以拿出来模仿和练习。

大姚盯着电视,开心了,是那种穷苦的人占了便宜之后才有的大喜悦。因为心里头的弯拐得过快、过猛,他的喜悦一样被放大了,几乎就是狂喜。大姚紧紧搂住女儿,没轻没重地说:"祖国感谢你啊!"

三

晚上七点是舞蹈班的课。姚子涵没有让母亲陪同。她一个人骑着自行车,出发了。韩月娇虽说是个花工,几乎就是一个闲人,她唯一的兴趣和工作就是陪女儿上"班"。姚子涵小的时候那是没办法,如今呢? 韩月娇早就习惯了,反过来成了她的需要。然而,暑假刚刚开始,姚子涵明确地用自己的表情告诉他们,她不允许他们再陪了。大姚和韩月娇毕竟是做父母的,女儿的脸上再没有表情,他们也能从女儿的脸上知道自己该做什么。

凉风习习,姚子涵骑在自行车上,心中充满了纠结。她不允许父母陪同其实是事出有因的,她在抱怨,她在生父母的气。同样是舞蹈,一样地跳,母亲当年为什么就不给自己选择国际标准舞呢? 姚子涵领略"国标"的魅力还是不久前的事。"国标"多帅啊,每一个动作都咔咔咔的,有电。姚子涵只看了一眼就爱上了。她咨询过自己的老师,现在改学"国标"还行不行? 老师的回答很模糊,也不是不可以。但是,动作这东西就这样,练到一定的火候就长在身上了,练得越苦,改起来越难。姚子涵在大镜子面前尝试着做过几个"国标"的动作,不是那么回事。过于柔美、过于抒情了,是小家碧玉的款。

还有古筝。他们当初怎么就选择古筝了呢? 从什么时候开始的呢? 姚子涵开始痴迷于"帅",她不再喜爱在视觉上"不帅"的事物。姚子涵参加过学校里的一场音乐会,拿过录像,一比较,她的独奏寒碜了。古筝演奏的效果甚至都不如一把长笛。更不用说萨克斯管和钢琴了。既不颓废,又不牛掰。姚子涵感觉自己委琐了,上不了台面。

傍晚的风把姚子涵的短发撩起来了,她眯起了眼睛。姚子涵不只是抱怨,不只是生气,她恨了。他们的眼光是什么眼光?他们的见识是什么见识? ——她姚子涵吃了多少苦啊。吃苦她不怕,只要值。姚子涵最郁闷的地方还在这里:她还不能丢,都学到这个地步了。姚子涵就觉得自己亏。亏大发了。她的人生要是能够从头再来多好啊,她自己做主,她自己设定。现在倒好,姚子涵的人生道路明明走岔了,还不能踩刹车,也不能松油门。飙吧。人生的凄凉莫过于此。姚子涵一下子就觉得老了,凭空给自己的眼角想象出一大堆的鱼尾纹。

说来说去还是一个字,钱。她的家过于贫贱了。要是家里头有钱,父母当初的选择可能就不一样了。就说钢琴吧,他们买不起。就算买得起,钢琴和姚子涵家的房子也不般配,连放在哪里都是一个大问题。

但是,归根到底,钱的问题永远是次要的,关键还是父母的眼光和见识。这么一想姚子涵的自卑涌上来了。所有的人都能够看到姚子涵的骄傲,骨子里,姚子涵却自卑。同学们都知道,姚子涵的家坐落在师范大学的"大院"里头,听上去很好。可是,再往深处,姚子涵不再开口了——她的父母其实就是远郊的农民。因为师范大学的拆迁、征地和扩建,大姚夫妇摇身一变,由一对青年农民变成师范大学的双职工了。为这事大姚的父亲可没少花银子。

自卑就是这样,它会让一个人可怜自己。姚子涵,著名的"画皮",百科全书式的巨人,觉得自己可怜了。没意思。特别没意思。她吃尽了苦头,只是为自己的错误人生夯实了一个错误的基础。回不去的。

多亏了这个世上还有一个"爱妃"。"爱妃"和姚子涵在同一个舞蹈班,"妖怪"级的二十一中男生,挺爷们的。可是,舞蹈班的女生偏偏就叫他"爱妃"。"爱妃"也不介意,笑起来红口白牙。

姚子涵和"爱妃"谈得来倒也不是什么特殊的原因,主要还是两个人在处境上的相似。处境相似的人未必就能说出什么相互安慰的话来,但是,只要一看到对方,自己就轻松一点了。"爱妃"告诉姚子涵,他最大的愿望就是发明一种时空机器,在他的时空机器里,所有的孩子都不是他们父母的,相反,孩子拥有了自主权,可以随意选择他们的爹妈。

下"班"的路上姚子涵和"爱妃"推着自行车,一起说了七八分钟的话。就在十字路口,就在他们分手的地方,大姚和韩月娇把姚子涵堵住了。他们两人十分局促地挤在一辆电动自行车上,很怪异的样子。姚子涵一见到他们就不高兴了,又来了,说好了不要你们接送的。

姚子涵的不高兴显然来得太早了,此时此刻,不高兴还轮不到她。她一点都没有用心地看父亲和母亲的表情。实际的情况是这样的,韩月娇神情严峻,而大姚的表情差不多已经走样了。

"你什么意思?"大姚握紧刹车,劈头盖脸就是这样一句。

"什么什么意思?"姚子涵说。

"你不让我们接送是什么意思?"大姚说。

"什么我不让你们接送是什么意思?"姚子涵说。

这样的车轱辘话毫无意思,大姚直指问题的核心——"谁允许你和他谈的?"大姚还没有来得及等待姚子涵的回答,即刻又追问了一句,"谁允许你和他谈的?"

姚子涵并没有听懂父亲的话,她望着父亲。大姚很克制,但是,父亲的克制极度脆弱,时刻都有崩溃的危险。

和课堂上一样,姚子涵是不需要老师问到第三遍的时候才能够理解的。姚子涵听懂父亲的话了,她扶着车头,轻声说:"对不起,请让开。"

和大姚的雷霆万钧比较起来,姚子涵所拥有的力气最多只有四两。奇迹就在这里,四两力气活生生地把万钧的气势给拨开了。她像瓶子里的纯净水一样淡定,公主一般高贵,公主一般气定神闲,高高在上。

女儿的傲慢与骄傲足以杀死一个父亲。大姚叫嚣道:"不许你再来!"这等于是胡话,他崩溃了。

姚子涵已经从助力车的旁边安安静静地走过了。可她突然回过了头来,这一次的回头一点也不像一个公主了,相反,像个市井小泼妇。"我还不想来呢,"姚子涵说,她漂亮的脸蛋涨得通红,她叫道,"有钱你们送我到'国标'班去!"

姚子涵的背影在路灯的底下消失了,大姚没有追。他把他的电动自行车靠在了马路边上,人已经平静下来了。可平静下来的难过才真的难过。大姚望着自己的老婆,像一条出了水的鱼,嘴巴张开了,闭上了,又张开了,又闭上了。女儿到底把话题扯到"钱"上去了,她终于把她心底的话说出来了,这是迟早的事。随着丫头年纪的增长,她越来越嫌这个家寒碜了,越来越瞧不起他们做父母的了,大姚不是看不出来。他有感觉,光上半年大姚就已经错过了两次家长会了。大姚没敢问,他为此生气,更为此自卑。自卑是一块很特殊的生理组织,下面都是血管,一碰就血肉模糊。

大姚难受，却更委屈。这委屈不只是这么多年的付出，这委屈里头还蕴含着一个惊人的秘密：大姚不是有钱人，可大姚的家里有钱。这句话有点饶舌了，大姚真的不是有钱人，可大姚的家里真的有钱。

大姚的家怎么会有钱的呢？这个话说起来远了，一直可以追溯到姚子涵出生的那一年。这件事既普通又诡异——师范大学征地了。师范大学一征地，大姚都没有来得及念一句"阿弥陀佛"，立地成佛了。大姚相信了，这是一个诡异的时代，这更是一片诡异的土地。

这得感谢大姚的父亲，老姚。这个精明的老农民早在儿子还没有结婚的时候就发现了：城市是新婚之夜的小鸡鸡，它大了，还会越来越大，迟早会戳到他们家的家门口。他们家的宅基地是宝，不是师范大学征，就是理工大学征；不是高等学府征，就是地产老板征。一句话，得征。其实，知道这个秘密的又何止老姚一个人呢？都知道。问题是，人在看到"钱景"的时候时常失去耐心，好动，喜欢往钱上扑，一扑，你就失去位置了。他告诉自己的儿子，哪里都不能去，挣来的钱都是小钱，等来的才是大家伙，靠流汗去挣钱，是天下最愚蠢的办法——有几个有钱人是流汗的？你就坐在那里，等。他坚决摁住了儿子进城买房的愚蠢冲动，绝不允许儿子把户口迁到城里去。他要求自己的儿子就待在远郊的姚家庄，然后，一点一点地盖房子。再然后呢，死等，死守。"我就不信了，"老农民说，"有钱人的钱都是自己挣来的？"

大姚的父亲押对了，赌赢了。他的宅基地为他赢钱了。那可不是一般的钱,是像模像样的一大笔钱,很吓人。赢了钱的老爷子并没有失去冷静,他把巨额财产全部交给了儿子,然后,说了三条:一,人活一辈子都是假的,全为了孩子,我这个做父亲的让你有了钱,我交代了。二,别露富。你也不是生意人,有钱的日子要当没钱的日子过。三,你们也是父母,你们也要让你们的孩子有钱,可他们那一代靠等是不行的,你们得把肚子里的孩子送到美国去。

大姚不是有钱人,但是,大姚家有钱了。像做了一个梦,像变了一个戏法。大姚时常做数钱的梦,一数,自己把自己就吓醒了。每一次醒来大姚都挺高兴,也累,回头一想,却更像做了一个噩梦。

——现在倒好,这个死丫头,你还嫌这个家寒碜了,还嫌穷了。你懂什么哟?你知道生活里头有哪些弯弯绕?说不得的。

韩月娇也挺伤心,她在犹豫:"要不,今晚就告诉她,咱们可不是穷人家。"

"不行,"大姚说,在这个问题上大姚很果断,"绝对不行。贫寒人家出俊才,纨绔子弟靠不住。我还不了解她?一告诉她她就泄了气。她要是不努力,屁都不是。"

可大姚还是越想越气,越气越委屈。他对着杳无踪影的女儿喊了一声:"我有钱!你老子有钱哪!"

终于喊出来了,可舒服了,可过了瘾了。

一个过路的小伙子笑笑,歪着头说:"我可全听见了哈。"

四

哎,这个米歇尔也真是,就一个小时的英语对话,非得弄到足球场上去。这么大热的天,也不怕晒。丫头平日里最怕晒太阳了,可她拉着一张脸,执意要和米歇尔到足球场上去。还是气不顺,执意和父母亲过不去的意思。行,想去你就去。反正家里的气氛也不好,死气沉沉的。只要你用功,到哪里还不是学习呢?

艳阳当头,除了米歇尔和姚子涵,足球场空无一人。虽说离家并不远,姚子涵却从来不到这种地方来的。姚子涵被足球场的空旷吓住了,其实是被足球场的巨大吓住了,也可以说,是被足球场的鲜艳吓住了。草皮一片碧绿,碧绿的四周则是酱红色的跑道,而酱红色的跑道又被白色的分界线割开了,呼啦一下就到了那头。最为缤纷的则要数看台,一个区域一个色彩。壮观了,斑斓了。恢宏啊。姚子涵打量着四周,有些晕,想必足球场上的温度太高了。米歇尔告诉姚子涵,她在密歇根是一个"很好的"足球运动员,上过报纸呢。她喜欢足球,她喜欢这项"女孩子"的运动。姚子涵不解了,足球怎么能是"女孩子"的运动呢?米歇尔解释说,当然是。男人们只喜欢"橄榄球",她一点都不喜欢,它"太野蛮"了。

她们在对话,或者说,上课,一点都没有意识到阳光已经柔和下来了。等她们感觉到凉爽的时候,乌云一团一团地,正往上拱——来不及了,实在来不及了,大暴雨说来就来,用的是争金夺银的速度。姚子涵一个激灵,捂住了脑袋,却看见米歇尔敞开怀抱,仰起头,对着天空张开了一张大嘴。天哪,那可是一张实至名归的大嘴啊,又吓人又妖媚。雨点砸在她的脸上,反弹起来了,活蹦乱跳。米歇尔疯了,大声喊道:"爱——情——来——了!"话音未落,她已经全湿了,两只吓人的大乳房翘得老高。

"爱情来了",这句话匪夷所思了。姚子涵还没有来得及问,米歇尔一把抓住她,开始疯跑了。暴雨如注,都起烟了。姚子涵只跑了七八步,身体内部某一处神秘的部分活跃起来了,她的精神头出来了。如果不是身临其境,姚子涵这辈子也体会不到暴雨的酣畅与迷人。这是一种奇特的身体接触,仿佛公开之前的一个秘密,诱人而又揪心。

雨太大了,几分钟之后草皮上就有积水了。米歇尔撒开手,突然朝球门跑去,在她返回的时候,她做出了进球之后的庆祝动作。她的表情狂放至极,结束动作是草地上的一个剧烈的跪滑。这个动作太猛了,差一点就撞到了姚子涵的身上。在她的身体静止之后,两只硕大的乳房还挣扎了一下。"——进啦!"她说,"——进球啦!"米歇尔上气不接下气了,大声喊道:"你为什么不庆祝?"

当然要庆祝。姚子涵跪了下去,水花四溅。她一把抱住了米歇尔,两个队友心花怒放了。激情四溢,就如同她们刚刚赢得了世界杯。这太奇妙了!这太牛掰了!所有的一切都是无中生有的,栩栩如真。

雨越下越猛,姚子涵的情绪点刹那间就爆发了,特别想喊点什么。兴许是米歇尔教了她太多的"特殊用语",姚子涵甚至都没有来得及过脑子,脱口就喊了一声脏话:"你他妈真是一个荡妇!"

米歇尔早就被淋透了,满脸都是水,每一根头发上都缀满了流动的水珠子。虽然隔着密密麻麻的雨,姚子涵还是看见米歇尔的嘴角在乱发的背后缓缓分向了两边。有点歪。她笑了。

"我是。"她说。

雨水在姚子涵的脸上极速地下滑。她已经被自己吓住了。如果是汉语,打死她她也说不出那样的话。外语就是奇怪,说了也就说了。然而,姚子涵内心的"翻译"却让她不安了,她都说了些什么哟!或许是为了寻找平衡,姚子涵握紧了两只拳头,仰起脸,对着天空喊道:

"我他妈也是一个荡妇!"

两个人笑了,都笑得停不下来了。暴雨哗哗的,两个小女人也笑得哗哗的,差一点都缺了氧。雨却停了。和它来的时候毫无预兆一样,停的时候也毫无预兆。姚子涵多么希望这一场大雨就这么下下去啊,一直下下去。然而,它停了,没了,把姚子涵光秃秃、湿淋淋地丢在了足球场上。球场被清洗过了,所有的颜色都呈现出了它们的本来面貌,绿就翠绿,红就血红,白就雪白,像触目惊心的假。

五

姚子涵是在练习古筝的时候意外晕倒的。因为摔在了古筝上,那一下挺吓人的,咣的一声,压断了好几根琴弦。她怎么就晕倒了呢？也就是感冒了而已，感冒药都吃了两天了。韩月娇最为后悔的就是不该让孩子发着这么高的烧出门。可是话又说回来，这孩子一直都是这样，也不是头一回了。一般的头疼脑热她哪里肯休息？她一节课都不愿意耽误。"别人都进步啦！"这是姚子涵最喜欢挂在嘴边的一句话，通常是跺着脚说。韩月娇最心疼这个孩子的就在这个地方，当然，最为这个孩子自豪和骄傲的也在这个地方。

　　大姚和韩月娇赶来的时候姚子涵已经处于半昏迷状态，她吐过了，胸前全是腐烂的晚饭。大姚从来没见过自己的心肝宝贝这样，大叫了一声，哭了。韩月娇倒是没有慌张，她有板有眼地把孩子擦干净。知女莫如娘，这孩子她知道的，爱体面，不能让她知道自己吐得一身脏，她要是知道了，少不了三四天不和你说话。

　　可看起来又不是感冒。姚子涵从小就多病，医院里的那一套程序韩月娇早就熟悉了，血象多少，温度多少，吃什么药，打什么样的吊瓶，韩月娇有数。这一次一点都不一样，护士们什么都不肯说。从检查的手段上来看，也不是查血象的样子。那根针长得吓人了，差不多有十公分那么长。大姚和韩月娇隔着玻璃，看见护士把姚子涵的身体翻了过去，拉开裙子，裸露出了姚子涵的后腰。护士捏着那根长针，对准姚子涵腰椎的中间部位穿了进去。流出来的却不是血，像水，几乎就是水，三四毫升的样子。大姚和韩月娇又心急又心疼，他们从一连串的陌生检查当中能感受到事态的严重程度。两个小时之后，事态的严重性被仪器证实了。脑脊液检查显示，姚子涵脑脊液的蛋白数量达到了八百九，远远超出四百五的正常范围；而细胞数则达到了惊人的五百六，是正常数目的五十六倍。医生把这组数据的临床含义告诉了大姚："脑实质发炎了。脑炎。"大姚不知道"脑实质"是什么，但"脑炎"他知道，一屁股坐在了医院的水磨石地面上。

六

姚子涵从昏迷当中苏醒过来已经是一个星期之后了。对大姚和韩月娇而言，这个星期生不如死。他们守护在姚子涵的身边，无话，只能在绝望的时候不停地对视。他们的对视是鬼祟的、惊悚的，夹杂着无助和难以言说的痛楚。他们的每一次对视都很短促。他们想打量，又不敢打量，对方眼睛里的痛真让人痛不欲生。他们就这么看着对方的眼窝子陷进去了，黑洞洞的。他们在平日里几乎就不拥抱，但是，他们在医院里经常抱着。那其实也不能叫抱，就是借对方的身体撑一撑、靠一靠。不抱着谁都撑不住的。他们的心里头有希望，但是，随着时间一点一点推移，他们的希望也在一点一点降低。他们别无所求，最大的奢求就是孩子能够睁开眼睛，说句话。只要孩子能叫出来一声，他们可以死，就算孩子出院之后被送到孤儿院去他们也舍得。

米歇尔倒是敬业，她在大姚家的家门口给大姚来过一次电话。一听到米歇尔的声音大姚的气就不打一处来了。要不是她执意去足球场，丫头哪里来的这一场飞来横祸？可把责任全部推到她的身上，理由也不充分。大姚毕竟是师范大学的管道工，他得体地极其礼貌地对着手机说："请你不要再打电话来了。"

他掐断了电话,想了想,附带着把米歇尔的手机号码彻底删除了。

　　人的痛苦永远换不来希望,但苍天终究还是有眼的。第八天的上午,准确地说,凌晨,姚子涵终于睁开她的双眼了。最先看到孩子睁开眼睛的是韩月娇,她吓了一跳,头皮都麻了。但她没声张,没敢高兴,只是全神贯注地盯着孩子,看,看她的表情,看她的眼神。苍天哪,老天爷啊,孩子的脸上浮现出微笑了,她在对着韩月娇微笑,她的眼神是清澈的,活动的,和韩月娇是有交流的。

　　姚子涵望着她的母亲,两片嘴唇无力地动了一下,喊了"妈"。韩月娇没有听见,但是,她从嘴巴上看得出,孩子喊妈妈了,喊了,千真万确。韩月娇的应答几乎就像吐血。她不停地应答,她要抓住。大姚有预感的,已经跟了上来。姚子涵清澈的目光从母亲的脸庞缓缓地挪到父亲的脸上去了,她在微笑,只是有些疲惫。这一次她终于说出声音来了。

　　"Dad."(爸。)

　　"什么?"大姚问。

　　"Where is this place?"(这是在哪儿?)姚子涵说。

　　大姚愣了一下,脸靠上去了,问:"你说什么?"

　　"Please tell me, what happened? Why am I not at home? God, why do you guys look so thin? Have you been doing very tough work? Mom, if you don´t mind, please tell me if you guys are sick?"(请告诉我,发生什么了? 我为什么没在家里? 上帝啊,你们为什么都这么瘦? 很辛苦吗? 妈妈,请你告诉我——如果

271

你不介意的话——你们生病了吗?)

大姚死死地盯住女儿,她很正常,除了有些疲惫——女儿这是什么意思呢?她怎么就不能说中国话呢?大姚说:"丫头,你好好说话。"

"Thank you, boss, thank you very much to give me this good job and with decent payment, otherwise how can I afford to buy a piano? I stillfeel it's too expensive. but I like."(谢谢你,老板,感谢你给我这份体面的工作,当然,还有体面的薪水,要不然我怎么可能买得起钢琴?我还是要说,它太贵了,虽然我很喜欢。)

"丫头,我是爸爸。你好好说话。"大姚的目光开叉了,他扛不住了,尖声喊:"医生!"

"Thank you very much for all the respectable judges. I am happy to be here. – May I have a glass of water? Looks like my expression isn't clear, if you like, I would like to repeat what I've said, Okay– may I have a glass of water? Water. God."(感谢所有的评委,非常感谢。我很高兴来到这里——可以给我一杯水吗?看起来我的表达不是很清楚,那我只好把我的话再重复一遍了——可以给我一杯水吗?水。上帝啊。)

大姚伸出手,捂住了女儿的嘴巴。虽说听不懂,可他实在不敢再听了。大姚害怕极了,简直就是惊悚。过道里传来了急促的脚步声,大姚呼噜一下就把上衣脱了。他认准了女儿需要急救,需要输血。他愿意切开自己的每一根血管,直至干瘪成一具骷髅。

虚　拟

　　这个冬天特别地冷，父亲在私底下说，要做好春节前"办事"的准备，——父亲所说的"事"当然是祖父的丧事。祖父的情况说不上好，可也没有坏下去的迹象，我不知道父亲为什么这么悲观。家里头有暖气，气温恒定在摄氏 21 度，再冷的天气和我的祖父又有什么关系呢？父亲说："你不懂。"父亲的理论很独特，他认为，气温下降到一定的地步一部分老人就得走，这是天理，和屋子里的温度没有一丝一毫的关系。

　　去年夏天祖父在省城做了直肠癌的切除手术，他的理想是过完上一个春节。春节过去了，他好好的。大年十四那天他更新了他的理想，他在微博上写道，他要"力争"再过一个春节。这句话不晦气，可也算不上多吉利，我们都没有答理他。祖父不慌不忙的，拿起了手机，一个一个打电话。没办法，我们这些亲友团只能一个又一个帮着转发。我的丈母娘很不高兴，直接骂上了门来。她在我的微博下面贴了一句话："大过年的，神经病！"祖父对我的丈母娘很失望，祖父对我说："'无知少女'这个人俗。"

　　祖父是一个看透了生死的人，生和死，风轻云淡，他无所谓的。但祖父也在意"春节",这里头似乎有一笔巨大的买卖:死在大年初二他就赚,死在大年三十他就亏。也是的,落实到统计上,这里头确实有区别,一个是终年"89岁",一个则是享年"90岁",很不一样的。

这个冬季着实冷得厉害。电视里的美女播报都说了,最低气温"创下了三十年来的新低"。这则天气预报对我们一家来说是致命的,父亲不说话了,祖父也不说话了,他们都是相信"天意"的人。——老天爷并没有"天意",可处境特别的人就这样,他们会把极端的天气理解成"天意"。他们的沉默使我相信,祖父也许放弃了。他觉得不远处的春节不属于他。

祖父说:"有点冷,我想到澡堂子泡泡去。"

这个我为难了。以祖父现在的状况,性命固然是无虞,终究是随时随地要走的人,任何一点小小的变动都有可能带来不测,一头栽倒在浴池也不是没有可能。我说:"浴室太滑了,很危险的。"

祖父很骄傲地告诉我:"我也只剩八十来斤了,我孙子抱着我呢。"他撒娇了。

浴室没什么生意。一进浴室我就后悔了。"八十来斤"的身体几乎就不是身体,说触目惊心都不为过。祖父赤条条的,他的身体使我相信,他老人家是一张非常特殊的纸,能不能从水里头提上来都是一个问题。但是,等我把他缓缓地放进浴池之后,我不再后悔。这一切都是值得的。祖父被浩大的温水包裹着,张大了嘴巴,他的喉管里发出了十分奇特的声音。他在体验他的大幸福。他满足啊。可他实在太羸弱了,他的体力已经不能对抗水的浮力。只要我一撒手,他就会漂浮起来。我只能把他搂在怀里,不让他旋转。

老话说得没错,人是会返老还童的。人老到一定的地步就会拿自己当孩子。祖父躺在我的怀里,说:"明天再来。"我说:"好的。"祖父说:"后天还来。"我说:"好的。"祖父笑了,我看不见,可是我知道,祖父的脸上布满了毫无目标的笑容。这笑容业已构成了返老还童的硬性标志。

我和我的祖父一口气泡了四天,第五天,我特地下了一个早班,祖父却说,不去了。他用目光示意我坐下,要我承诺,不要把他送到医院去。祖父说:"就在家里。"这句话说得很直白了,等于是安排后事了。我答应了祖父,并不难过,因为我的祖父也不难过。的确,祖父在死亡面前表现出来的淡泊不是一般的人可以拥有的,到底是四世同堂的人了。

深夜四点,我被手机叫醒了,是父亲打过来的。我一看到父亲的号码就知道了,我的祖父,我们这个小县城里最著名的物理老师兼中学校长,他没了。都没有来得及悲伤,我即刻叫醒我的女儿,赶紧的,太爷爷没了。

祖父却没有死,好好的。看见我把女儿都带过来了,祖父有点不高兴。因为久病的缘故,他的不高兴像疼,也可以说,像忍受疼。祖父说:"这么冷,你把孩子叫过来做什么?"我笑笑,"那个什么，"我说，"不是以为你那个什么了么。"祖父说："还没到时候呢。"我把女儿安顿到奶奶的床上，回到了祖父的房间。祖父的手在被窝里动了动，我把手伸进去，在被窝里头握住了祖父枯瘦的指头。祖父神情淡然，看不出任何风吹草动。但他的手指头在动，是欲言又止的那种动。这一次我真的知道了，祖父的大限不远了，他要对我交代什么了。

父亲把一切都看在眼里，退了出去。我们这个家有点意思了，父亲一直像多余的人。父亲望着此情此景，明白了，这里不需要他了。祖父望着父亲的背影，很轻地咳嗽了两声。我了解我的祖父，祖父的咳嗽大部分不是生理性的，是他想说些什么，却不知道怎么说。

严格地说，祖父之所以在我们小县城如此著名，完全是因为父亲，他能当上校长，也是因为父亲。作为物理老师的儿子，父亲最有机会上大学的，但是，祖父把他的时间全部给了他的学生，那时候祖父正做着班主任呢。他每天上午六点出门，夜里十一点回家，他把所有的时间和精力都用在了五十七个学生的身上。高考就是这样，结果很残酷。因为父亲在另外一所中学，父亲没有考上，而祖父的五十七个学生考取了三十一个。在当年，这是一个"放卫星"一般的天文数字，祖父在我们县城一下子成了传奇。到了九月，祖父的故事终于传到省城了，省报派来的记者为祖父写了一篇很长的文章，整整一个版，还配了祖父的一张标准像。黑体的通栏标题很吓人的：《春蚕到死丝方尽》。

祖父享尽了殊荣。他在享尽殊荣的同时并没有失去他的冷静。他冷静下来了，突然就有了愧疚。就在当年的十月，他建议他的儿子,也就是我的父亲,去补习。祖父说,好好地辛苦一年,上不了重点大学还可以上普通高校,上不了普通高校还可以上大专,就算上不了大专,还有中专嘛。祖父是对的,父亲资质平平,"考上"总还是可以的。可祖父忽略了一件大事,那就是他儿子的"感受"。《春蚕到死丝方尽》是一只无坚不摧的拳头,它把父亲击倒了,附带着还把父亲的自信心给砸烂了。是的,祖父之所以具备如此巨大的"新闻价值",说到底就因为他的儿子:"三十一个"都考上了,他的儿子却"没有考上"。好么,全省都知道了,全中国都知道了。父亲望着报纸,像一堆烂掉的韭菜,软塌塌的,浑身散发出混浊的秽气。父亲拒绝了"春蚕"的建议,他盯着自己的脚尖,告诉"春蚕":"你忙你的去吧。"

父亲其实是赌气。自卑的人就喜欢一件事,赌气。可父亲找错了赌气的对象,他怎么可以和我的祖父赌气呢。新生都开学了,祖父上午六点就要上班,晚上十一点才能下班,他哪里还有心思和你玩如此低级的心理游戏。他们的冷战持续了三四个月,其实,所谓的冷战是不存在的,那只是父亲一个人的战争,也可以说,父亲一个人的游戏。

父亲也不是省油的灯,他模仿祖父的笔迹给教育局的局长写了一封信,要求局长在县文教局给自己的儿子安排一份工作。口吻是谦卑的,却更是狷介的,有强制的意味,酷似祖父。父亲多虑了,他哪里需要模仿祖父的笔迹呢? 不需要的,局长根本不认识祖父的笔迹。但那时的祖父是整个县城最大的明星,明星就是这样,时刻伴随着传闻。社会上已经有这样两种说法了:一,祖父"很可能"去"省里",二,"也有可能"做"分管文教卫"

的副县长。局长直接找到了我的父亲,几乎是用巴结的态度把事情办了。他收藏了祖父的亲笔信,说不定哪一天就用得着的。父亲就这样进了县教育局,在那张淡黄色的椅子上一直坐到退休。

父亲是祖父一辈子的痛。这是一块肿瘤,硬硬的,始终长在祖父的体内。我知道这块肿瘤还是在我接到大学录取通知的那个家宴上,因为兴奋,祖父过量了。就在我伺候他呕吐的时候,他拉过我的手,第一次在我的面前流下了眼泪。他跪在马桶的前沿,一口一个"对不起"。我费了好大的力气才弄明白,祖父搞错了,祖父把他的孙子当作他的儿子了。祖父很少喝醉,但是,只要喝醉了,他都要来一次规定动作:跪在马桶的前沿,对他的马桶一口一个"对不起"。呕吐出来的"对不起"毁掉了这一对父子,在未来的几十年里,我的祖父和我的父亲几乎就没有对视过,也说话,却不看对方的眼睛,各说各的。他们都不像在对人说话,而是在对着另一个"东西"自言自语。说完了,"东西"就"不是东西"了。

但酒醉之后的祖父说得最多的依然不是父亲,而是一届又一届的高材生。祖父有他的癖好,往好处说,爱才;往坏处说,他的眼睛里其实没有人,只有高智商。他酷爱高智商。一旦遇上高智商,不管你是谁,他的血管就陡增激情,奔涌起宗教般的癫狂和宗教般的牺牲精神,狂热、执着,最要命的是,还沉着,更持久。他要布道,上午六点出门,晚上十一点回来。

酩酊大醉的祖父搂着他的马桶开始报人名。这些人名都是他当年的心肝宝贝。人名的后面则是长长的单位与职务,我不

278

可能记住的。祖父却记得清清楚楚,涉及面极广,诸如世界名牌大学、国家机关、公司名称、荣誉机构,与之匹配的自然是院士、教授、研究员、副省长、副县长、办公室主任、董事长或总经理。也有记不住的时候,他在记忆阻塞之前往往要做一次深呼吸,随后,一声长叹。这一声长叹比马桶的下水道还要深不可测,幽暗,四通八达。

父亲退出去了,我握住了祖父的手。我知道我和祖父之间会有这样的一次对话,也知道祖父会对我说些什么。无论祖父怎样看淡他的生死,我的父亲终究是他一生的痛,祖父是个好祖父,但祖父却不是好父亲。祖父的歉疚难以释怀。老实说,我惧怕这次对话。——沉痛之余,我又能对我的祖父说些什么呢?父亲的一生被祖父的荣耀毁了,这是一个不争的事实。我多么希望我是一个牧师。

祖父安安静静的,但是,这安静是假象,他老人家一直想说什么,他的表情在哪儿呢,可他就是不说。想过来想过去,只能是我开口了。我轻声说:"爷爷,如果你走了,真的是寿终正寝。这年头可以寿终正寝的人不多了,你很享受的吧?"祖父笑了笑,同样轻声地说:"很享受。"

我说:"我也很享受,很享受这会儿还能和爷爷聊聊天。——你想啊,这个世界上绝大多数的人都是带着心思走的,你呢,什么心思都没有,了无牵挂。你蛮有福的。"

祖父沉默了半天,说:"我有福。但心思还是有的。"

我立即接过祖父的话,说:"嗨,不是就爸爸那点事嘛。那一代人不上大学的多了,他这一辈子也挺好的,多少年了,爷爷,这不算事。"

祖父说:"这件事吧,我有责任。我呢,痛苦了很长时间。突然有那么一天,我释怀了。我早就不再为这件事苦恼了。"

祖父的这番话出乎我的意料。我的胸口顿时就松了一下。我笑了,问:"爷爷能不能告诉我,是哪一天释怀的?"

祖父说:"你爸爸退休的那一天。都退休了,嗨,任何人都他妈的一样。"

祖父都俏皮了,都出粗口了,看起来真的是释怀了。我长长地舒了一口气,没有比这更好的结局了。祖父不再谈父亲的事,我反而有些始料不及,眼泪突然涌上我的眼眶。我一直忍受着疼,这疼却自动消炎了、消肿了,很让我舒服的。我再也没有想到如此可怕的对话居然是这样地感人至深。我只能说,我还是太年轻、太狭隘了。小人之心不可取。一代人有一代人的恩怨,一代人有一代人处理恩怨的方式。时光真是一个好东西啊,它会带走一些,也能留下一些。时光到最后一定是中秋的月光,再捉摸不定,再阴晴圆缺,老天爷总是会安排好的,中秋一到,必定是万里无云,月亮升起来了,满眼清辉,乾坤朗朗。

我说:"爷爷,你知道我为什么这样爱你?"

祖父像孩子一样笑了,说:"隔代疼嘛。我爱你,你就爱我。你爸爸吃过醋呢。"

我摇摇头,说:"不是。爷爷伟大。君子坦荡荡。爷爷就是君子。你走了,我会想念你,但是,爷爷不让做儿孙的痛苦,爷爷不让做儿孙的纠结,爷爷万岁。"

祖父真的高兴了。祖父说："爷爷做了三十五年的教师，三十二年的班主任，九年十个月的教导主任，六年八个月的副校长，两年半的校长，拍爷爷马屁的人多得很呢。——还是我孙子的这个马屁让爷爷舒坦。"

我拍拍祖父干瘪的腮帮子：说："孙子的马屁高级吧？"

祖父说："高级。你哪方面都比你爸爸强。"

我在被窝里抽出手，说："爷爷，孙子明天接着拍。——你看，天都亮了，孙子还要上班呢。"

祖父的手是无力的，但是，祖父无力的指头再一次抓住我的手了。因为发力，都颤抖了。他不再微笑。他的脸上有了苦楚的神色。

"疼么？"我说。

祖父摇了摇头。祖父补充说："不是。"

祖父有话要说，是欲言又止的样子，是羞于启齿的样子。

"是不是欠了谁的钱？"我说，"有我呢。"

祖父闭上了眼睛，摇头。他的眉头拧起来了，眉毛很长，眉头与眉头之间全是多余的皮。

事态突然就严重起来了。虽然很困，但是，我还是集中起注意力，仔细地设想各种各样的可能性。我只能往坏处想，祖父是不是做了什么特别亏心的事了？我试探着说："是不是欠了谁的人情？"

祖父依然是摇头。我的话没能说到祖父的心坎上，祖父很失望，越发凄凉了。

我必须把话挑明了。我说："爷爷，你知道的，你不能让我猜。我到哪里猜呢。你也不亏欠谁,你还有什么说不出口的呢?"

祖父睁开眼睛,望着我。祖父似乎是鼓足了勇气:"——你说,"祖父说,"你说我能得到多少个花圈呢?"

嗨,——嗨! 这算什么事呢。这不是事。多少个花圈都不是事。

我说:"你想要多少个花圈?"

祖父没有给我答复。他老人家再一次把眼睛闭上了。因为太瘦了,他闭上眼睛之后有了遗容的迹象。但是,爷爷的呼吸是急促的。他有心思,他忧心忡忡。

祖父十分凄凉地憋了半天,他轻声地却又是清晰地说:

"当年荣校长是 182 个。我数过两遍。"

我想让说话的语气变得轻松一点,特地挑选了嘻哈的语气:"你想要多少个就有多少个。"

"不能作假。"祖父依旧闭着他的眼睛,神情诡异,语气是中学教师所特有的,刻板,严厉,"死是一件严肃的事。不能作假。"

祖父终于耗尽了他的体力,他的手放在我的手背上,但已经无力握住我的手了。

——荣校长的音容笑貌我记不住了,我见过他么? 我没有把握。想必还是见过的。那时候祖父喜欢把我带到他的学校里去。我对"荣爷爷"的葬礼至今还有一个模糊的印象:整个县中都白花花的,洋溢着盛大和隆重的气氛。那是 1982 年的春天,

57岁的荣校长在给补习班的同学上历史课,就在下课铃响的时候,历史终结了,他倒了下去。那可是80年代初期的小县城哪,绝大部分葬礼只有十来个花圈,182,说"铺天盖地"一点都不过分。就是在那一刻,我对死亡有了一个初步的认识,它是一件了不起的大事,又体面又庄严。那一天的祖父穿着他的第一身西服,领着我,在县中的花圈之间不停地徘徊,回过头来看,祖父其实在数,一直在数。然后,校对。在确定无误之后,祖父把"182"这个天文数字记在了他的脑海,同时,接过了荣校长遗留下来的职务。"182"这组莫名其妙的数字就此成了祖父的梦,成了祖父关于死亡的理想和标尺,岁岁年年都在萦绕。

"知道了。"我对我的祖父说,"你放心。"

事实上,当我说"知道了"、"你放心"的时候,我一定是困乏了。我是敷衍的。我"知道"什么了?我做什么才能让他老人家"放心"呢?在许多时候,生命的确是一个特别诡异的东西,让人很无奈。我的祖父哪怕再清醒一天也好哇,我们还可以再商量商量。就在我说"知道了"、"你放心"的第二天中午,祖父说不行就不行了。他进入了弥留。他在弥留之前似乎经历了一场大醉,他说了一大堆的人名,人名的后面还附上了长长的单位和职务。祖父躺在那里,仿佛主持一场虚拟的、盛大的会议,他在一个一个地介绍与会代表。祖父甚至都没有来得及念完那个长长的名单,他的历史也终结了。没有会场,没有麦克,没有多余的人,有的只是一张床,还有他老人家瘦而小的弥留。

严峻的问题就此摆在了我的面前,——祖父的真实意图究竟是什么?——关于花圈,他是渴望超过 182 个呢还是等于 182 个?还是有几个算几个?最为关键的是,——我到底能不能"作假"?

有一点我可以肯定,祖父赋闲多年了,以祖父实际的影响力,如果亲友团不出面、不"组织",简言之,不"作假",他无论如何也凑不齐 182 个花圈。他又不是在岗位上轰轰烈烈地倒下去的。再说了,这年头早就不是 1982 年了。再再说了,这是什么时候?所有人都欢天喜地过春节去了。

死亡不再是问题,死亡周边的纸质花朵却成了一个问题。我快疯了。我的愿望宛如两句诗:忽如一夜春风来,千树万树梨花开。

祖父还活着,他在呼吸。而我的心思早已集中在"两句诗"上了。我得让我亲爱的祖父在天堂里高兴。到底怎样做才能让他高兴呢?我得问问我的父亲。他在晒太阳。我来到了阳台上,给了父亲一根香烟,我给他点上了。借着吐烟的工夫,我说:"爸,你估计爷爷能得到多少个花圈?"这个县教育局的退休会计甚至都没有看我一眼,显然,他不关心这个。这个老实人只是说了一句老实话:"谁会数这个,又不要做账。"

我的祖父、我们县里最著名的物理老师兼中学校长,他死在了小年二十六。这一天特别特别地冷。我第二次转发了祖父的最后一条微博,同时向这个世界通报了祖父仙逝的消息。从时间上看,祖父的最后一条微博是在我们长谈之前留下的,他睡不着,所以把我叫过来了。祖父在微博里极为洒脱:"也许是最后一条了。心绪太平。桃李满天下。来吧,无恨、无悔、无怨、无憾。"下面有 12 条留言,有 11 条是夸他的。也有一条态度不明,这个态度不明的人是"无知少女",她用不咸不淡的口吻告诉我的祖父:好好过年吧。

祖父总共有 1139 个粉。

就在我转发祖父的微博的时候,我的心颤了一下。祖父并不是我知道的那样淡定。

祖父选择的时机很不对,他老人家留给我们的时间太局促了。在这样的时刻,愿意前来参加葬礼的人算是给了天大的脸面。老实说,我不关心葬礼的人数,我唯一关心的是花圈的数量。但花圈的数量让我揪心,不用数的,别说"铺天盖地"了,几乎构不成一个体面的葬礼。

前些日子我还在纠结,到底要不要"作假"。"作假"是容易的,简单地说,像传销那样,动用我的"亲友团"再发动他们的"亲友团"。现在看来我的担忧荒谬了,无论我怎样组织,那也是无济于事的。我突然就觉得我祖父白疼了一场,这让我揪心。我"知道"个屁!我"放心"个屁!全他妈的吹牛。

女儿问我:"爸,怎么搞的,怎么就这么几个花圈?"

我取出钱包,来到了殡仪馆的花圈出租处,要来纸,要来笔,要来墨。我努力回忆祖父酩酊大醉的那些夜晚,那些人名我不可能记得住,那些单位和职务我同样不可能记得住,但意思无非是这样的——

剑桥大学东方语言学中心副主任	罗绍林	遥寄哀思
斯坦福大学高能研究所研究员	茅开民	遥寄哀思
清华大学化学系教授	储　阳	遥寄哀思
清华大学 KGR 课题首席教授	石见锋	遥寄哀思
北京大学再教育学院副院长	马永昌	遥寄哀思
北京北部非洲问题课题组组长	朱　亮	遥寄哀思
新疆煤炭开发院地质调研院院长	王荣辉	遥寄哀思
南沙科考站负责人	柳仲苌	遥寄哀思
广州外贸外语大学葡语系教授	施　放	遥寄哀思
甘肃省发改委金融处处长	高群兴	遥寄哀思
宁夏回族自治区水资源办公室主任	于　芬	遥寄哀思
山西林业大学副校长	赵勉勤	遥寄哀思
江西井冈山精神办公室主任	李　浩	遥寄哀思
重庆城管突击队副大队长	王有山	遥寄哀思
南京消防器业股份董事长	安如秋	遥寄哀思
中凯实业总经理	白加雄	遥寄哀思

……
……
……

我一口气写了两个多小时,没有眼泪,没有悲伤。我并没有数,我不想知道具体的数据,数字永远是有害的。作为祖父的孙子和祖父的遗嘱执行人,我尽力了就好。我再也没有去看那些花圈,我不知道如何面对那一大堆陌生的姓名、陌生的单位和陌生的职务。这反而是神奇的。一个 GAME。奥林匹克精神说得好哇:贵在参与。世界就在这里了,我亲爱的祖父,你桃李满天下,——这从来就不是一件虚构的事。

父亲没有给祖父送花圈。他站在祖父的遗体旁边,一动不动。从表情上看,没有人知道他为什么要站在这里,——说送葬是可以的,说排队买电影票也可以。

没送花圈,父亲却亲手为祖父写了一道挽联,是现成的句子——

春蚕到死丝方尽

蜡炬成灰泪始干

父亲没有瞻仰祖父的遗容,在整个葬礼上,父亲一直在看他的字,主要是下联。他的眼里确实没有泪,却特别亮,像洞穿。

2013 年第 1 期《人民文学》